Zora
Neale
Hurston

ゾラ・ニール・ハーストンの研究

―解き放たれる彼ら―

前川 裕治 著

大学教育出版

はじめに

幸運にも、一九九九年一月に、『ゾラ・ニール・ハーストンの世界』という本を出すことができた。長い間ハーストンという作家をやってきて、専門外の人たちにも是非この作家を知ってもらいたいという気持ちがあったので、作家像を描き出すことに専念したつもりである。わたしの中には、文学とは、あるいは研究とは、一部の限られた人たちだけのものであってはならないという気持ちがある。以前一種の勉強会のようなものをやっていたのだが、作品をベースに読者としての自分の世界に作品の世界を関わらせて説明したとき、ひどくこき下ろされたことがあった。まだ若かったということもあって、シュンとしてしまったことをおぼえている。しかし、同時に、読者の世界と繋がらない文学の世界などナンセンスだという気持ちを持ったことも確かである。大学の授業でアメリカ文学を教える場合も、学会で発表させてもらう場合も、できるだけ感傷的に、自分の世界と繋げて作品を読んできたつもりである。それがうまくできているかどうかは定かでないが、そのような姿勢でハーストンの数編の初期の短編と小説を読み、まとめたものが拙書である。

わたしの中には大学生時代から、なぜ黒人作家は、たとえばラルフ・エリスンは、ラインハートのような人物を描くのだろう、なぜメアリーのような人物が出てきて薬草のようなもので怪我を治せるのだろうという疑問があった。英語を教えるようになってから、アリス・ウォーカーの短編などを読むと、呪いで復讐をする話があるが、なぜ呪いのようなものを描くのだろうという疑問もあったし、それに対する興味も湧いてきた。しかし、この興味は決して喜ばしいものとはいえない気もしていた。それは、先に見えそうな気のしたものが、黒人独自の文化であり、黒人独特の言い回しであったからだ。これからそれに深入りしてどれだけのことがわかるのだろうかという不安があった。それとも、わかるわけはないという気持ちが強かったといった方が正しいかもしれない。そのころは、まだ、ヴードゥー教のことはほとんど知らなかった。せいぜい知っていたことは、映画に出てくる野蛮な悪魔払いをする原始的な宗教といった程度であった。また、アフリカの未開の原住民やアメリカの黒人が隠れるようにして行う密教くらいにしか思っていなかった。今でも黒人文化がどのくらいわかったかというと自信はないが、後戻りはできないところまで来てしまった。ここまで来ると進むしかなく、進んでいると、そこに見えてきたのは単に黒人の文化とか黒人の歴史という黒人の独自性を越えた、人間に共通する事柄であるような気がしてきた。黒人の独自性を土台にして、人間のありようを考えることができるような気がしてきた。これならアメリカの黒人でなくても入り込める隙間があるのではないか、これならイエローといわれ、部外者であるということから生まれるであろう疎外感を持たないで、一緒に考えることができるのではないかという気がしてきたのだ。そういえば、大橋健三郎が早川書房の黒人文学全集の中の最初のところで、黒人という形容詞をつけて文学を論じることにためらいを感じるという主旨のことを書いていた。所詮、わたしたち外国人がアメリカ文学を考えるときの道は、人種や文化を越えて、いかにして作品を読者の中で咀嚼できるかというところに進まざるをえないし、そうすることが、おそらく大切なことだと思う。

そう思うと、『ヨナのとうごまの蔓』のジョンは自分と置き換えて捉えることができるような気がしてきた。もちろん彼だけでなく、アメリカの黒人は共通して二面性を持っていることはいうまでもないことだが、アフリカ性とアメリカ性の両面を持ち合わせている彼は、わたしたちに問題を投げかけている。大学に行くといって自分の故郷を離れ、就職といって自分の田舎を省みることを避けてきた自分に、もう一度自分自身のありように眼を向けさせる力になったことは間違いない。自らのアイデンティティを、意識的に失うことを一種の美徳として選択してきたような気がするようになった。口承性を重視するハーストンの作品に触れると、仕事のためといって、転々とする中で失っていった自らの特徴のないヴォイスを、かつては耳障りな音として聞いてしまっていた自分を発見してしまう。いつの間にか自分が小さい頃から使っていた言葉を捨て、いかにもスマートだというがごとくに、いわゆる標準語を使う自分にほくそ笑んでいるのはどういことなのか。言葉がきれいですねといわれたときの笑顔は何を意味しているのか。それは、戦後、マスメディアの発展の中、大きく括れば、科学技術が発展する中、地域性を喪失することを美徳とする力がわたしたちの独自性を奪っていったのだという見方ができる。その力の主たる内実は何なのか。わたしが高校を卒業したのはもう三〇年以上前のことだが、それ以前からも、東京に行って一旗揚げるといった言葉をよく耳にしたものだ。多くの若者が東京に憧れ、東京を目指したといっても過言ではない。その流れは今でも続いているといえる。何が田舎から東京に誘うのだろうと考えるとき、二〇世紀初期の黒人たちの北部を目指す大移動が思い出される。また、ジョー・バンクスとミッシー・メイの若い夫婦やオティス・スレモンズのことがいかにも暗示的である。彼らは金メッキされたものに心を支配されながら、何とかその支配を断ち切ろうとする。そういえば、ハーストン自身も北部を目指して大切なイートンヴィルを後にしたではないか。東京に行けば何かがあるような気がするように、北部へ行けば何とかなるような気がするのだ。このような印象が自然と形成されていったのだろう。もちろん、マスメディアの力も大きい。都会の持つ華やかさのみを誇大宣伝し、行くことでかなえられることを伝えるだけで、失うかもしれないものには触れることがほとんどない。しかし、このような流れを創ったのは、他でもない自分自身ではないか。都会の喧噪の中で失われるものを仮に今認識できたような顔をしながらも、そのような流れに加わり、流れを強化することに荷担したのは、自分自身ではないのか。

東西の冷戦構造の崩壊に伴って、イデオロギー闘争は終焉し、文化の衝突が今後の課題だといわれる。文化の違いを乗り越えるときもいずれ来るのであろうが、そのとき忘れてはならないことがある。それは独自の文化を捨てることで、すなわち、他の文化に同化することで、文化の違いがなくなるということであってはならないということだ。だから、文化の違いを乗り越えるということは、独自の文化を自らの中で明確化しながら、他者の文化の存在を認めるという姿勢を意味している。いたずらに普遍化という言葉の持つ曖昧さに踊らされて、独自性を喪失してしまうことがあってはならない。独自性があって初めて普遍性のあり方が考えられるからだ。

ジェイニーの思いにしても、モーセの教えにしても、アーヴェイの葛藤にしても、ハーストン自身がする経験にしても、おまえはどうなのか、おまえは解放されているのか、おまえの考えは偏見と先入観に満ちていないのか、等々と迫ってくる。ハーストンの彼らは、偏見とか先入観という心の支配から解き放たれていく。彼らは心が支配された状況からどのようにして解き放たれていくのか。彼らの心が支配された状況から解き放たれた状況にどのようにして変わっていくのか。彼らの軌跡を見ていくことは、わたしたちの心を解き放っていくことにも役立つはずだ。このようなことを考えながら、ハーストンの作品をまず代表的な初期の短編から始め、小説へとひとつずつ読んでいきたい。

目次

ゾラ・ニール・ハーストンの研究

――解き放たれる彼ら――

第一章　初期の短編

ゾラ・ニール・ハーストンが作品を出し始めた頃は、ハーレム・ルネッサンスが開花した時期で、いわゆるエキゾチックな黒人文化に対する、頽廃的な傾向のあった白人文化の期待があったことは間違いない。これは、シカゴ・ルネッサンスやそれに続く「失われた世代」の動きを見てもわかることである。第一次世界大戦を挟んで物質化傾向の高まる世相の中で、人々の心は疲弊していたといっても過言ではない。その疲れた心を癒してくれる対象のひとつが、黒人文化であったといっていい。このような時代の流れの中で、ハーストンが作家として世に出始めた頃に書いた作品には、時代を反映して、物質的なものへの憧れをもった人物も、人間の疲れた心を慰めてくれる人や何かも描かれている。彼女の書いた修行時代の短編には決して抗議的な要素は強くなく、人種や肌の色を越えた人間の心の中が描かれようとしている。これから、代表的な短編をいくつか取り上げ、そこに描かれている世界を見ていくことから、ハーストンの初期の世界にまず入っていってみよう。

一　陽光を一杯にあびて

アイシスはハーストンの幼い頃とよく似た行動をとっている。ハーストンは次のように『路上の砂塵』で自分の幼い頃の行動について説明している。

わたしは門柱のてっぺんに座って、過ぎゆく世界を眺めていたものです。家のところを走っていたのがオーランドへの道だったので、四輪馬車や車が眼の前をよく通って行きました。それを見ると嬉しくなったのです。白人はよくおーいって声をかけてくれたのですが、実際に声をかけたのはわたしの方が多かったんです。それにわたしは「一緒にちょっと乗せてってくれない?」って頼んだりしました。(Hurston: 1942, 33-34)

ハーストンのこの行動はアイシスと全く同じ行動である。ハーストンの座っていたのと同じ門柱の上に座っているアイシスの眼の中には、何かを焦がれるところがある。彼女は現状に不満を抱いていて、道の彼方に自分の可能性を求めようとしている。

彼女のこの気持ちを作り出しているものは、表面的には祖母の「女らしさ」を求める規範である。祖母の中には「女が当然すべきこと」(8)という基準があり、それに従わないアイシスは、祖母にとって「最悪の悪餓鬼」(17)なのだ。

その祖母の基準を考えてみると、いくつかの歴史的含みを持たせて描かれていることがわかる。その第一が、奴隷的志向である。祖母の行動はすべて「伝統的奴隷制が生んだ考え方」(Howard, 60)に則った行動であり、このことは白人に対する彼女の態度からも窺える。彼女にとって白人は絶対的存在であり、白人に好かれ、白人のいいなりになるような黒人が、あるべき黒人の姿なのだ。この奴隷的志向と「女らしさ」とは、南部的従順な女性を求める志向と重なってくる。南部という厳しい気候と労働の中で、歴史的に南部の女性が、いわゆる守られるべき存在としてステレオタイプ化されてきたことは、一九六〇年代に入ってフェミニズムが台頭してきたときの、中流以上の白人女性の満たされない気持ちの根源を思い起こせばいい。祖母の中にこの南部女性の原型を見てとれることに加えて、南部の黒人女性としてのあるべき姿を読みとることができる。さらにこのイメージは、ボーンの指摘する「カルヴィン主義者」（1975, 145）的道徳とも密接に関わっている。たとえば、祖母が孫娘に要求するお行儀の良さや、男の子とのつき合いを戒めるところなど、道徳的厳格さと、性的意味を含めて、節制を歴史的要求としてきたカルヴィニズムの考え方が支えとなっていることがわかる。この意味で、祖母は『ハックルベリー・フィンの冒険』のダグラス未亡人の役割を（Bone: 1975, 145）黒人奴隷の役割と共に果たしている。

ところが、アイシスが反抗する祖母の基準は、いわば虚像なのである。それは女らしさを実践し、要求する祖母のあごに「男のように」髭が生えているというアンバランスの場面を設定することで、皮肉っぽく示されている。「女の人は髭なんて生やしたりしないものなのよ。でも、おばーちゃんは年取ってきてるでしょ。だから、あたいみたいには髭をうまく剃れないのよ」（12）とアイシスがいうときの言葉には、ハック以降のピカロ（悪漢）たちが示した社会規範への皮肉と反発が込められている。

アイシスはピカロの要素を十分持った少女である。一一才の少女という年齢に加えて、大人とは違う自由気ままな、子供独特の考え方に則った行動を行い、落ち込んでも生来の陽気さですぐにそれから回復し、何事に対しても偏見に毒されない純粋な行動をとることができる。こういうピカロを使うことでハーストンが描こうとしていたことは、「共同社会の狭い見方」（Bone: 1975, 145）との衝突なのだ。すなわち、アイシスの祖母への反発の意味は、既成の価値基準の打破にある。しかもそうすることで、自分の可能性への挑戦にもなる。

「陽光を一杯にあびて」で眼につくことのひとつは、アイシスと白人との交流である。彼女が門柱に上って声をかけるのに対して、陽気に応じてくれるのも白人のロビンソン兄弟だし、パーティの後アイシスを祖母の鞭から救ってくれるのもヘレンという白人の女性である。こういうアイシスと白人の交流は何を意味するのかを次に見ていく。

ハーストンの中には、白人と黒人を区別したくないという気持ちが一方にはあったが、そのような気持ちを支えていたと思えることは、白人の恩恵を彼女自身が受けることができたという事実にありそうである。たとえば、彼女の母が彼女を出産するとき白人の助けをかりたことを考えてみるといい。父は巡回牧師ということで、出産のとき家にいなくて、ちょうど通りかかった白人の男性が手をかしてくれたということだ（注一）（Hurston: 1942, 19-21）。また、「ギルバートとサリヴァン」という旅劇団のミス・Mという人の援助もあるし、ニューヨークに来てからはハーストやマイヤーといった金持ちたちの援助をえることができている。さらに、L・ヒューズの嫉妬もかうことになる（注二）メイソンたちからの金銭的援助もハーストンには随分役に立っている。こういう彼女の伝記的事実を考えると、ボーンの「この女性［ヘレン］はゾラ・ハーストンの芸術を推し進めた一連の白人支援者の小説的投影である」（1975, 146）という説明も納得がいく。

ハーストンの受けた白人からの好意が、彼女の中にひとつの夢想として、白人的希望を抱かせたとしても不思議ではない（注三）。アイシスの抱く将来の姿は、いかにも白人的志向によって支配を受けているといえる。

彼女は仰向けになって、様々な人物に自分を置き換えて空想していました。空想の中で、彼女が身につけていたのは引きずるほど長いローブと青いボタンのついた金色のスリッパでした。さらに、彼女は桃色の鼻を地平線に向けて光らせる白馬に乗っていました。それはそのときまだ、地平線がこの世の果てだと彼女が信じていたからです。（12）

＊＊＊

「陽光を一杯にあびて」が書かれた時代はハーレム・ルネッサンスの時代で、白人たちの黒人に対する態度が、黒人文化の異国風な面に対する期待もあって、好意的な時代である。こういう白人の姿をヘレンは直接的に反映している。彼女の態度（注四）を見ると、ヘメンウエイがいうように（1977, 10）皮肉ではないかもしれないが、ひとつの可能性として、黒人が白人の救済にのみ利用されて、揚げ句の果てはミンストレルのピエロのような、歌って踊るだけの黒人のステレオタイプに成り下がることもありえるように思えてくる。おそらくハーレム・ルネッサンス自体こういった可能性も持っていたのだろう。だから、ハーストンのそれに対する捉え方は、一方では新しいステップへのひとつの出発点として期待を抱きながらも、他方では黒人のステレオタイプ化の可能性という、白人による黒人利用の危惧も持っていたと思える。それは、北部の白人的価値観に対する態度が「金メッキされた七五セント貨幣」のスレモンズと比べてみて異なっている点からも窺えるし、何よりもアイシスの夢想を幻想として扱うことで彼女の限界を示そうとしているところからも窺える。これは右で引用した中の最後の「そのときまだ、地平線がこの世の果てだと彼女が信じていたからです」(12) という部分が雄弁に物語っている。アイシスの地平線を求める意図は称賛されるべきところだが、その地平線を間違って捉えると違った方向に向かう可能性があるという暗示である。アイシスは向こうに見える地平線に向かっていくが、それはこの世の果てでないことをやがて知っていくのである。こういう限界が今のところ彼女にはあるということを、ハーストンは意図的に示している。

＊＊＊

それではアイシスにとってこの世の果てではない地平線とは何なのであろうか。それを次に見ていく。名前が古代エジプトの豊饒の大母神を意味しているところからして、アイシスには計り知れないほどの豊かな可能性が秘められていることがわかる。そういえばアイシスには不思議な力がある。彼女が行くところはどこでもみんな陽気になり、幸せな気分になる。パーティでは彼女の踊りにみんなつられて周りに集まってくるし、どこか調子の悪い白人女性のヘレンは元気になりそうな気になっている。アイシスには「喜びや幸せを広げる魔術的力」(Witcover, 49)が備わっているのである(注五)。アイシス自身も音楽や踊りに救われているところからすると、この音楽や踊りに込められている意味にポイントがあることがわかる。

アイシスの歌や踊りは、黒人たちが歴史的に歌い踊ってきたものと同じものであることを考えるとき、第一にわかることは、黒人たち自身が奴隷時代より営々と歌い踊り続けてきたものが、今でも彼らの中に伝えられているということである。第二に、非人間的な歴史の重圧に耐え忍ぶ中で、陽気さや喜劇性という生きる術を彼らに教えたのは、歌であり踊りであるということだ。第三に、そういう中で、歌や踊りは彼ら自身になってきたということである。ハーストンは音楽について、「黒人のわたしである気持ち」というエッセイの中で、音楽と黒人がいかに一体化しているかについて説明している(注六)。

このように音楽や踊りと黒人を一体化して考えると、音楽や踊りを自分と一体化させたアイシスを、生命力を持った豊かな存在として描くことで、黒人の否定的扱いを受けてきた歴史を検討し、救済力という息吹を持った歴史として、肯定しようとする狙いが見えてくる。さらにこの狙いは、作品全体を喜劇的方法によって描くことによって支えられている。

> 話はクライマックスに向かうように書かれていないし、プロットらしいものもほとんどない。その構造は主題を大切にしようとするものだといえる。ポイントとなることは、貧しい黒人のアイシスは、決して悲劇的ではなく、むしろ、「陽光を一杯にあびて」いて、みんなに愛される状況にあるということなのだ。……アイシスを絶えず幸せなイメージで描くことで、白人にはそのような喜びがないために苦しんでいるのだという含みを持たせようとしている。(Hemenway: 1977, 10)

また、同じ狙いのもとに、構造的には後の作品でさらに洗練され効果を発揮するようになる、第三者のナレーションとアイシスとを一体化させる(注七)ことによって、黒人文化の伝播の重要な方法であった口承性を示そうとしている。さらに、このことは自伝的であることによってますます伝統という歴史の深さを増すのである。

二　スパンク

「スパンク」はそのタイトルが示すように (Schmidt, 75)、強者スパンクが、これも名前が暗示するように (Bone: 1975, 147)、弱者ジョー・キャンティに殺される話である。しかし、死ぬまでは不遜な男だと一方では思われながら、スパンクは村人の注目の的であった。それは彼が強者だからだ。ボーンがいうように「スパンク」という作品では、いわゆる「強者」とは何なのかということが扱われている (Bone: 1975, 147)。

作品中、強者の条件として考えられていることは、まず男だということだ。しかも、肉体的にスパンクのように「巨人」(I) でなければならない(注八)。ジョーが弱者として扱われるのは、彼の体が「大きすぎるくらいの仕事着を着ていて、なで肩をした体つき」(I) からもわかるように、小柄でなで肩であるからだ。次に、強者は物事にびくついてはならない。スパンクは製材所で事故があった直後でも、平気で仕事をするくらい勇気があった。さらに、物を所有する能力が要求される。リーナがジョーに愛想をつかせていることのひとつは、彼が貧乏だということである。現に彼らが住んでいる家はリーナの父からもらったもので、ジョーのものではない。「汗」のサイクスにも隠れた弱者意識があるが、その根っこは、彼が家を持っていないというところにある。ものの所有者という条件が強者に不可欠だと無意識的に知っているスパンクは、肉体的条件を満たしているにもかかわらず、自分の家を持とうとする(注九)。さらにもうひとつの条件は、女を自分のものとしてコントロールできるかどうかということである。リーナを巡るジョーとスパンクの関係で、ジョーはリーナを思い通りに動かすことができないのに対して、リーナはスパンクにコントロールされている。以上のようなことが、強者の条件として作品の世界では描かれている。

次に強者の条件に村人たちはどのように反応しているかを見ていく。村人たちはスパンクの行動を一方では批判的に表現しながら、男らしい行動をとる人物として、結局のところ認めることになっている。それは彼らの中に、男、すなわち、強者を賛美する基準があるからだ。彼らがクラークの店先で行う法螺吹き大会そのものが男の世界なのである。彼らの対話が作品の展開に重要な役割を示していることからしても、作品の構造的角度から、男社会の輪郭を設定していることがわかる。さらに、この法螺吹き大会の内容そのものにも注目する必要がある。彼らの話の内容が作品の重要な語りの役割を担っているにもかかわらず、リーナの具体的な姿が彼らの対話からはほとんど浮かび上がってこないのである。

語りの対象を男性の力と力の衝突に集中させることによって、女性の登場人物であるリーナの周辺に沈黙を作り出している。リーナという人物像や動機、感情が示されるのは、夫や愛人に対して彼女が反応するときだけなのだ。リーナは単なる受け身的な人物で、自分の人生を持たない人なのだ。しかし、分析をしていく中でわかることは、彼女を後ろにとめおくこの沈黙こそが、黒人女性という立場そのものなのだ。(Schmidt, 77-78)

村人たちは男性性を優先するという、「村人の総意」(Schmidt, 78) を持っているのである。だからリーナのことを本気で取り上げたりなどしない。

強者優先の世界にあって、弱者であるリーナは浮気という道徳に沿わない行動を公然と行っても村人たちの攻撃を受けることはない。それは、彼女の行動は、詰まるところ、強者の条件を支える役割を演じているからであり、「文化的に規定された彼女の環境の持つ価値や習慣に沿った反応」(Schmidt, 77) であるからだ。リーナと同じ弱者のジョーも同じように「強者」を求めていて、村人であるイライジャの「れっきとした男みてぇな口のききかたをするんだなぁ、ジョー。もちろん、そりゃおまえさんがかたづけりゃいい問題だぜ。だがな、誰だって生きのいいところを見てぇんだよ」(2) という、ジョーの「男らしさ」をさかなでする発言に誘発されて、男らしくあろうとする。そして、結局はそれはかなわず、殺されてしまう。彼も男らしさの社会基準を支えている一人であったのだ。

人々の中に潜在する、強者を求める意識構造はどこからくるのであろうか。これはボーンの「ふたつの相反する基準、そのひとつは『正しい』ものあるいはアングロサクソン的なもので、もうひとつは『意気地のない』ものあるいは黒人的なもの、そのふたつが並列している」（1975, 147）という説明が糸口を与えてくれる。ジョーやリーナのように弱者であるが故に、強者たらんとする意識構造が黒人たちの中に歴史的に形作られていたとしても不思議ではない。彼らの中では、強者対弱者の構造を最も象徴的に示す社会構造である奴隷制の概念が形成されていた。それをさらに加速したと予想できることは、第一次世界大戦後特に顕著になった、物を所有することを美徳とする考え方である。持つ者が賛美され、持たざる者は否定される世の中であった。所有の対象は、既述した「家」に象徴される「物」に限らず、奴隷がそうであったように、「女」もその対象になっていく。

＊＊＊

奴隷を所有の対象にしていくことが間違っているように、女を所有の対象にしていくことにも問題があることは、論を待たない。こういう歪みをたどっていくと、社会で強大な力を持っている「強者」の概念の歪みにたどり着く。このことを最も象徴的に物語っているのは、スパンクの自滅的死である（注一〇）。彼の死は、「強者」の概念の否定なのである。彼の弱肉強食の原理の否定は、さらにフォークロア的比喩である、「ウサギどん」対「熊どん」（Bone: 1975, 147）の原型を作品に活用することで補われている。弱者の「ウサギどん」の行動規範は、ジョーが後ろからスパンクを不意打ちすることに示されているように、弱者故に許される規範であり、強者優先の規範ではない。さらに、このことを掘り下げていくと、フォークロアを音楽的背景に使用するハーストンの狙いが見えてくる。すなわち、奴隷制を支えた歪んだ歴史の基準である強者優先の基準ではなく、自らの健全な基準を拠り所とすることが大切だという考え方を示している。

フォークロアが黒人たちにとってどのような役割を果たしてきたかは、ジョーが死後発揮する力によって示されている。

ハワード(64)がいうように、ジョーには死後スパンクに勝る勇気を与えられている(注一一)。死という高い代償を払わざるをえなかったが、ジョーはフォークロアによって自分自身の尊厳を確保することができた。また、オオヤマネコをジョーの亡霊として疑わない村人たちは、一時的にではあるにせよ、歪んだ強者の規範より彼ら自身の歴史的文化であるウサギどんを正当とするフォークロアの世界に拠り所を求めている。この意味でフォークロアは悪を正す力(Hemenway: 1977, 67)、すなわち人々の心を癒す力を持っているのである。フォークロアの含み持つ可能性は大きく、彼ら自身の歴史を具現化しているフォークロアを行動の基準とすることで彼らは救われ、真の強者になれる。

＊＊＊

右で「一時的」に村人たちはフォークロアの世界の恩恵を受けるという主旨のことをいった。一時的という条件を付けた理由は作品での共同社会の描かれ方に疑問を持たざるをえないからである。共同社会がフォークロア的価値観を、すなわち、彼ら自身に則った生を営めるか疑問に思えるからだ。

その第一の理由として、村人たちはフォークロアをベースにしてジョーの新しい勇気を評価しながら、依然として強者対弱者の対極構造でジョーのことを考えようとしているという面があるからだ。彼らの視点は従来の「男らしさ」をベースにした見方でなく、弱者なのに強者に向かっていったという角度からジョーを評価しようとしている点では、「物」だけの所有では「男らしさ」はえられないという方向性があり、視点が広がったといえる。しかし、「ジョーは財産らしきものは何も持っていなかったし、リーナしか女のことは考えてなかったんだよな」(6)からわかるように、リーナが「男らしさ」という概念の追求の手段として使われているところや、スパンクの葬式の場面での人々のリーナに注がれる関心の対象が、リーナの次の男、すなわち、彼女が次にどのように男に従属するかというところにあることは、村人たちが依然として「男らしさ」の可能性を求めていることを物語っている。そのため、リーナ自身の新たな行動の可能性の余地は与えられていない上に、共同社会が発展的でも創造的でもなくなってしまっている。この最後の場面は、ヘメンウエイのように「人々の気まぐれ」(1977, 41) として見逃すべきではなく、シュミットがいうように、彼らの行動は「本能的基準」(77) に則って行われたものであるが故に、共同体の可能性として絶望的印象を持たざるをえなくなる。

こういった、一方では男性性を求める面を否定しながらも、他方では新たな男性性を求める描き方になった理由は、断定的にはいえないにしても、いくつかのことが考えられる。その第一がシュミット (79) の指摘のように、ハーレム・ルネッサンス自体に黒人の男性性を求める要素が基本的にあって、その中で生きていくための必然であったとする考え方である。第二は警告的ニュアンスを持たせることを狙ったということである。停滞的社会の停滞の要因は、ややもすると古い基準に囚われて、自らの首を絞める行為を行っているということは認識しにくいものなのである。第三にいえることは、描き方のまずさである。「スパンク」の他に「金メッキされた七五セント貨幣」も、全体的にテーマとして描いていることと、最後の場面の描き方が不釣り合いである。それに対して、「陽光を一杯にあびて」や「汗」、長編では『彼らの目は神を見ていた』などでは、テーマと最後のシーンはバランスが保たれている。

三　汗

サイクスの深層構造を考える際、「スパンク」のスパンクとジョー・キャンティとリーナの関係は重要な暗示を与えてくれる。ジョーはスパンクと比べると肉体的にも脆弱で、男らしくなく、仕事もなく、家もなく、うだつの上がらない男だった。スパンクは肉体的に強健で、女にもてて、勇気があった。サイクスはこの二人の特徴を部分的に併せ持っている。村人たちが驚くほどの勇気があることは、蛇を自由に扱うことで示されているし、女にもてることはバーサを囲っていることが物語っている。しかし、彼には仕事がなく、家も所有しておらず、経済的力量はない。にもかかわらず、彼は妻のデリアに対して威圧的で優位を保っているようにみえる。彼は自分の優位を保つためにバーサと仲が良いところをデリアに見せつけ、デリアの洗濯の仕事を邪魔し、暴力をふるい、蛇を使って彼女を脅かす。彼にこのような行動をとらせることは何なのかを考えてみると、直接的にはデリアが白人の衣類を洗濯していることにあると思える。

自業自得的面があるにもかかわらず、彼には仕事がないために妻を養えない上に、デリアに依存せざるをえないことにいらだちを感じているのである。彼女には生活能力があり、しかも、その能力を支えているものが「白人」のものであることで、ますます彼の心の底には無力感が募っていくのである。その無力感とは別な言い方をすると「去勢」(Hemenway: 1977, 71)(注一二)感という言葉で表現できる。すなわち、妻を養えない、妻に依存せざるをえないということが彼の中で、黒人男性の歴史的な男性性喪失という劣等感を刺激しているのである。彼のこの劣等感の出所は、「白人の衣服」ということとの関連からもわかるように、人種差別にある。人種差別によって、サイクスがそうであるように、黒人男性は生活能力を奪われ、妻を養えない状況に追い詰められる中で、男としての無力感を募らさざるをえなくさせられていたからだ(注一三)。

＊＊＊

男性性を喪失している彼が、男性性を求めるのは当然といえば当然のことである。彼が「もう一度きれいにたたんだ洗濯物を全部蹴ったのです」(39)という行動をとるのも、「きれいに洗って重ねていた洗濯物を、荒々しく踏みつけたのです」(40)という行動をとるのも、彼の男としての歪んだ劣等意識があるからだ。しかし、リチャード・ライトの登場人物とは違って、サイクスはこのはけ口をデリアに求めた。すなわち、彼はデリアを痛めつけることで男らしさを取り戻そうとしている。このことは彼の男性性回復の歪んだ努力が、男性性を象徴していると思える(Schmidt, 90)鞭や蛇によって表されていることからしても、もっぱら服従的女を求め、自立的なデリアに怒りを示し、弱さのみを要求していることなどからも裏づけられる。彼女が困った顔をすればするほど、彼の男性性の回復願望は自己満足的に達成に近づいたことになるからである。

男性性喪失が、人種差別という歴史的スパンの中で行われていたのと同じように、その男性性回復のために黒人女性が利用されたことも歴史的スパンの中で行われてきたといえる。その具現者はもちろんデリアであり、何よりも彼女の「若くて柔らかい」(40)体が一五年の年月で「節くれだち、たくましくなった手足」(41)に変わったことがよく物語っている。彼女の一五年は、黒人女性が受けてきた搾取と忍耐の歴史なのである。

＊＊＊

サイクスの問題点は、一方で人種差別の悪弊による苦しみを自分の中に持ちながら、それを乗り越えるために同じ差別構造を使ったところにある。これからすると、差別をする側もされる側も同じ行動をとっていることになるわけで、人種差別構造よりもう少し深いところでサイクスの心を支配しているものがあると考えられる。それは、結論的にいうと、資本主義的構造ということができる。人種差別の中で黒人が歴史的に搾取され、使い捨てられたのと同じことが、サイクスによって行われているからである。サイクスを始め男の女の扱い方について村人は次のようにいう。

「……サトウキビと同じようにてめぇのかみさんのことを考えている男どもが、いっぺぇおるからな。サトウキビも初めはふくよかで、汁がいっぱい詰まってて、甘いけどな。じゃが、絞ったりこねたりするのを何回もやってりゃ、しまいにゃ何にも楽しみもなくなってしまうもんだ。それで、すっからかんになったって思ったら、噛んでたサトウキビを吐き捨ててしまうのさ。かみさんを同じように吸い上げて、しまいにゃ、捨てちまう男がおるんじゃよ」(43-44)

愛人のバーサに「何でも全部俺のもんだ」(45)とか「こりゃ俺の街だ」(46)といっていることからもわかるように、所有欲の強いサイクスをデリアに対して脅迫的態度をとらせるものは、単に性差別的志向にとどまらず、デリアが「過度に餌を与えすぎた商品」(Seidel, 113) であるため、商品として使いものにならなくなったから捨てるという、利益優先の意識構造なのだ。

こういったサイクスの意識構造と自滅のイメージ(注一四)とは関連が強い。それは、こういう構造そのものが犠牲者を生み、さらにその犠牲者が犠牲者を作り出す元凶だからである。サイクスが自分の優位さを示すために使った蛇によって死を迎えることになるのは、優位に立ったものはいずれ次に優位に立ったものに滅ぼされる運命にあることを示している。こういう意味で、サイクスは自業自得なのである。

デリアにはサイクスの死は自業自得であるという意識がある。彼女が、「他のみんなと同じように、サイクスは自分が蒔いた種を刈ろうとしているんです」(15) といっているところからしてもそれがわかる。彼の死は自分自身が犠牲者でありながら、依然として犠牲者が犠牲者を生む価値基準に固執したところに原因があるのだ。それだけに、犠牲者でありながら、犠牲者が犠牲者を生み出す構造を脱して自立していくデリアには意義がある。

＊＊＊

デリアは「先天的な弱さ」(40) から「自らの足で立つ」(41) 方向へと変わっていく。彼女の自立のプロセスは最初、サイクスの男性性が自分には何の役にも立たず、むしろ努力を踏みにじる形で彼女の女性性をないがしろにしていたという認識に始まり(注一五)、彼を取り巻く人々も彼と同じ意識構造を持つ存在として(注一六)距離を保つようになり、さらに自らが自立していくには、自らの中に拠って立つべきだという認識へと進んでいく。

ここで大切なことは、自らを拠り所とすべきだという認識に彼女がたどり着いたことである。それは具体的に何かというと、「黒人・女」ということだ。サイデェール (118) が指摘するようにデリアがフライパンを使ってサイクスに反抗の態度を示したことには重要な意味がある。それは「創造のために女性が使うもの」だからだ。サイクスのデリアに対する行為が彼女の女性性を否定していたことを考えると、彼女が女性性を象徴すると思えるものによって反抗したことは、彼女自身が反抗の武器に、すなわち「彼女」を取り戻す要素になりえることがわかる。これと同じ意味で、サイクスのデリアに対する否定の対象であった、洗濯女という彼女の一生の仕事にも一定の価値を付加して考えることができる。人種差別の作り出した洗濯女というステレオタイプを実践していること自体は肯定できないことでも、黒人の独特の料理が評価されるべきであるように、彼女の洗濯女としての能力は評価されるべきことなのだ。フライパンにしても、洗濯にしても、彼女の創造的能力を暗示するもので、「人間という創造者の作り出したもの」(Seidel, 116) だといえる（注一七）。サイクスはこういったデリアの持つ肯定的能力に気付かなかったのである。

一五年間デリアがサイクスの非情に耐えてこられたのも、彼女の中に創造者としての生命力があるからであり、それを通して、さらに、苦しみを強制される中で耐え抜いてきた同じ黒人女性の歴史的生命力の強さの認識へと発展して考えることができる。この実践はサイクスの持つ、犠牲者を作り出す社会ではなく、作品全体を彩っている「語りの戦略」で示されているフォークロアに支えられる社会で行われていることを思うと、苦悩と自己否定の歴史を乗り越え、自己肯定と自己評価に向かおうとするハーストンの態度が見えてくる。読者はセンダンの木に寄り添うデリアに接するとき、この気持ちを一層強めるのである（注一八）。

＊＊＊

デリアを殺そうと思って蛇を潜ませていたサイクスは最後には、自分の仕掛けた蛇によって噛み殺される。その場面を距離をおいて見ていたデリアは、もしかしたら彼を救うことができたかもしれないが、彼に手を差し伸べることなく眺めていた。彼女のこの最後の行為については議論が分かれる。

ヘメンウエイはこの最後の場面によって、話が悲劇的（1977, 73）になっているという。デリアの中に憎悪が強く、それが復讐心となって彼を救う行動に出なかったと説明する。また、それがために、彼女の上の「重荷は取り除かれておらず、新たに負わされた」（Hemenway: 1977, 72）と主張する。しかし、この「重荷」も彼女の中に生まれた「哀れみ」（Hemenway:1977, 72）によって解消されたという。ウイットカヴァー（61）の主張は、ヘメンウエイのいう「重荷」はサイクスの復讐によるもので、デリアは罪意識を抱くことになるという（注一九）。

このような読みも可能かもしれないが、デリアとキリスト教との関係を考えると同意しかねる。サイクスに反抗するまでは、デリアはキリスト教に依存的であった。しかも、彼の横暴にもかかわらず彼女が耐えてきたのも、教会での二人の「契り」があったからこそである。これは別な言い方をすると、キリスト教が彼女の反抗の防波堤の役割をしていたといってもいい。その証拠に彼女の反抗のひとつの方法として、サイクスと契りを結んだ教会を変えることによって、反抗が実践される。これはキリスト教的倫理観に背を向ける彼女の最初の行動なのである。しかも、最後のデリアの行動には、いくら殴られても寛大な心を持ち続けるというキリスト教的寛容の精神は見られない。この意味でボームの「デリアは……キリスト教的慈悲の精神を拒否する」（101）という見方は正しい（注二〇）。

今までの服従を作り出していたキリスト教的倫理観を脱して、新たな倫理観を求めるデリアに、シュミット（91）がいうように悲壮感などは見られない。それは「そうなんだ、あたしは最善を尽くしたんだ。うまくいかなくっても、あたしが悪いんじゃないって、神様にゃわかっとるんじゃ」（51）からもわかるように、彼女にはサイクスの結末は予想できていたことだし、決意の上で行った行動なのである。だから彼女の中には「哀れみ」すらないのである。哀れみを抱いて、この決意に反した行動をとることは、自分自身を裏切ることになるからである。彼女は、彼を救わないことで、サイクスとの精神的格闘の中で認識された、新たな自分の世界観を守り通すという自分との闘いに勝利することができた。この点からも、彼女の最後の行為に対しては、復讐というセンチメンタルな読みをすべきではなく、自己達成といかに闘い抜いたかという読みをすべきである。問題は彼女の成長にあるからだ。

四　金メッキされた七五セント貨幣

ジョーとミッシー・メイの結婚生活は、ジョーの母の反対があったようだが、エデンの園のアダムとイヴのように(Howard, 69) 順調であった。土曜日の午後、二人がいつも行うふざけ合いは、二人の幸福な結婚生活を示しいる。ジョーはスパンクやサイクスのように暴力的でもないし、仕事もまじめにやっている。給料も家に持って帰り、オーランドに行って浪費するようなこともしない。ミッシー・メイはジョーを愛していて、彼の帰りを首を長くして待っている。家の中は奇麗にし、外壁を磨きあげ、食事の用意も万全である。何より二人の生活そのものは安定していて、お互いに信頼し合っていて、精神的にも安定しているように見える。しかし、彼らは幸せだが、決して特別な夫婦ではなく、ごくありふれた夫婦である。このような夫婦に起こる事件を通して作者は何を問い掛けているのだろうか。

＊＊＊

ハーストンが「金メッキされた七五セント貨幣」を書いた一九二〇～三〇年代は黒人の北部への人口移動が飛躍的に伸びている（注二一）。この移動は、第一次世界大戦中の一九一六年頃から始まり、結果的にハーレム・ルネッサンスに繋がっていく。ハーストン自身もその例外ではなく、北部にやってきて、ハーレム・ルネッサンスに関わっていく。しかし、彼女は一九二七年北部を後にして、南部に求めるものを捜しにやってくる。こういった彼女の経歴は、当時の社会的流れと共に、作品を理解する上で重要な要素である。

ハーストンの南部への回帰は、北部、あるいは、都会は必ずしも約束の地ではないことを示している（注二二）。作品の中で、都会や都会志向を代表しているものとして登場人物のスレモンズがいる。彼はシカゴ出身で、金ぴかの装身具を身につけている。しかも、現代的都会社会の「発展と改良の象徴」(Bone: 1975, 150) であるアイスクリーム・パーラーを経営している。ジョーにも都会志向がある。作品の最初に出てくるお金を使ったミッシー・メイとのじゃれ合いは、お金によって彼らの愛が支えられていることの暗示であろうし、お土産として必ず買ってくるキャンディも、物によって彼らの生活が支えられていることを示している。これに加えて、スレモンズに対するジョーの羨望的見方も、彼の都会志向を物語っている。彼が、「そうなんだ、あいつは小粋なんだよ。俺が今まで見た中じゃ、黒人であんなかっこいい服を着てる奴ぁいなかったな」(58) というとき、彼の関心がスレモンズの服装という外見的なものにあることがわかるし、「俺もあいつみてぇな体格をしてたらいいんじゃがな。……あいつの太鼓腹を見てみなよ。……俺もああだったら、金持ちに見えるんじゃがの」(58) というとき、スレモンズの太鼓腹に象徴される物質的豊かさを求めていることがわかる。この他にもジョーはスレモンズに関して、金ぴかの装身具に対する言及しか行わず、彼の内面に一切興味を示すことはないのである。ミッシー・メイも、ジョーほどではないにしても(注二三)、都会的なものに対して興味を持っていることがわかる。たとえば、ジョーがアイスクリーム・パーラーに彼女を連れて行く前に、こっそりスレモンズに会っている彼女は、彼のことで記憶していることは、「金歯でいっぱいの彼の口」(58) が物語るように、外見的な、しかも物質的豊かさを示すことだけなのである。しかも、アイスクリーム・パーラーの帰り道、スレモンズが持っている金ぴかのものに対する関心を彼女が強めていくことがわかる(注二四)。

作品の中で示される都会的文化・生活に対する否定的意味は、スレモンズの持っていた装身具が「金メッキ」であったことに集約される。時計に「金メッキされた飾り」をつけさせていることから、本来「倫理的かつ論理的象徴」(Bone: 1975, 150) であるべき時間が「実利的な日用品」(Bone: 1975, 150) として人間生活を制御するようになっているところに問題があるのである。こういった都会的基準に、あるいは、ボーンによると「大資本家的論理」(1975, 150) に対するアンチテーゼとして考えられているのが農民的文化・生活で、人工的でなく、自然のリズムに合った生活形態なのだ。それはジョーやミッシー・メイの生活が、基本的には自然の流れの中で行われていることに示されている。たとえば、事件後の状況として、「ついに太陽の満ち引きは夜の岸に帳を降ろし、すべての時間を飲み込んだのです。顔をこわばらせたミッシー・メイは流れるように窓のところに行って、夜明けが庭に広がるのを見ていたのです」(63) と描かれる中に、認めることができる。この意味でハーストンの狙いのひとつは「利益追求型の社会を攻撃する」(Bone: 1975, 150) ことにあるといえる。このことは、黒人の牧歌的生活を描くことで、「黒人の生活の深層部」(Witcover, 85) に深く入り込み、「田舎臭い素性」(Bone: 1975, 149) を自分自身の中にある正当なものとして、認めていくことなのである。そのため、民話そのものはあまり顔を覗かせていないが、大衆文化を潜在的な背景にして作品を描こうとしているのだ。

＊＊＊

『カラー・パープル』のセリーは最初「わたしは今までも、今も、ずっといい女の子なんです」(Walker: 1983, 3) といっている。この言葉から、「いい女の子」であったにもかかわらず義父に強姦された、なぜだ、という彼女の叫びが聞こえてくるような気がする。このセリーの言葉は「金メッキされた七五セント貨幣」のミッシー・メイを考える際、示唆を与えてくれる。ハーストンがこの作品を書いた頃は、リチャード・ライトを中心とする抗議小説が主流だったにもかかわらず、彼女の興味は男女関係にあった (Jones, 63)。

ミッシー・メイは「良い妻」であった。彼女は「妻の役割」(Walker: 1979, 175) を果たしているからである。彼女の妻としての役割は、まず、家を守ることだ。そのため、「塀や家は磨き上げてありました。ポーチや階段にも汚れひとつついていませんでした」(54) という状態に保っているのである。また、夫が帰ってきたとき、「お湯は今火にかけてありますからね。着替えはベッドに置いてありますよ」(56) といえるようにすべて準備を整えているような妻なのだ。こういうことが怠りなくできている彼女は、「わたしを燃やしたら、妻という灰しか残らないでしょうね」(57) といえる。良い妻であるには、夫を支えることも必要である。何をさておいても良い妻は、夫のためならそれを行わなければならない。だから、彼女は夫がスレモンズのように恰幅の良い体でないことに劣等感を抱いているときも、「あなたをもっと格好良くできるやり方があったら、どんなことでもやるわ」(58) と彼を励まし、自分を捨て夫のために尽くすことを誓うのである。このように見てくると、彼女がスレモンズとの浮気に踏み切った理由も頷ける。彼女の中に物欲的な面が育ってきていたとしても、結局のところ、最後の引き金となるのは、夫の物欲を満たすための妻のひとつの役割なのである (Howard, 69)。それはなぜかというと、直接的にミッシー・メイに行動を起こさせる要因が、スレモンズの女たちが彼に金の飾りを与えたというジョーの話だからだ。

ミッシー・メイの中に妻の役割がどのようにして形成されるようになるかということは、ジョーの態度を見ればわかる。仕事から帰ってきたときにお金を拾わせることにしても、ポケットのキャンディを捜させることにしても、自分の優位を実感するための存在として妻を捉えている。アイスクリーム・パーラーに彼女を連れて行くことも、彼の劣等意識を乗り越えるためなのだ。このことに関して、シュミットは次のようにいう。

「……俺やぁ、奴［スレモンズ］に俺のかみさんを見せてぇんだ」という彼の言葉から、知らないうちにミッシー・メイはジョーがスレモンズと競争するときの性的な道具、美しい対象物になってしまっていることがわかる。しかも、ジョーの傷ついたプライドを癒す手段になっているのだ。(Schmidt, 97)

男性性という点での優越感を持つために、美しく、夫を支え、妻の役を十分に果たしているミッシー・メイの「女性」を利用している。彼のこのような性的意味での凌辱は、スレモンズとの浮気が発覚したときの無自覚的な笑いに象徴されている。一見無意味な彼の笑いの中には、彼の歪んだ優越感と妻が自分のために身を捨ててスレモンズという、ジョーの劣等感を作り出す人物に挑んだことに対する満足感が含まれている。

女性の性が男性性のために踏みにじられているという読み方を決定的に正当化する出来事は、ミッシー・メイが男児を身ごもり、出産できたことに示されている。ジョーの母の反対はミッシー・メイが子供という「結婚の実質」(66)を持っていないということにあった。子供ができないということは、ジョーの男性性を証明できないことであり、それはミッシー・メイが夫を支えていないことに通じる。子供を産むことで、しかも、スレモンズではなくジョーに似た男児を産むというミッシー・メイがいわゆる女としての役割を果たすことで、ジョーの男としての誇りは保たれる。

以上のように、男と女の関係において、見えない潜在的な「性的区分」(Schmidt, 95)が、一方を他方が支えるためという、いわば「主従の関係」(Schmidt, 95)として存在していることがわかる。そのために、ミッシー・メイは、彼女の若さで張り裂けんばかりの体が示すように(注二五)、溢れんばかりの可能性を持ちながら、それを生かすことができない。

＊＊＊

作品の世界では、最初の一行に「黒人居住区にある黒人の家の周りの黒人の庭」(54)という表現がある。「黒人」という言葉の繰り返しに示されているように、意図的に限定された世界が表面的には描かれている。しかし、ハーストンの狙いは、こういった限定的世界を出発点として、問題の普遍性を追求することにある。ジョーやミッシー・メイの抱える問題は、必ずしも二人だけとか黒人だけの問題ではないことを表現しようとしているといえる。それはジョーンズの言葉を借りれば、「心の中の現実」(64)を表現することに狙いがあるのだ。イートンヴィルのような「幸せなエデン」にも「誘惑」(Bone: 1975, 149)があることを示すことで、どこにでも起こる問題として提示している。

問題の普遍化には読者の作品への参加が不可欠である。そのために「語りでの要約的説明」(Jones, 65)を極力単純にしている。第三者による語りをほとんど行わず、ジョーとミッシー・メイとの対話の中でストーリー性を保とうとしている。その中でも、登場人物の心の動きを示す対話を直接行わせないようにすることで、「微妙でわかりにくい変化」(Jones, 65)

をしているという印象を高め、読者独自が積極的に読みに関わることを要求する。

アイスクリーム・パーラーの描写についてジョーンズは次のように分析する。

ジョーのその場面の描写は大切だ。ハーストンは直接かつ劇的に我々読者をアイスクリーム・パーラーに導くことはなく、むしろその場面をとばして、ジョーに回想させる形で説明している。ジョーが説明して、ストーリーはそのときの登場人物たちの反応と共に進展するように仕組まれている。価値を複雑な形で示し、混乱した状態を作り出すことで、新しい見知らぬ人物の愛情が優先されるように描かれていて、その中で心の関係が探求される。(Jones, 68)

物語を話すことを回想的に行わせることで、心の変化の描写が可能になり、「心の中の現実」が高まり、しかもそれにより、読者の参加が促進されるというわけだ。

ここで、さらに大切なことは、対話を使うということは、黒人の方言を使うという事実である。また対話の中で物語を話す行為をするということは、黒人の口承文化という伝統を活用するということになるところだ。このことは、作品の内容が限りなく黒人という個人性に近づくということである。そうでありながら、黒人の心の中に入れば入るほど、人間一般の問題を扱うことになるということが大切になってくるのである。これからして、作品の構造的な戦略として、方言を駆使した語りにしたことの意義が見えてくる。すなわち、限定的世界から普遍的世界への発展を可能にしているというところに意義がある。

ジョーンズ(68)は、ハーストンの以上のような構造的工夫は従来の「文学的慣習」を打破するものだといっている。このようなハーストンの意欲は、作品の内容面で、従来から存在するものの中の悪的面に立ち向かっていこうとすることに繋がってくる。既成のものはときとして歪みを持っているということは、スレモンズの装身具が「金メッキされている」とは周りの人々が疑わなかったことや、ジョーやミッシー・メイたちの行動の基準はその「金メッキされた」ものに価値を認めての行動であったことを思い起こせばよい。また、社会は、物的に豊かであることや、夫を支えることだけに専念する妻を是とする共通認識を作り出しやすいものなのである。このような傾向の中では、共通認識という全体性だけに眼がいき、個人への視点がなおざりにされやすいことを思うと、この作品の持つ意図が一層明確になる。

＊＊＊

ジョーとミッシー・メイは、事件後三カ月の気まずい期間を経て再び事件前の世界に、すなわちジョーが彼女にコインを投げて、キャンディを探させるという生活に戻る。彼らにとって事件は何を教えたのだろうか。彼らは試練を経て成長したのだろうか。

ヘメンウエイは二人は成長したとして次のようにいう。

ジョーは自分の深い苦悩を言葉に表現することができない。それに、ミッシー・メイは悲しみを明確にできないのだ。しかし、ジョーにうりふたつの最初の子供が生まれ、二人は一年間生活を共にする中で、お互いの愛を再び取り戻し、共に成長する。(Hemenway: 1977, 188)

ハワードも同じように、「抑圧の根源を取り除き、抑制され威嚇された魂を解き放つ」(72) とし、二人の苦しみの源がなくなったことを強調している。彼女はさらに、「苦しみながらも獲得した成熟と知恵」(70) といい、二人が成長したと読んでいる。こういう読みを支えている理由は、作品を「裏切りと許し」(Witcover, 85) という単純な対極構造で読んでいるからである。ジョーは確かにキャンディを「許しの象徴」(Hemenway: 1977, 188) として買ってきて、彼女に与えるように見える。また、ミッシー・メイもそれによって元の陽気さを取り戻しているように見える。しかし、問題は彼らの生活が、結局のところ、逆戻りしてしまっているところにある。その逆戻りを誘導しているのはジョーの許しの中に内在する意識構造なのである。

シュミットはジョーの許しについて次のように読む。

ジョーが入り口のドアに向けてお金を投げるとき、キャンディ・キスを買おうと決めるときの彼の心の中にある優しさは、弱まっていることになる。それは、その行動が一家の稼ぎ手としての支配者的役割を示している上に、ミッシー・メイが気持ちの上でも経済的にも彼に依存しているということを当然のこととして認めさせることになるからだ。(Schmidt, 101)

シュミットの分析は男としての支配意識が依然としてジョーの中にあり、それがコインを投げ、キャンディを買い与えるという行動をとらせていて、ミッシー・メイもそれに応じているというものである。

ジョーの許しに内在する意識を分析するために、さらにストーリーを遡ると、シュミットの分析の正しさがわかる。ジョーの許しに直接的に通じることは、彼女が男児を出産しえたということである。しかも、子供が彼に似ているということで、彼女が彼の男性性を確保することに役割を果たしたということが、妻の不義を許す要因になっている。その許しを示す行為が、コインであり、キャンディなのである。彼女とスレモンズの不義が、結局のところ、彼の優越感を支えるための行為であったが故に、スレモンズからうっかりとった金の飾りを、いわば褒美として彼女に与えたり、枕の下にチップでも与えるかのように置いておく行為と、彼が最後に行う行為とは酷似していることを考えると、彼に内在する支配者的意識は解消されていないとみるべきである。

このような見方を支えてくれるのは、ミッシー・メイの気持ちである。彼女は、具現化させることはできないが、ジョーは許しているようでもどこかその中に疎遠なところがあると感じている。

ミッシー・メイはなぜ自分はジョーのもとを去ることができないのかわかっていました。彼女はジョーのことを非常に愛していましたが、なぜジョーが自分を置いて出て行かないのか理解できませんでした。彼には手荒なところはなく、時には優しくもありました

が、どこか疎遠なところがあったのです。(64)

彼の許しは「手荒でない」や「優しい」が「疎遠な」と共起することに象徴される歪んだものである。しかし、結局のところ、「妻の役割」を実践し続けることになるということへの洞察も彼女にはない。ミッシー・メイは依然「妻の役割」として、ジョーの母がいうように、「あの女はメス牛みてぇに、強ぇぞ。もっともっと産めるな」(66-67)という女であり続けるのだ。

以上見てきたように、ジョーやミッシー・メイは苦難を経ても成長したとはいえず、彼らの未来は偽りの幸福の中にあることになりそうだ。作者ハーストンは、ジョーやミッシー・メイに、登場人物として厳しい役割を負わせることで、読者に暗示を示そうとする。すなわち、人間の心の中を支配する人間性を歪める可能性のある意識構造に眼をやり、それと決別しない限り、決して問題の解決にはならないということなのである。

第二章　ヨナのとうごまの蔓

――分裂するアイデンティティ――

自伝的内容を軸に展開するこの作品は、主人公のジョンの説教師としての仕事が、作品を理解する上で重要な役割をなしてくる。ハーストンはジェイムズ・ウエルドン・ジョンソンへの手紙の中で次のように説教師に関する興味を述べている。

わたしの小説について一言申し上げます。わたしが描こうとした黒人の説教師は滑稽でも、厳格な清教徒に似たものでもありません。ごく普通の人間で、黒人教会で会衆に上手に話ができるような詩人を描こうとしたのです。買収されて、最終的に長老派教会員や監督教会員になったような黒人のことをいっているのではありません。気高さや美しさや詩情や色彩を適度に大切にする、ごくごく普通の黒人のことなのです。装飾に装飾を重ねる時代にあって、そのような絵空事が成し遂げられていると誰が信じるでしょうか。それがわたしの見方なのです。わたしは説教師のことを、教会の説教壇の外に生きる人だと見ているのです。わたしの考えでは、説教師は他の人間と同じように、自分が考えている通りに行動できなければ駄目だと思います。そうすれば、説教壇に上るとき魂の声になれるのです。(Hurston; 1934c)

このジョンソンへの手紙は『ヨナのとうごまの蔓』を書いた後、ハーストンのこの作品への意図が何であったかを語ったものである。これから、彼女の興味がプロテスタントに染まっていない、黒人文化を受け継ぎ実践している、人間臭い説教師にあったことがわかる。また、彼女の作品執筆の重要な狙いとして、説教師を軸にして、キリスト教的概念と伝統的黒人文化をベースにした概念との関わりがあったこともわかる。主人公ジョンの説教師としての仕事を念頭においても、こういうことが作品全体の彩りの基調になっていると思える。

＊＊＊

まず、黒人教会とキリスト教との関係を分析することから始めてみよう。ハーストンが黒人教会に興味を抱くきっかけのひとつは、黒人教会の内部対立にある。内部対立に接する中で、黒人教会のあるべき姿について思いを巡らしたのだろう。『騾馬の骨』に描かれていることからして、イートンヴィルにはマセドニア・バプティスト教会があり、そこでクラーク派とシモンズ派に分かれて、いわゆる権力抗争を行っていたようだ。これとよく似た争いが、作品中でもジョンが説教師を務めるシオン希望教会で起こっている。ジョンが教会の会衆からまだ信頼されている間は特に問題は起きなかったが、彼への不信が高まるにつれて「ハティ派」と「ハンボーとジョン・ピアソン派」(264)に分かれて争いを演じる。この争いは両派の思惑のみが絡んだ形で行われる。こういう中で、教会のあり方について彼女は考えさせられたのだと思える。

彼女は自伝的作品である『路上の砂塵』の中で、マセドニア・バプティスト教会がいかに自分の一部になっていたかを説明している。

わたしは生まれてすぐにバプティスト教徒になったのです。それで歌や説教やお祈りを聞いて大きくなりました。それがわたしの一部となったのです。しかし、コンサートのステージで、霊歌と呼ばれる歌が歌われ、黒人音楽として拍手喝采されるのをいつも聞いていると、もし白人の聴衆が本物の霊歌を聴いたならどんなことが起きるのだろうと思いました。わたしにとって、黒人がマセドニア・バプティスト教会で歌う歌は、訓練を受けたどんな作曲家が民衆の歌に編曲を加えたものより素晴らしかったのです。

(Hurston: 1942, 206-7)

これからマセドニア・バプティスト教会がハーストンという人間を形作るのにいかに重要な役割をなしていたかということと、その教会が白人的なものといかにかけ離れたものであったかということがわかる。

アメリカにおける黒人教会の基盤は本来アフリカ的なもので、キリスト教的な要素はなかったようである。W・E・B・デュボワは黒人教会が本来的に持っているアフリカ性について次のようにいう。

まず、我々が認識しなければならないことは、それがどんなものであれ、黒人教会といった組織は、歴史的基盤がなければ育ちえなかったということである。黒人の社会史はアメリカで始まったのではないということを考えれば、こういった基盤が理解できるだろう。……黒人の宗教は、良いものも悪いものも含めて、眼に見えない周りの力に対する深い信仰を伴った自然崇拝であった。そして、その崇拝は呪文を唱えたり、生贄を捧げることによって実践されたのだ。(DuBois, 341)

さらにデュボワは黒人教会のアメリカにおける役割として「黒人生活の社会的中心」(340)といい、教会が日常的に黒人生活を支えていたこと、物事の判断をするとき最終的に拠り所にしたということを証言している。アフリカ性を受け継いだ黒人教会における説教師は、当然のこととして、アフリカ的性格を持った人たちであった。説教師がどのような性格で、どのようにして生まれてきたかについて、もう一度デュボワの証言が必要である。

聖職者もしくは呪術師と呼ばれる人は、早い時期から農園に現れた。その役割は病人の治療をしたり、人々にわからないことを解釈したり、悲しみにくれる人々を慰めたり、悪害的行いに対して超自然的な力によって復讐をしたり、略奪され抑圧されている人々の願望や失望や怒りを、手荒ではあるが生き生きと表現したりすることであった。このように、黒人説教師は、奴隷制度が許容する狭い範囲内で、吟遊詩人、医者、裁判官、司祭として生まれたのだ。さらに、その活動の場として、アフリカ系アメリカ人の最初の組

織である黒人教会が誕生した。(DuBois, 342)

説教師がいかにアフリカ性を持った存在であったか、また、そういう性格が民衆の心をいかに支えていたか、それにいかにユニークな全人的な人物であったかがわかる。

作品中でも、会衆の信頼をえていたジョンは、説教の中でも何度か説教師と会衆との心の一致が必要であるかということを訴えている。会衆と分離した説教師はありえないのである。しかも説教師と会衆との一体化は、黒人の歴史や文化に根差した説教をするからこそ成立する。白人的方法で説教を行う説教師に会衆は決して反応することはないのだ。

本物の歌う黒人は、白人と同じような歌い方で白人の宗教音楽を歌う黒人のことを嘲笑するのです。そういったタイプの説教師のことを、「何で本当の説教を全然しねぇんだ。ただ口上をこね回しているだけじゃないか」というのです。(Hurston: 1981, 106)

作品の中でも、コージーという説教師がジョンに代わってシオン希望教会で説教をしたときの会衆の反応は芳しくなく、右記の引用のように「ただ口上をこね回しているだけ」という表現で不満と戸惑いを表している。

以上見てきたように、歴史的・文化的要素を持った黒人教会、その中で黒人の歴史と文化を実践する黒人説教師は黒人生活の中で極めて求心的役割を果たしてきたといえる。しかし、これも時代の流れの中で変わってきているようである。主人公のジョンはその変化について次のようにいっている。

「……おかしいよな、昔おいらがみんなを喜ばしていたことが、みんな今じゃいけねぇってことになったんだからの。おそらく、おいらも年を喰ってきとるんじゃろう。女を持つってこたぁ、昔は悪いことじゃなかったがの。おいらが年を喰ってきて、いけねぇってことになったんじゃ」(262-63)

会衆の説教師に対する態度や説教師の行動に対する捉え方が、昔と変わってきていることにジョンは気付いているようである。

このような変化を引き起こしている要因は、西欧的概念の支えであるキリスト教的文化にあるとハーストンは考えている。彼女は黒人教会のひとつである聖なる教会にそのような傾向が見られると、次のようにいう。

黒人の歌は本来の荒削りのリズムをコンサートでグレゴリオ聖歌に歪められ、出典が明確でない補足的曲はバッハやブラームスの曲に調音し直されているのです。しかし、教会に行って祭壇の前で荒削りの雷のような詩を、聴衆と共に説教師が歌うのを見てご覧なさい。聴衆たちはギリシャ正教会のコーラスのように体を動かしながら、語りかけるタイミングになるたびに「説教師を巻き込み」そこを強調するのです。(Hurston: 1981, 103-4)

歴史的に日常生活の支えとなり、先祖の血を受け継ぎ、それを実践してきた黒人教会がキリスト教化していく中で、何をもたらしたかというと、デュボワ(344)によると、堕落と家庭崩壊だという。それに加えて、キリスト教化した黒人教会は、黒人たちに無抵抗と服従を教えたという。こういう中で、説教師に対する会衆の捉え方も、以前の全人的な人物としてではなく、他の職業と同じように、社会におけるひとつの地位となった。そして人々の尊敬をえることができるという点で、成功者の一人として捉えられるようになっていく。こうなると説教師や黒人教会は従来の文化や歴史を伝え、黒人の生活を精神的に支える存在から、人々の中に上下関係というカースト制度意識を助長し、固定化していくための役割に変貌してしまうのだ。

時代の流れの中で、黒人生活の中心であった教会と説教師およびそれを取り巻く黒人たちの変化によって、黒人文化そのものに揺れが生じ、黒人たち自身の中でアイデンティティの分裂を引き起こすことになっている。本来支えであったものが、人種的意味での分裂の危機を引き起こす要因になっているのである。

＊＊＊

黒人教会で見られた分裂は、基本的にはアメリカ黒人の分裂の宿命を象徴している。歴史的に見て、彼らは分裂の歴史を繰り返してきたといっても過言ではない。ここでは、黒人教会よりもさらに範囲を広げて、分裂を繰り返してきた彼らの歴史と、その分裂が民衆の間に表れている具体的状況を見ていきながら、それを支える二律背反の意識構造について考察を進める。

アメリカ黒人の歴史的・代表的指導者というと、ブカー・T・ワシントンとW・E・B・デュボワである。この二人は共に偉大な指導者としてよく引き合いに出されるが、同時に、対照的な理念を基に民衆を指導したことでも有名である。二人とも『ヨナのとうごまの蔓』には簡単な記述があり、ハーストンの中にもこの二人の持つ対照的な指導理念が、作品を書くときの心の背景の一部として存在していたように思える。

ブカー・T・ワシントンは、作品の背景の一部でもあるアラバマ州ノタサルガの南西約一〇マイルのタスキギーで一八八一年にタスキギー・インスティチュートという黒人のための、いわゆる職業学校を始めている。彼の開校、学校維持の苦労は『奴隷より身を起こして』に詳しい。彼が目指したことは、簡単な言い方をすると、黒人は自立するために手に技術をつけ、少しでも白人に近づくために努力するということだった。いわゆる実学を目指したのである。作品に出てくるノタサルガの学校はワシントンのものではないと思えるが、ワシントンの学校を意識したものだったことを想像することは容易である。

W・E・B・デュボワは、ワシントンとは対照的に、黒人が苦境から脱出するには、独自の黒人文化が何であるかを知り、それに自信を持つことを指導の理念とした。白人的文化の追求ではなく、歴史的に受け継がれてきた黒人の魂に目覚めて生きることにこそ、黒人の真の救済の道があると考えたのだ。彼のこの考えは、一九〇三年出版の『黒人の魂』に凝縮されている。一見人種主義的響きのある彼の考え方も、人種差別により否定され、自らをも否定する可能性のあった黒人性の回復を訴えた点では、ワシントンとは好対照であった。彼のこの考え方は一九〇五年に始まった「ナイアガラ運動」の中で一層深まり、理解を広めていく。

短絡的図式化には危険を伴うが、ワシントンは白人同化的方法で、まず黒人の厳しい現状を脱出することを主張したのに対して、デュボワはブラック・ナショナリズム的考え方で、失われた黒人の自負心を呼び起こすことを目指した。当時の社会的評価は、ワシントン寄りの傾向が強かった。それは、奴隷解放直後で、制度は変わっても人種差別意識が白人の中でも黒人の中でも、頑強に存在していたからである。人種差別の中で、白人は遙かに黒人より優れた存在として捉えられていたこと、黒人たちもそれと同じように考えていたことは想像に難くない。このため、ワシントンは白人側からの扱いも良く、一八九八年にはマッキンレー大統領、一九〇五年にはルーズヴェルト大統領のタスキギー・インスティチュート訪問を受けているし、ホワイト・ハウスにも招待を受けたことがあったほどだ。それだけワシントン的方法が白人の社会からも歓迎されていたことがわかる。

一九一〇年頃には黒人の北部への大移動が起きている。作品の後半部分にもこの北部への黒人移動が人口問題を引き起こしていて、労働人口が激減していたり、教会の会衆が減少したりして、いわゆる南部の存亡の危機にすらなりえる状況だったようだ。一九一四年になると、第一次世界大戦が始まり、北部では工業労働力がますます必要になってくる。そして、一九二〇年には黒人の北部移動はピークに達する。猿谷（149）によると、一九一〇〜二〇年代の北部での黒人人口増加率は四三・三%であったのに対して、南部では一・九%で、一九二〇〜三〇年代は北部では六三・九%と一層増加し、南部では五・〇%にとどまっている。

黒人の北部への眼は二〇世紀に始まったことではなく、奴隷制時代から存在していた。南部プランテーションで展開された奴隷制の時代、北部に行くと自由になれるという噂が多くの黒人を北部に向かわせた。彼らは奴隷時代も解放後の時代も、北部を一種のカナンという「約束の地」（239）として捉えていたのである。奴隷時代は肉体的自由を求めての北部移動だったが、解放後の彼らの動機には別の角度からの強い動機が加味されていった。それは、一言でいうと、物質的豊かさ、都会的華やかさへの憧れである。作品中人々が次々と北部に移動していくのも、世の中が金にとりつかれてきているからだ。

世の中は金に狂ってしまっとる。戦争の危機がなくなったんで、みんな金を使わねばならないと思っとる。買って忘れる。金を使って心を和ます。悲しいと絹製品を求める。喜びを取り戻そうとして宝石を買う。工場は轟音を挙げて稼働し、「人手が欲しい！」と叫んでいる。凄い勢いで白人の働き手が不足するようになってしもうとる。不足しとるんで人手がいるんじゃ。そんなとき、黒人は人手なんかじゃないなんていってられやしない。人手が必要なんじゃ。南部の筋骨隆々の人手が必要なんじゃ。(235)

こういった北部への黒人の移動によって起きてくる黒人文化的開花がハーレム・ルネッサンスといわれる文化運動である。ハーレム・ルネッサンスの時期は議論の分かれるところだが、一応一九二〇年前後に始まり、約一〇年間ハーレムを中心に起きた文化的開花だと規定できる。『ヨナのとうごまの蔓』はボーンのいうように「ニグロ・ルネッサンスによって培われた」(Bone: 1965, 127) 作品であるといわれている。ハーレム・ルネッサンスの解釈も議論の分かれるところだが、特殊な要素はあるにしても、同時代に起きたシカゴ・ルネッサンスと同じ考え方で捉えるべきであろう。シカゴ・ルネッサンスは国内が戦争景気で沸く中で、社会が物質化・工業化していき、人間が機械に振り回される傾向が強まり、人間性が社会から失われていくことへの反動であった。戦争による時代の非人間化、社会の殺伐化に対して、黒人文化はその当時の人々の心の痛みを癒すための役割を果たしていたといっていい。人々の心の荒廃化を引き起こしている強い要素になっているものを、西欧的文明の中に認めていく傾向にあったアンチ・カルチャー的考え方を持った人たちは、白人とは異なる文化である黒人文化を、エキゾチックな文化として歓迎していた。しかしそのために、黒人文化のエキゾチック性が強調され過ぎる傾向があった。黒人文化そのものはエキゾチックでも何でもなく、エキゾチックという見方をすること自体、ハーレム・ルネッサンスが黒人の文化的開花といいながら、白人的視点からのものであったことを物語っている。黒人文化は、本来民衆性を基盤にしたところから成立していながら、エキゾチックということで価値を認められた。そのために、元来の民衆的傾向が低俗化という見方をされ、せっかく認められたエキゾチックという価値を失うことを恐れて、民衆から離れたところで展開されることになる。こういったことは、ハーレム・ルネッサンスが白人傾斜的な文化運動だったことを如実に示している。

次に今考察したような白人的基準を作っていった背景、それに伴う黒人たちの中に生まれてきた意識構造を作品に則して見ていくことにする。既述したように、黒人の白人化傾向を考える際、時代的背景は極めて重要な要素である。それは、黒人たちの白人化傾向が奴隷制度や小作人制度の中で、自己否定的認識を基盤に白人崇拝というパターンをとっているからである。

『ヨナのとうごまの蔓』の中には登場人物の経歴的面で不明確な部分が少しあるが、主人公ジョンの母にあたるエイミーの生まれは一八五三年だとわかる。夫のネッドはエイミーより年上と思えるので、一八五〇年前後の生まれだと想像できる。すなわち、彼らは奴隷として生を受けたという設定がなされていて、少なくとも一八六三年の奴隷解放宣言まで約一〇年間奴隷として生活を営んでいたのである。作品では彼らの解放後の生活から描かれていて、白人のビースレイのもとで、シェアークロッパー（小作人）として生活している。小作人制度は、黒人に自由を与えた制度のように見えて、実は彼らの生活を奴隷制時代以上に苦汁に満ちたものにしていった。ネッドの家族の生活は日に日に厳しさを増し、そのため人間としての尊厳を失っていく。それに並行して、機関車によって示されているように、白人の優越性に（Eley, 324）隷属する意識を強めていったといえる。

奴隷およびシェアークロッパーを共に経験する中で、自己に対する否定意識を強め、白人への劣等感を高めていったネッドの内的苦しみは、彼が年齢より年寄りに見える外見に象徴されている。彼に内在する複雑な白人へのアンビヴァレンスは、義理の息子である混血児のジョンに対する歪んだ態度となって表れる。ジョンは、白人と見間違えられるくらい、白い膚をしている。この白さに対してネッドは敏感に反応するのである。彼はジョンをかつては愛していたが、徐々に憎しみを強めていく。この変化は、彼のシェアークロッパーとしての無力感に並行するものである。ジョンに対するネッドのアンビヴァレンスは一見別々の感情に見えるが、白人に対する彼の感情ということを軸に考えると、同じ意識構造から発していることがわかる。すなわち、共に彼の中に黒人である自分に対する否定意識と白人に対する劣等意識がベースになっているのだ。ジョンを愛するときの彼の中には、自分の身内に白い膚の人間がいて、それを自分が養っているという歪んだ形の優越感、すなわち「白」に対する劣等感がある。ジョンに憎しみを表すことをはばからない彼の中では、自分の今の厳しい状況を作り出した元凶の「白」の世界をジョンの白い膚によって想起させられ、彼に一層の無力感を抱かせるということが潜在的に生じているのだ。しかも、ジョンに自分の支配力を行使することで、歪んだ形での優越感、すなわち「白」に対する劣等感を感じているのである。奴隷制度と小作人制度の中から生まれたネッドの「無力感」(Witcover, 88)は、彼の中で歪んだ形で白人志向を形作っているのである。

「ジョンは家つきの黒ん坊なんだ。神様はいつだって黄ばんだ黒ん坊を家ん中で働かして、銀食器やガラス食器をテーブルまで運ぶ仕事をやらせなするんだ。おいらたち黒い黒人は雨風にさらされなきゃなんねぇようになってんだ」(14-15)

人種差別の中で生まれた劣等意識を克服するには、その劣等意識を根絶する必要があるが、ネッドの場合は、エイミーが「やってることは猿と変わりゃしねぇ」(24)とネッドの行動を形容するように、白人的行動をとることで劣等意識を越えようとした。白人的になろうとすることがどのような形態をとって表れているのか、また、その行動の裏にどのような意識構造が存在したのかについて次に見ていく。そして黒人の中に形作られていった白人的基準に偏った形での内的分裂について考えていく。

ネッドは黒人同胞について次のようにいっている。

「……黒ぇ奴は思い悩んで死ぬなんてこたぁねぇ。ところが、白人は悩んで、心配して、自殺ってこともあるんだ。黒人も、ちったぁ悩むけんど、すぐに寝てしまうんだ」(25)

彼の白人寄りの発想が読み取れるが、それを黒人同胞を否定することによって実践しようとしていることがわかる。頭が鈍いとか、思考能力がないといった黒人に対する見方は、白人による人種差別で黒人を否定するときの根拠になる場合が多いが、これと同じ基準を使うことで、黒人を否定していることがわかる。ネッドのこの傾向がルーシーの母、エメリーンの中にもある。自らを上流黒人として認識し、ルーシーの他の黒人友だちは「取るに足らない」(114)と考えている。彼女の中に、自分は豊かで立派な家に住んでいるのに対して、彼らは白人の地所に住む「プランテーション小屋住まいの黒ん坊」に過ぎないという、物的豊かさを基にした判断基準があり、自分の白人的近さを是として捉えているのである。彼女のこの考え方に基づく行動や、ルーシーにしとやかで過度に道徳的行動を要求する点などから、南部の白人貴族的生活様式に近いものを彼女が求めていたといえる。

劣等感を生み出していく基になるものの中に物質的志向がある。これは奴隷制時代に蒔かれ、小作人制度の中で増殖された黒人の中の経済的弱さと関係する。いくら働いても自分のものを持つことができない生活の中で、経済的不能認識を黒人たちは高めていき、それに対する反動として所有欲を強めていく。このことはネッドが地主のビースレイに綿の分け前を騙し取られていることを見てもわかるし、エメリーンが娘のルーシーの結婚相手にアーティー・ミムズという年を取っているが、六〇エーカーの土地持ちの男を考えていて、ジョンのような何の財産も持っていない男を否定しようということにも表れている(注一)。こういう物に対する所有欲は、ネッドの中にある女や子供を所有しているという意識にも通じる。これは奴隷時代、奴隷主が奴隷を自分の財産として所有していたときの意識と同じものなのだ。そういう中で生きてきた奴隷経験者であるネッドの中には、物を所有したいという意識と同じ意味でエイミーや自分の子供たちを、物として所有しようとする意識が、潜在的に養われてきていたのである。

こういった所有欲は、同じく奴隷制時代に正当なものとして黒人たちの間に染み込んだ、支配者を絶対とする意識に繋がってくる。服従する側に立っていたネッドは、エイミーや子供たちを服従させることによって自己満足をえようとする。

彼の心の中では、弱いものがさらに弱いものを求めて強者たらんとする、いわゆる弱肉強食の論理が働いているのである。シェアークロッパーであるため、家庭内で経済的主役を演じられなくなっていた彼は、一家の柱になれないという状況にあり、夫として、父として、すなわち「男」としての喪失感を強めていったのである。こういったネッドには、失われかけた「男」を守るために、義理の息子のジョンに厳しくあたる必要があるのだ。ジョンは子供であるために弱い存在で、ネッドの「男」回復のための手段としてのターゲットになりえるということもある。さらに、ネッドの狙いを効果的にすることは、ジョンが「白人的」という、いわゆる強さを持っていることに加えて、肉体的にもネッドに勝るほどに成長している彼を虐待することで、ネッドが「男」を回復できる可能性が強まるのである。「男」を誇示することで、「主人」であり続けようとする彼の狙いは、エイミーに向けられる鞭という奴隷制時代を想起させる道具によっても強められている。

支配者側に立とうとする意欲はネッドに限ったことではない。サンフォードの教会関係者も、支配者である白人側に立つことで自己満足をえようとする傾向がある。白人的基準の中で社会的に尊敬される地位という価値を付与されていた説教師側に立つことを、会衆たちは一度は試みる。すなわち、女遊びが激しいジョンの悪い噂が広まっていながら、説教師としての地位を保持している彼への会衆からの支持は、一度は維持される。説教師を尊敬されるべき地位として固定化して捉えられるようになっていた会衆は、その地位にジョンがいるからこそ、彼がハティに対して暴力をふるっても許すことができる。それはハティという売春婦を殴るという、売春婦を否定する暴力を是認することで固定化し、尊敬されるべき地位として、ステレオタイプ化された説教師を支持することになるからである。これに対して、白人による裁判を通して、結果的に説教師を失職するジョンに対する態度は豹変するし、彼に対する尊敬の気持ちを全く捨て去ってしまうのである。

以上のことから、かつて奴隷制度や小作人制度の中で傷を深めていった劣等意識に支配されていた黒人たちの中で、彼ら自身に対する評価が、彼らの持っている本来的人間性に基づいて行われるのではなく、彼らの外見的な付加的価値によって行われていたことがわかる。その外見の判断をするときの基準が自己を否定する形で、白人的基準を絶対とする固定観念として形作られていっていたのである。ここで大切なことは、彼らの中に、一方を否定し、他方を肯定するという方法で彼らの固定観念が強化されていたことだ。すなわち、彼らの中の自己否定的意識と白人的基準に偏った志向は、相互依存的に存在していたといえる。別の言い方をすると、彼らの中に二律背反の意識構造があったということだ。このため、具体的にいうと、彼らの中ではいつも、キリスト教的概念とアフリカ的またはヴードゥー的概念とか、聖人志向対悪人的傾向とか、聖女を求める志向に対してあばずれ女を求める志向という形で、ふたつの相反する傾向が共時的に、お互いを必要としながら並在していたのである。しかし、彼らのこの二律背反の出発は、劣等感という自己を否定するところにあったため、究極的には彼ら自身の足元を揺るがしかねない状況にあった。

＊＊＊

これからは、作品の主人公ジョンを対象として、ルーシーを中心にする女性たちと彼との関わりの中で、ジョンの中のアイデンティティの分裂を見ていく。論の展開の軸になることは、彼の中にも基本的に二律背反的意識構造が存在し、アイデンティティ分裂の危機にあったということだ。

ジョンに内在する意識構造を考える際の出発点は、義理の父ネッドとの関係である。彼の本当の父は白人のアルフ・ピアソンらしいという暗示はあるが、真偽のほどは定かでない。父が明らかでないということで、彼の中では象徴的な形で男性性が剥奪された状況が作り出されている。これに加えて、ネッドからは「黄ばんだ父なし子」(22) といわれ、彼の息子として、すなわち男として認められないという環境に置かれている。こういう彼の出生の不安定さが、彼の男性性の不安定さを作り出し、彼に「性的切迫感」(Schmidt, 116) を作り出している。このため、彼は生まれたときから一人前の男として自分を証明しなければならない状況にあったのだ。

彼の男らしさを求めることに集約される人生のスタートは、肉体的にネッドに反発することから始まる。一回は母に鞭を振るう父に対して、母を守るために反発し、もう一回は畑でネッドの命令に従わなかったことで殴られそうになったとき、毒づいてネッドの暴力を押さえつけるときである。彼は自分の男としての存在を否定していたネッドに反発することによって、皮肉にも男になる手段を与えられるのである（A. Brown: 1991, 79）。そして作品では、彼のこの男としてのアイデンティティ確保のための行動のイメージが最後まで続く。

作品の全体の流れをジョンに絞って考えてみると、彼が貧困から金持ちへと、仕事の面ではシェアークロッパーから説教師へと、成功していくことを軸としてストーリーは展開される。この展開の中で彼の意識は、劣等感から優越感へと変わっていき、男性性を認識していくという流れになっている。しかし、この成功への道程で、彼の内面に変化が生じてくることがこの作品のポイントになる。

ジョンは義父ネッドとの確執の中で、自分の中にある男として認められないことから生じる劣等意識を顕在化させてはいなかったが、貧しいネッドの家を出て、ソンガハッチー川を渡った頃から、それは彼の意識の表面に出てくる。彼がたどり着いた川の反対側の世界は、今までの赤貧の世界に比べて、華やかで豊かな世界だった。そのときの彼は裸足で、着ているものもみすぼらしかった。「自分が裸足であることを、初めて恥ずかしく思った」（31）とあるように、彼はそこで劣等感を抱くと同時に、それを越えるための行動を開始する。新たに認識された劣等感と上昇志向は、ルーシーとの関係に確認できる。ルーシーは、すべての点で彼より勝っていた。外見的にも身奇麗で、知識もあり、豊かな家庭の子供であったのだ。それに対して、彼は「金も地位も」（159）なく、彼女を眼の前にして劣等意識を増長させるだけだった。自分より勝っている彼女をものにすることこそ、劣等感を克服し、成功感を味わい、男としての存在感である「男性的強さ」をえる道であったのだ。以上のことをさらに詳しく見ていくために、ルーシーを巡って彼がどのような角度から「男性的強さ」を追求していったかをたどってみる。

ジョンは両親のもとを去るとき、「金を稼ぎてぇんだ」（26）と母にいって家を出て行く。彼のこの言葉は、金儲けが今後の人生の目的のひとつであることを示している。すなわち、出発に際して彼の目指したことは、物質的豊かさを求めることであったのだ。彼の物質的豊かさへの志向に内在している歴史的意味は、人種差別という経済的搾取の中で、経済的基盤を失っていったことによって家族を養っていけないという、一家の大黒柱であるべき者にとっての無力感から生じる反動なのだ。彼の中には、物質的に豊かになることで家族を支えることができるようになり、それに伴って男としての満足感をえたいという願望が潜在していたのである。ジョンの中に潜在する、歴史的含みをもった黒人男性の「男性的強さ」志向は、ルーシーとの結婚に母エメリーンが反対するが故に、彼の中では反動的に強まる。またそれは、「いい時代で、いい金になるし、騾馬はいねぇし綿もねぇ」（167）というフロリダに行くときの彼の物質への強い興味によっても確認される。さらにこのことは、作品に「ヨナ書」のイメージを持たせてあることでも示される。「ヨナ書」のヨナは神の命に背いてタルシシュに向かう。「タルシシュとは……有名な鉱山があり、商業活動も盛んな町だった。タルシシュとは……豊かな富と結びついた町だった。……神の前を逃れたヨナは、そこで一旗あげて富と幸福を手に入れようと考えていたのであろう」（Miyata, 28）。ヨナの考えるタルシシュへの期待が、物欲的幸福であったように、ジョンのフロリダのイートンヴィルへの期待も物質的豊かさにあったのである。

貧困の世界から川を渡っていった豊かな世界で出会ったルーシーは、ジョンと比べると肉体的面を除いてすべての面で勝っていた。最初に彼女を見かけたときから心を魅かれた彼にとって、彼女に勝つには肉体的強さを示すこと以外なかった。彼は、走ることも他の生徒と比べて早いという彼女と競争して勝利しようと考える。さらに、彼は自分の肉体的強さを誇示するために彼女を抱えて川を渡ってみせるのである。そのとき、彼は次のようにいっている。

「あんたを抱えてそこぉ渡ってみせるぞ。それからそれ［丸太］を元に戻しときゃ、あと人が渡れるからの。あんたの二倍もある穀物袋だって、おいらは担げるんだぞ。だから、おいらがあんたを抱えて渡ってみせるから。絶対落としたりなんかしねぇからよ。……あんたみてぇなちびはどこまでだって抱えられるだ。手の中に入るほどもねぇだからな」（68-69）

彼の中に力強さでルーシーに勝利しようとする気持ちがあることがわかる。ジョンのこの気持ちは、みんなに怖がられている川に住む蛇を殺す行為によって一層明確に示される。蛇はハーストンが「男性的強さ」との関連で「汗」という短編でも使っているが、『ヨナのとうごまの蔓』でも様々な形で蛇をイメージさせるものが描かれている（Howard, 84-85）（注二）。蛇は「男根的イメージ」（Schmidt, 119）であるため、その蛇を殺すことによって「彼の男性的力強さを示す」（Schmidt, 119）ことができるのである。だから蛇は「男性的強さ」への「誘惑」（Morris, 7）としての役割を果たしているといえる。ジョンの肉体的強さへの志向は、このようにルーシーとの出会いに始まり、フロリダに到着するまで途中で立ち寄る男の世界である枕木製材所や、フロリダ到着後に行う鉄道工夫の仕事の中で強められていき、自らの「男性的強さ」願望を高めていく。

アルフ・ピアソンの農場に行くまで、ジョンは読み書きができなかった。知的面でも彼はルーシーに数段劣っていたといえる。アルフの好意で学校に通うジョンは読み書きへの意欲を示し、進歩も著しかったが、言葉の使い方という面ではルーシーを凌げなかった。結婚後も、彼女が知的面でジョンに勝っているということは、時々行う彼女の助言の有効性によって示されている。潜在的に「男性的強さ」確保願望のある彼は、ルーシーに知的面でも勝る必要があった。そのことは、彼女の言葉を封じることによって実践される。そのひとつの方法が言葉の使用範囲を制限することであった。

> ジョンが明確な比喩を使いながら会衆を前に説教をすることに比べて、機知と金言に富んでいるルーシーの話し声は、家の中で漏れ聞こえる程度で、その教えに反応するのは子供だけだった。ジョンの言葉はお金と地位と尊敬をえるのに繋がっている。それに対して、彼女の話が始まると彼は黙り込み、敵意を露にする。（Wall: 1989, 11）

ジョンの言葉が対外的価値を持っているのに対し、ルーシーの言葉が家庭内に限定されたものになっているという指摘をウォールはしているのだ。ルーシーの言葉が徐々に力を失っていくことは、さらに彼女の使う言葉が完結しないで終わる場面を描くことによって示されている（Schmidt, 124）。そして、ジョンが説教師という話術を最も大切とする仕事で名声と信頼をえるに至り、彼はルーシーから言葉を奪うのである。

「おめぇはいつも意見、意見じゃねぇか。だがのぉ、おいらはおめぇもおめぇの意見ももういらねぇんだ。おいらは大人なんだからの。保護者なんかいらねぇんだ。だから、おいらにこれ以上がたがたいうんじゃねぇ」（204）

このようにして、ルーシーとジョンの立場は逆転し、彼の言葉の使い方から見て、知的な面でルーシーに勝ることができ、「男性的強さ」を獲得できたと自己満足を抱くのである。

今までルーシーとの関係で見てきたように、ジョンの中には相手より上位に立つことで男性的強さを感じようとするところがあったことがわかる。このことは、ルーシーとの関係では、自分がルーシーの「父と母」（131）の役を果たすと彼女に約束するときの、この言葉に象徴されている。彼女との関係で対等な関係を彼は目指したのではなく、上下の関係を作り出し、それを維持することで、二人の関係を成立させようとしていたのである。彼のこういう考え方の出発点は、最初の貧しい生活にある。貧しさの中から豊かさを実現するためには、地位が上になることが必要なのである。この上昇願望は、アルフの農場で信頼をえて「責任者」（114）としての役を与えられるころから具体化してくる。イートンヴィルに行った後は彼のこの上昇願望はさらに強化され、司祭、市長、教会の議長と上昇していく。こうして地位をあげることで、彼は自らへの男性的強さの意識を強めていったのである。

以上見てきたように、基本的には彼の「男性的強さ」を作り出している要因は、彼自身が貧しかったというところにあることがわかる。貧しさ故に彼には弱者意識、劣等意識が、男性的強さ願望と裏腹の関係で存在していた。彼の中では、貧しさに象徴される自分の状況を受け入れることができないのだ。すなわち、自分を正当な人間として捉えられず、その逆の豊かさをえることで、失われた自らの中の人間性が獲得できると考えていたと思える。これと同じ意識構造として、自分の父が誰なのかわからないということから生じる、欠落し、曖昧化された自分の中の男性性を証明する必要があった。そのためには女性が必要となったわけである。彼のこうした自己を否定し、他者を求める分裂した願望は、彼に呪術小僧ジョンとジョン・バディというふたつの名前がつけられていることや、構造的に語り手と登場人物のふたつの声を持つように設定してある（Holloway: 1987, 55）ことによっても示されている。

このように彼が男性的強さを求めていたということは、別の言い方をすると、彼の中で二律背反の意識構造を強めていったということである。このことは彼がルーシーに勝りたいという意志を持ちながらルーシーの持つ聖女性を求める一方で、彼女とは正反対の女性を演じるハティやその他の女性、いわゆるあばずれ女、を求めていることに象徴されている。また、彼は説教師という地位を獲得し、説教師という聖者的役割を民衆やルーシーに対して演じながら、他方では民衆の不満をよそに女遊びをし、ルーシーの苦言にもかかわらず悪人的立場もとろうとしている。彼の中には以上のような分裂的傾向が見られるが、その中でも、彼はルーシー的聖女性や説教師的聖人性の方をより強く求めるという偏った分裂をしていることに注目する必要がある。

これは別な表現を使うと、聖女性や聖人性を求める場合、あばずれ女や悪人という要素が彼には必要であったということである。それはあばずれ女や悪人の持つ否定的含みが聖女や聖人という肯定的要素を増幅する役を演じえるからである。ところが、こういう聖人（女）性を求めることと、彼の中の男性的強さを求める志向とは折り合いがつかないのである。なぜかというと、聖女性にしても、聖人性にしても、基本的に性を否定する概念によって成り立っているわけで、彼がそれを追及すればするほど、彼の男性的強さを証明できなくなるからである。そのため、一方では聖人（女）性を求めつつ、男性的強さを求めるために、あばずれ女や悪人的方向にも向かわざるをえなくなる。すると、彼が求めていた聖（女）人性と彼との距離が広がっていくことになる。こういうことの繰り返しの中で、彼の中の分裂は一層強まっていく。すなわち、彼の中ではこういう形で二律背反性が高まっていくのである。

以上のような二律背反の中にあるジョンを描くハーストンの狙いは、アメリカ黒人の中に歴史的に内在している二律背反性を検証することにあると思える。黒人教会に関する考察で見たように、元来黒人教会の説教師は民衆と一致したところで捉えられていて、民衆と遊離した形での聖人性の枠組みは存在しなかった。人種差別という人種的枠組みで人間を規定してきたのと同じ発想で、キリスト教の中で説教師に聖人という枠組みを設定していくことになった。このような状況の中で説教師としての役割を演じるジョンは、キリスト教的傾向と伝来の黒人の土着宗教的傾向を併せ持った存在となっているのである。しかも、右記したようなプロセスで説教師という地位を通して、ふたつの相反する傾向が相互に作用し合っていく中で、強者である白人側、すなわちキリスト教側に偏った傾向を強める形での分裂が生じているのだ。

アメリカの社会は、全般的にいって二律背反の歴史であったといっても過言ではない。人種的面での白人対黒人の関係に見られるように多数派対少数派の二律背反はもとより、文明対自然とか集団対個人、所属対解放といった背反する考え方が絶えずせめぎ合う中で歴史を刻んできたといえる。これは典型的アメリカ的傾向であると考えると、ジョンの中にある二律背反は極めてアメリカ的傾向ということになるわけである。彼はアメリカ的傾斜の中で二律背反の傾向を実践しているともいえるのだ。

＊＊＊

『ヨナのとうごまの蔓』全体の基調は、逃亡のイメージである。ジョンが義父から逃れることにはじまり、ルーシーの兄のバッドとの喧嘩でアラバマからフロリダに逃げること、娘のアイシスが病気のとき売春婦のハティのところに逃げること、最後に再婚したサリー・ラヴレイスを裏切って売春婦のオーラと不義を行い彼女から逃げることなど、ジョンはいつも何かから逃亡していたといっていい。

逃亡のイメージと「ヨナ書」とは関係がある。「ヨナ書」について宮田は、「……ヨナの物語の作者は、むしろ主人公の極めて疑わしい人間性を問題にしているようにみえる。ヨナの人間的弱み、人間的な振る舞い方、人間的な不安といったものに対して関心をもっているように思われる」(25)といっている。宮田のいう「人間的弱み」は、ジョンのイートンヴィルに向かう動機になって表れている。既述した彼の物質的志向は、別の言い方をすれば、自分に外見的にないもの、すなわち西洋的、白人的なものへの憧れが彼をイートンヴィルに向かわせたのである。神の命に背く行動をとったヨナと同じように、彼も向かうべきでない方向に向かったのである。ジョンに誤った方向性があったことは、彼が周辺の人によって戒められていることで確認できる。まず、母は彼の逃亡癖を諭して次のようにいう。

「そこんとこが心配になるところなんじゃ。おまえはいつも逃げ回ったり、木や岩に登ったり、飛び跳ねたり、それに川に石を投げたり、そげんなことばっかりやっとる。ジョン、そげんなことはもうしねぇって約束してくれ」(28)

エイミーにはジョンが物事に直面せず、逃げてばかりいる傾向があることがわかっていて、それを注意しているのである。

アルフも、枕木製材所からルーシーに会いに一時的に帰ってきたジョンに対して「逃げ回るのはやめろ。物事と対峙するんだ」(113)と促している。またルーシーは固定観念に囚われず本質を直視するようにと助言する。

「あんたは自分のことを使うて説教すんだべ。あんたがやってきた立派なことをみんなに思い出させたんだべ。そうすりゃ、みんなは他のことと絡めて考えられるってことだ。ふたつのことを同じときに一緒に考えたら、どっちもつまんねぇことに思えてしまうもんだべ。じゃが、ジョン、嘘は駄目だよ。あんたが悪いことをしても、わざわざ立ち上がってわしを軽蔑してくれろなんていうことはねぇんだ。じゃがの、したのは自分じゃねぇなんてことをいっちゃ駄目だ。口に出していうことは、本当のことでなきゃいかん。本当の気持ちで言ったこたぁ、絶対聞いてる人の心に届くもんじゃ」(196)

ジョンが行おうとする説教に関して、嘘で自分を偽らず、本当の自分で説教をするようにといっている。すなわち、単に教会の人々の持つ固定観念であった、説教師は聖人だというステレオタイプに囚われた説教をするのではなく、自分らしい説教をするように助言しているのだ。このように彼の周囲の、彼に好意的な人たちは、彼がヨナのように逃げ回り、直面すべきものの本質から逃げていると見ているのである。

この逃亡のイメージとハーストンの父に関わる伝記的面とは関係がある。彼女の父は『ヨナのとうごまの蔓』のジョンとほぼ同じ人物で、ハーストンとも決して良い関係ではなかった。だから、彼女にとって父という過去のひとつは、立ち戻りたくない存在なのだった。ハワードは『ヨナのとうごまの蔓』の中にハーストンと父との関係を読み取り、次のようにいう。

自伝的関連が非常にたくさん含められていることを考えると、おそらく『ヨナのとうごまの蔓』の話は、単にハーストン自身に対して「語りかける」ということにとどまらないだろう。小説として格好の材料であるということに加えて、たぶんこの作品は、彼女の父親に対する相反する気持ちを取り除くための、無意識的だが、現実的に心を癒すための努力であったものと思える。(Howard, 90)

彼女の父は、黒人の女性や子供は挑戦的態度も想像力も野心も、白人ではないのだからいらないと考えていて、ハーストンの心の渇きを否定してきた。こういう父に反感を持ち続けてきたハーストンも、実は父も犠牲者の一人だったのではないかという考え方ができるようになったのである (Hurston: 1942, 180-81)。そうすることで、彼女は今まで避け続けていた父との和解ができ、過去に向ける眼から曇りを取り除いて、過去に向けて回帰するきっかけを作ることができるようになるのだ(注三)。

ハーストンは最初、イートンヴィルを離れたいという強い願望を持っていた。一九二四年に『オパチュニティ』誌に掲載された「陽光を一杯にあびて」で、ハーストンを思わせるアイシスという少女を登場させて、イートンヴィルを離れて遠くへ行きたいといつも思っている状況を描き出している。ハーストン自身についても『路上の砂塵』の中で、イートンヴィルを出て羽ばたきたかった彼女の思いが書いてある。彼女のこの思いは、一九〇四年母が死亡し、兄たちのいたジャクソンヴィルに行くことで実行されるが、実質的には一九一五年、旅劇団の「ギルバートとサリヴァン」のミス・Mに週一〇ドルで、いわゆる女中として雇われたときに達成される。旅劇団と一緒に各地を回りながら約一八カ月過ごす間に、北部に行きたいという彼女の願いはかなえられる。一九一七年にボルチモアのモーガン・アカデミーに入り、一九一八年ハワード大学の予科コースに入り、一九一九年の秋に大学に入っている。その後は一九二四年まで断続的に在籍を続け、一九二四年の前半にワシントンDCより念願のハーレムに移動している。そして一九二五年にはハーレムに定住を開始し、他の黒人作家たちや白人作家たちとの親交も深めていく。

その当時の北部での黒人文学の傾向は、リチャード・ライトなどを中心とする抗議文学が主流の時代であった。すなわち、「……わたしが読んだり聞いた話からすると、黒人がものを書くときは人種問題を扱わなければならなかったのです」(Hurston: 1942, 206) とハーストンがいっているように、人種差別を扱う作品を書くことを要求される時代であった。しかし、抗議文学の根底にある黒人の置かれている状況を悲劇的に見る考え方に、ハーストンは同調できなかった。黒人に悲劇性を付与して考えることは、黒人が白人的になれないことを嘆く考え方であるからだ。こういう白人的考え方を軸とする黒人の捉え方に、ハーストンは反発を感じていたのだ。このため、既に見てきたハーレム・ルネッサンスに内在する白人的視点で展開された文学運動にも、彼女はくみすることができなかったのである。この意味で、彼女は同時代人に対し挑戦的だったといえる (Neal, 25)。

彼女のこういった考え方は、北部的志向から離れ、南部的志向となって表面化する。この方向性は彼女が北部で出会うアレン・ロックやチャールズ・ジョンソン、フランツ・ボアーズという人たちによって促進される。アレン・ロックとはハワード大学で会う。彼はハワード大学で「スタイラス」という文学会を主宰していて、そこから文芸雑誌の『スタイラス』誌を出版していた。ハーストンはその文学会会員として受け入れられ、一九二一年五月に「ジョン・レディング大洋に向かう」という初の短編を掲載している。彼はデュボワの「有能な十人」のメンバーであったが、デュボワの「政治的」（Witcover, 59）傾向とは方向を異にして、「黒人遺産の豊かさ」（Witcover, 59）を表現することを主張した。しかし、ハーストンはロックたちの中にも「文化的保守主義」（Witcover, 59）的傾向があると考えていた。それは、彼らが書いたものが、白人によって作られる黒人のステレオタイプと同じものになることを恐れるがために、「普通の黒人が実際に営んでいる生活に根差した表現」（Witcover, 59）で描くことを避け、芸術のための芸術という傾向を示していたからだ。そのため、後にロックからハーストンは離れることになるが、黒人文化の大衆的芸術性に彼女が目覚めることに彼は大いに貢献したといえる。チャールズ・ジョンソンはハーストンの二作目の「陽光を一杯にあびて」を『オパチュニティ』誌に掲載した人で、「新しい黒人の理念」（Howard, 54）を推し進めた人である。彼は、黒人芸術を一部の才能があるとされる黒人に限定せず、黒人は等しく豊かな人間性をもっているとして、黒人大衆の生活文化を黒人文学の中に描くことを主張した人で、ハーストンに強い影響を与えた一人である。フランツ・ボアーズはハーストンが一九二五年より入学したバーナード大学で文化人類学の教鞭をとっていたが、彼女に文化人類学の眼を開かせ、黒人の大衆文化の意義を認識させた人といっていい。当時は黒人文化への興味が広がる中でも、黒人文化の原始的な要素への興味が中心であった。白人文化と比べて原始的なために研究対象にされるという、人種的歪みのある視点で文化に焦点を絞った文化人類学が実践される傾向の中で、偏った文化の捉え方でなく、対等に文化を扱うべきだという姿勢をボアーズは教えたといわれる。黒人文化の意義を一部の才能あるとされる黒人だけによる文化ではなく、大衆の生活に根差したものの中に見いだすべきであると北部で学んでいくハーストンは、それを実感し、実践すべく、一九二七年に、ボアーズの推薦を受けて獲得した奨学金を持って南部に旅立っていく。こうして彼女は南部に戻ってきたのである。

一九二七年以来南部を中心に民衆の間に入って活動してハーストンが出会えたことは、アメリカ黒人の生活にアフリカ的文化が受け継がれているということであった。奴隷としてアフリカよりアメリカに強制的に連れてこられた彼女の先祖たちは、アフリカ性から完全に断ち切られた状態で生活を営むことを強いられたにもかかわらず、心の中でアフリカ性を保持し続けていたのである。

白人たちが考えたことでよくいわれたことは、「アフリカから裸で何も持たないで黒人を連れてくる方が白人のいうことをよく聞く」ということだったのです。それで、服をはぎ取って何も持って来られないようにしたんです。しかし、黒人たちは自分の太鼓を手放さないで、頭蓋骨の下に入れて、皮膚で隠して持ち込んだのです。脛骨はおおっぴらに持ち込みました。それは「太鼓を持っていないのに、誰が太鼓叩きの脛骨を盗むだろうか」と考えたからです。アフリカからの黒人が抜け目のない笑い声をあげていったことは、「連れ去られて、結局父なし子になることになっている俺が、両親を連れて行くんだ。リズムは俺の母親で、できあがった劇は俺の父親ではないのか？」それで、奴隷船の中で唸り声をあげたが、太鼓は隠しておいて、大声で笑ったのです。(59-60)

『ヨナのとうごまの蔓』では黒人大衆の生活の中に受け継がれたアフリカ性が色濃く反映されている。そのいくつかを見ていくことでアフリカ的雰囲気を確認していく。

アルフ・ピアソンの農場に奴隷時代より住んでいるフィーミー叔母さんという老婆は、黒人たちの間で昔から受け継がれている産婆の技術を身につけている。彼女は農場にまだエイミーが住んでいた頃、彼女の子供のジョンが生まれたとき産後の世話をし、ルーシーがジョンとの子供を産むときも彼女が安まるような儀式的なことを行う。それは後産を家の東側にある木の下に深く掘って埋めたり、臍の緒をうまく処理したりすることであった。決して科学的ではないが、民衆の知恵として代々生活の中に受け継がれきていることが実践されている例である。

安らぎを与えるという点では、死を迎える者に対する周りの者たちのとる行動も、アフリカより伝わった一種の儀式として行われる。ルーシーが死を迎えるとき、近所の人々が集まっていくつかの儀式を行う。たとえば、鏡を布で覆う。それは死者の魂が鏡に取りついて離れなくなることを避けるためだ(Holloway: 1987, 99)ということである。さらに、時計に覆いをかけたり、死者の枕を外したり、死者の顔を東側に向けたりすることもアフリカより伝わった、死者に安らぎを与えるための儀式なのである。また、ボォードリュークス(55)によると、ルーシーが死を迎えようとしているとき、ジョンが家の中に入ろうとせず、先祖の霊のある木の下に行きルーシーの死を待つ行動もアフリカ的な信心で、悪霊から身を守るための方法だということだ。

ヴードゥー教とその呪術師もアフリカ的雰囲気を伝えている。具体的に呪術師としてはダンジーとウォー・ピートという二人が登場する。ハティがジョンを何とか自分のものにしたいと狙っていたとき、ルーシーが邪魔になって、彼女にヴードゥーの呪いをかけて死亡させたと匂わせる描写がしてあるし、ルーシーの死後、ハティの悪行に気付いたジョンが、ハティに冷たくあたることに仕返しをしようとするとき、彼に呪いをかけようとしていることも描かれている。呪術師はハティに「ジョンが寝る家の門のとこに立って、この豆を食って、おまえさんの足もとに殻を捨てるんだ」(200)と呪いのかけ方を教える。ジョンの方は逆に呪いの解き方を教えられ、実践する。

「……おめぇのあのアマぁ、木の根っこやまじないを信じとるだで。長ぇ間、おめぇに排泄物を入れたものを食わせとったんじゃ。あのアマが仲間と悪巧みをこね回しているうちに、おめぇは家に帰ってな、ベッドのマットレスや枕の袋やクッションなんかを引き裂いてみなよ。それに、表玄関の階段の辺りを掘り返してみるんだ。おめぇのパンツやシャツの切れ端が埋まっていねぇかよく見てみんだな」(251)

ジョン自身は呪術師ではなく、説教師として、ヴードゥー教に関わる人物として描かれてある。彼に民衆を恍惚とさせる能力があることは、ヴードゥー教の呪術師的力が彼にあることを示しているところであり、そのことは彼の名前のひとつが呪術小僧ジョンということでも裏づけられる(Boudreaux, 53)。彼にアフリカ性があったことは、彼の説教の内容や「はぁ!」と息継ぎをしながらする説教の仕方、叫びで感情的に高まりを示す方法(Hurston: 1981, 91)、会衆がそれによって手を叩いたり、足を踏み鳴らしたりして応える場面などによって示されている。

ハーストンは南部の旅の中で実際にヴードゥー教の儀式を経験していて、『騾馬とひと』や『わが馬に告げよ』でそのときの体験を説明している。ヴードゥー教は、現代の宗教からすると野蛮で時代遅れの宗教と捉えられがちだが、体験の中でヴードゥー教が黒人の生活の中に日々生きていることを認識し、キリスト教ではなくアフリカより伝来の宗教に黒人の基盤があることを確認しているのである。だからハーストンは、「アメリカ南部のフードゥー教呪術師［注：ハーストンはヴードゥー（voodoo）ではなく、フードゥー（hoodoo）というのが正しいのだという。しかし、本文中では日本で定着しているヴードゥーを使用した］はカトリック教会の牧師と全く同じように、正確かつ正式に宗教を守っている」（Hurston: 1981, 83）と正当性を主張できるのである。

ハーストンがアフリカ性に支えられたアメリカ黒人の生活を描くことの狙いは、「魂と非西欧的世界とを繋ぐ人種的連関」（Holloway: 1992, 69）を主張することにある。当時、黒人文学の主流だった社会リアリズムの視点からすると、今まで見てきたようなアフリカ性に則った黒人の生活は前近代的で野蛮な文化と映るかもしれないが、それが黒人そのものであり、決して黒人の価値を引き下げるものとはならないのである（Gates: 1991, 211）。だから、黒人性が『ヨナのとうごまの蔓』という作品の一種の障害になっているとか、黒人はやはり無能だというイメージを読者に持たせる可能性がある（Ford: 1986, 242）という読み方はハーストンの狙いを読み誤っているものといわねばならない。

フォードのような読み方は、元来、白人が白人対黒人という二律背反の意識構造に基づく人種差別の中で、白人より劣った文化を持つ黒人として、画一的に否定してきたことと同じことを実践するものなのである。作品の中で、たとえば、ヴードゥー教によって黒人が画一的に野蛮な文化を持った劣等な存在として蔑視され、差別を受けてきたという認識に通じることをジョンが述べているところがある。

「そぉいうことで、おいらはおめぇを呼んでもらったんじゃない。白人にそげぇな話を聞かせとぉなかったんじゃ。奴らぁおいらたちのことぉ、よぉく知っとるがの、どうしても、それは知られとぉなかったんじゃ。ハープにだって、おいらたちしか弾けねぇ弦があるし、おいらたちしか歌えねぇ歌だってあるからの。奴らぁ、おいらたちは誰もかれも同じように、みんな能なしじゃと思っとるしの、おいらたちのことぉ全部知っとるみてぇに思っとるんじゃ。そんなこたぁねえんじゃ。ハティが関係を持った男がいっぱいいるっていったってよ、奴らの中に誉める奴ぁいやしねぇ。ハティみてぇな女とルーシーとかおめぇのかみさんみてぇな女との区別がつかねぇんじゃ、奴らぁにはな」（261-62）

ジョンの態度はやや消極的で不満が残るが、読者は黒人が白人との文化的対比によって、白人的価値基準で判断され、否定されてきたという方向性をもって読む必要があろう。なぜなら、ヴードゥー教に限らず、その他にも黒人は勤勉かどうかとか従順かどうかといった白人を中心とした基準で絶えず判断されていたからである。

こういった白人的基準を捨て、人種的プライドを回復するために「説教師」としてのジョンを描くことがハーストンには是が非でも必要だった。作品中ジョンは、黒人の人種的プライドを示せるだけの十分な才能を持っている人物だからである。彼が示す枕木製材所で行う説教をまねた話が人々を十分楽しませることにはじまり、本格的に説教師を始めた後も、絶えず会衆が「叫び声をあげる」ことができる、すなわち彼と会衆がインスピレーションを共有する（Eley, 321）説教をすることができることも、「生きた隠喩」として泣き叫ぶ状態を作り出すことができる説教を行っていることも（Hemenway: 1977, 197）、すべてジョンの説教師としての有能さを示しているのである。

ハーストンの中には黒人は白人が規定するほど無能ではない（Hurston: 1990, 21-23）というプライドがある。彼女はジョンによって示される説教師としての能力が、黒人の人間としての能力なのだという、人種的自負をジェイムズ・ウエルドン・ジョンソンへの手紙の中で述べている。

わたしの本に対する批評を『ニューヨーク・タイムズ』でご覧になったと思います。悪気はないと思うのですが、わたしたち黒人のことを知らな過ぎます。あれを書いている人は黒人の説教師には詩的な面があると思いたくないのではないかという気がします。あなたとわたし（黒人の中でも説教の中に奔放な詩情を認めることができるのはわたしたち二人だけのような感じですが）にわかっていることは、あの説教に匹敵する説教を毎週している説教師は何百と現に存在しているということです。あの記者にわかっていないことは、黒人の説教師として責任を果たすには、単に良い人間になるだけでは十分ではないということなのです。説教師は芸術家でなければならないのです。非常に優れた才能の詩人であり、俳優でなければならないし、しっかりとした声が出せて立派な体つきをしていないとならないのです。あの記者にはわからないし、わかろうともしないと思いますが、「神のトロンボーン」という説教が

『ヨナのとうごまの蔓』の中でわたしに与えられたと同じように、それから発する光はあなたにも受け継がれていたのです。(Hurston, 1934c)

この手紙から、彼女の狙いが黒人説教師によって黒人の人間性を表すことにあったことがわかるし、黒人の中にはごくありふれた形で説教師的面が存在していて、そのことは、黒人全般に決して人種差別で規定されるような劣った人間性はないことを示そうとしているといえる。このため、ジョンを「滑らか過ぎるほどの話し手」(Dove, x)といって否定的見解を示すダヴの読みも、ハーストンの狙いを読み誤るものである。「滑らか過ぎるほどの話し手」であることがむしろ必要であるからだ。

このように、アフリカ的アイデンティティに支えられたアメリカ黒人のアイデンティティを、黒人の正当な人間性を表すための根拠として主張するハーストンの狙いは、崩壊寸前の西洋的世界の中で、混沌とする社会で苦悩する人々の精神の神秘的癒しを行う原動力として復活させることにあるようにも思える(Boudreaux, 56)。

＊＊＊

白人的基準の中で否定されてきた黒人性を、プライドを持って回復することは黒人たちにとって必要なことである。しかし、その人種的プライドには危険性も同時にあることを忘れてはいけない。過度に人種的プライドを持ち、他方を否定することでそのプライドを維持しようとすると、彼らを差別してきた人たちの意識構造と同じ意識構造を持つことになるからである。『ヨナのとうごまの蔓』で注目すべきところはこの点でもある。

『ヨナのとうごまの蔓』の世界で描かれる主な白人はアラバマのアルフ・ピアソンだけで、他に白人はほとんど登場しない。アルフは脇役として描かれるが、ジョンとの関係は深い。おそらく彼の父だろうと思われるアルフは、義父のネッドと母のエイミーのもとを離れてやってきたジョンを温かく迎えてくれて、彼を学校にやったり、責任ある仕事をやらせたり、助言をしたり、いろいろ問題をジョンが起こしても彼を擁護する側に回ったりしてくれる。こういった彼も「一九五〇年代や一九六〇年代の黒人の戦闘的傾向」(Eley, 320) からすると弾劾されるべき立場にあったはずだ。奴隷制時代、いくら奴隷の扱いが温情的だったにしても、奴隷制度を支えてきたそしりは免れえないからである。しかし、アルフがジョンの父である可能性を作品の中で深めないことや、アルフを、他の人と変わらない、普通のジョンに好意的な一人の男として描いても、彼を弾劾する方向には向かわないことなどから、作品を人種問題を扱うものにする意図がハーストンにはなかったことがわかる。むしろ彼女の狙いは、黒人の内面的方向にあったといえる。それは既述した人種的プライドを引き出すアフリカ性が、必ずしも絶対的に肯定的な力をいつも持っているという書き方がされてないことからもいえる。たとえば、ルーシーが死亡するとき、死者を迎える儀式を拒否したい彼女は、娘のアイシスに死の直前にそれを頼んでおく。しかし近所の人々は、二人の願いを伝統と習慣という力で無視してしまう。作品の狙いが黒人の内面性にあることはコージーというジョンの代わりの説教師を見れば一層明確になる。彼の説教では、黒人の歴史上の重要な役割が述べられるだけで、白人より勝っているということを説明することに終始している。たとえば、彼の人種的誇りを示す説教は、シーザーの隣にいて彼を助けたのは黒人だったとか、イエスは黒人だったのだとか、アダムも塵から作られたのだから当然黒人だといったものなのである。別のところでは、ヴードゥー教の間違った使い方を描いているところがある。本来ヴードゥー教は黒人たちの心を日々の生活の中で支えるために存在したはずだが、ハティたちのように相手を陥れるためという、いわゆる弱肉強食的論理の実践のために使うと、もはや本来の「ヴードゥー教」の役割である、人種的プライドを回復するための糸口とはなりえないのである。むしろ、既述した分裂を強化することになり、白人か黒人といった二律背反性が高まることになるのだ。

このように見てくると主人公ジョンに課せられていたことは、この二律背反といかに対峙するかということであるといえる。既に見てきたように、ジョンの中にも社会の中にも白人側に偏った形での分裂が見られた。しかし、その分裂傾向の中には、一方を否定することで他方を肯定するという二律背反性によって一層の分裂を作り出していた。こういう分裂を作り出す前提として、ある事柄に対して外見的に判断してそれで固定的にその判断を定着させてしまう傾向があることに眼を向ける必要がある。たとえば、人種差別でいえば、黒人というものを外見的に黒いが故に人間的に価値がないとして固定的に一括して判断してしまうという論法である。そういうことが基盤になって、黒人否定と白人肯定という二律背反が生じる。こういう意識構造があるため、説教師という身分に対しても、一定の固定観念で判断してしまう。町の人々が「説教師」という外見的地位を大事にしていて、ジョンという内面的人間性を見ていなかったということを、裁判後にジョンは知ってくる。

おべっか使いたちはそこに来ていました。金槌で武装して集まっていました。倒れた偶像の足を必死で打ち壊そうとしていました。たとえ偶像の足でも、彼らの間に倒れてきたことを軽蔑するのです。(256-57)

「おべっか使い」とは会衆やハティとのことであり、裁判で反ジョンの立場をとっている人たちのことである。「倒れた偶像」とはジョンのことを暗示している。彼らはジョン自身でなく、説教師という身分を尊敬していたということをいおうとしている。彼らの中に理想的説教師像という固定観念があり、それに沿うものは尊敬するが、沿わないものは否定するのである。会衆だけでなくジョンも自分自身を説教師という外見的地位で判断してしまう傾向があったことに気付いていく。

すべての人間がそうであるように、ジョンは真実を自ら学ぼうとしていたのです。しかし、彼がえた知識は、酸性薬品のように彼の中で炎をあげるのでした。シオン希望教会の牧師であった日々は、友情という絹の布団に座った状態で奉られていたような気持ちでいたのです。しかし、裁判が彼に突きつけたことは、ほとんど何も身につけていない体を板の上にさらしている自分の姿であったのです。(267)

ジョンのこの新たな自己認識は作品を評価する上で重要なポイントとなる。ジョンに自己認識ができたかどうかが『ヨナのとうごまの蔓』の評価の対象として議論されているからである。多くの批評家はジョンの自己認識がなかったという読み方をしている(注四)。しかし、右記引用はジョンが自分の中に外見的な説教師という身分で自分のことを判断していたことに気付いたと読める。それに加えて、こういう判断ができるようになったが故に、彼はイートンヴィルにやってきたのとは全く異なる動機でプラント・シティに行くことができる。彼の中にはかつての物質的志向もなく、神の命に従うかのように、「無計画」(288)にその町に向かう。これはかつてのヨナの物質的豊かさを求めるイメージのジョンと比べると大きな違いなのである。

彼のこういう認識を肯定し普遍化させるためにハーストンは構造的工夫をしている(Holloway: 1987, 71-73)。すなわち、語り手と主人公のジョンを、ジョンの認識に伴って融合させていくという方法をとっている。最初、語り手は全知の第三者として作品を引っ張り、ジョンは主人公として周りの人々との対話によって作品を引っ張ってきた。それが彼の内的発展と共に語り手とジョンが重なってきて、ジョンが語っている形になる。こうすることで、語り手の持っていた全知の力がジョンの発言に付加され、彼の認識が普遍的意義を帯びてくるのである。

＊＊＊

「はい、裁判官。誰が真実をいえるんですかい?　それに、そいつぁ、そんなことはやっちゃいねぇのを知っとるって、誰が誓えるというんですかい?」(260)

「くそったれめ、何でこんなことになっちまったのか俺にはわからねぇ」と機関士はきっぱりといったのです。「寝てたか酒を飲んでたかにちげぇねぇ。俺は線路にやっこさんが入ってくるのが見えたんで、汽笛をならしたんだぜ。飲んじゃいなかったな。酒の臭いなんてしなかったからの。たぶん、寝てたんじゃろうな。くそったれめが、不注意だってことで呼びつけられて絞られるんだろ

うな。だが、汽笛をならしたって証人がいるから大丈夫だろう」(309)

最初の引用は、ジョンが裁判所で証人を求めなかったとき、自分が証人であり他の誰も証人にはなりえないといっているところである。次の引用は、彼が最後にぶち当たった汽車の機関士の発言で、彼が自殺したらしいと匂わせているところである。このふたつの引用は最後のジョンの中に存在する「理性のない獣性」("brute-beast")を考える際役に立つ。

既に見たように、裁判を通してジョンが一定の認識に到達したにもかかわらず、その後また今までと同じ女遊びを繰り返すところは解釈の難しいところである。ハラウエイはジョンの死は魂の面でアフリカ性を守れなかったことを示す(1987, 93)という主旨のことをいっている。しかし、「ヨナ書」のヨナの持つ人間的弱さに関わらせてジョンの死は考えるべきものと思う。

ジョンの最大の欠点は、周囲への批判的視点はあっても、自己に対する眼が弱いというところであった。物事を自分の責任として受け止める面、自分が行った結果生じたという自分の行動責任に対する葛藤は彼には欠けている面である。たとえば、シオン希望教会の人々に対しても、ジョンは自分の至らなさで葛藤することはほとんどない。オーラとの関係でも、語り手に「自分の弱さに腹を立てている」(307)といわせているが、コンテクストとしては彼はオーラに攻撃的である。このように全般に彼は自分の行動に対して責任を取っていない。

ところがヨナの人間的弱さで暗示されたように、人間には基本的に「理性のない獣性」(144)が住みついているのである。これは具体的にはシュミットのいうような「制御のきかない性衝動」(133)という表現を使うことも可能だろうが、いわゆる、原罪的考え方がベースにあると考えるべきだろう。「あなたをいつも傷つけるのはあなたに敵対する人たちではありません」(271)という表現がそれを如実に物語っている。本当の敵は自分の中に存在しているといおうとしている。自分の中にある内なる罪に対する責任は、自分以外責任を取る人はいないのである。作品中ジョンに負わされている役は、彼が罪に対する責任をどう取るかではなく、彼を含めた人間は、誰でもこの責任を負っているということを読者に知らしめることである。罪に対する責任の取り方が示されていないために、ヘメンウエイのいうようにジョン個人の葛藤の方が全体文化（communal esthetic）より下に扱われている（1977, 198）ように見えるが、その問題をジョンの手中から作品を通してジョンに接した読者に渡すことで、ジョンという個人の問題を読者の問題として捉えることが可能になり、作品の外での広がりを生み出している。こうすることで、作品では下に扱われているように見えた個人の葛藤が普遍性を帯びてきて、本当は個人の葛藤に焦点があったことが明確になる。さらに、構造的にもヤーバーロウが「三人称の声が集まったことで、第四の語りの空間が開けているように思える。すなわち、それは読者のスペースである。このスペースにより、読者は物語を語り直すことができるし、そのようにしむけられている」（132）というように、読者に作品を還元させることで、個人の葛藤が補足されるようになっているのである。

第三章　彼らの目は神を見ていた
——個と集団の両立を求めて——

まず、「個対集団」という枠組みについて考えておく。そのために二人の批評家の引用から始める。

この約三〇年を通じて、アメリカは政治、経済の面でますます強大な組織となったばかりではない。産業、特に機械技術の発展の影響を受けて、日常生活そのものが画一化され、社会がひとつの組織となってきたのである。国家という最高の制度機関を中心として、社会が組織という定型への道を歩むとき、人間は本能的にその一部に組み込まれる脅威を感じ取る。個人に立脚して成立している文学がこのような時代に、個人の自由、あるいは解放を執拗に描こうとするのは当然のことである。従って、過去三〇年のアメリカ小説の大きな、共通の主題が組織に対立する個人であり、組織の悪夢から必死に抜け出そうとする個人の努力に置かれていたといっても過言ではない。しかし、アメリカ人ほど個人の存在と自由に対して信頼を持つ国民はなかったのであるから、社会の組織化によって彼らが感じた脅威は私たち以上に強い。(Iwamoto, 3-4)

岩元は一九五〇~七〇年代を意識して、組織化・画一化の進んだ社会での個人の抹殺を述べているが、第二次世界大戦以前にも、もちろん通用する考え方である。岩元はこの論文の中で戦争ものの『裸者と死者』や『宙ぶらりんの男』などを挙げて、それをベースに『遠い声、遠い部屋』にまで対象を広げて、社会の組織化は戦争だけでなく、日常化していることを示そうとする。

もうひとつハッサンの意見を見てみよう。

民主主義においてですら、共通したことに収斂させようとする傾向が生まれてきていて、多数派ではなくユニークで容易に屈しないようなものを容赦しない方向性が出てきている。民主主義の基本である人々が関わり合いを持つということが実体のないものになってきているのだ。一個の人間としての存在感や何かを変えていこうとしたり作り上げていこうとする力が、着実に弱まっているように思える。（Hassan, 15）

ハッサンの考えは民主主義社会の中でもファシズムと同じことが起こっていると主張している。すなわち、社会の組織化は一種のファシズムなのである。ファシズムということは人間一人一人の存在には関心がなく、個の抹殺が進行していることを意味している。

アメリカまたはアメリカ文学の基本的流れを追ってみると、個の確保が永遠のテーマであったことがわかる。たとえば、早い時期では、ピルグリム・ファーザーズの願いを思い起こすのもよかろう。彼らはカトリック化の進む英国国教会から、彼らの信じるプロテスタントへの信仰を守るために、イギリスを脱出した。その後のアメリカではピューリタニズムがあまりにも強大化し、人間一人一人の尊厳が守れなくなっていき、その人間の尊厳を回復しようとして超絶主義などが信じられるようになっていった。また、一九世紀末の「金ぴか時代」の物質への飽くなき追求は、南北戦争での北軍の勝利による、アメリカの産業主義という集団的傾向に端を発している。こういう流れの中で起きてくる二〇世紀初めのシカゴ・ルネッサンスやハーレム・ルネッサンス、ロスト・ジェネレイションの底流には、物質尊重の中での個人の存在感を確保することがあったことは間違いない。また、第二次世界大戦後のメイラーらの主張は、戦争による科学技術の急速な進展により人間の存在が物的になってきたことへの強い警告でもあったといえる。

このように、ごく簡単にアメリカ文学史を紐解いてみても、「個対集団」という考え方がアメリカ文学の底流を流れていることがわかる。こういった意味からしても、ハーストンは極めてアメリカ文学的な傾向を持っているといえる（注一）。

個を抹殺する可能性のある集団の力とは、別の言い方をすると、たとえば既成の価値基準だとか、枠とか、ステレオタイプとか、偏見といった言葉が考えられる。こういったものは絶対的な価値と考えられる傾向があり、見えない力でその考えを個人に押しつける力を持っている。そうすることにより個人の存在の価値を抹殺する力を発揮していくのである。

***

たとえば、人種的偏見について考えてみるとよい。作品の中にはリチャード・ライトなどの抗議小説ほどの明確な人種偏見は描かれていない。しかし、主人公ジェイニーの祖母ナニーの奴隷としての体験や、ティー・ケイクの洪水後の死体処理を強制されるときの経験や、黒人女性のミセス・ターナーの白人至上主義的発言や行動などが、はっきりした人種偏見に関わるものとして描かれている。こういう人たちを巡る人種偏見を見てみると、基本的考え方として、白人はどんな場合でも優秀で、人間的に優れているという一定の考え方が窺える。その裏には、白人でない者には一定の枠として、低脳だとか、判断力がないとか、暴力的といった否定的価値を与えるのである。それがために、白人的でないもの、たとえば黒人の文化は否定され、彼らの民話、ブルース、法螺話、笑いなどは、彼らを否定する材料として使われる。

性的偏見も同じような意識構造の中にあるといえる。『彼らの目は神を見ていた』は表面的にはジェイニーを取り巻く人たちの性差別を描いている。これを考えるとき、人種差別のときに黒人とはこうあるべきだという枠があったのと同じように、「女性とはこうあるべきだ」とか「男性とはこうあるべきだ」という枠が、すなわち既成の価値基準、集団的力があったということに注意する必要がある。ハーストン自身についての周りの評価が最初低かったときにも、彼女が当時の「女性」の枠にはまっていなかったためであった。作品の主人公ジェイニーもこれと同じように「女性」という彼女の周りからの力に苦しむ。

性的偏見は男性から女性へのものばかりを考えていると、袋小路にはまり込む可能性があるので注意しないといけない。

たとえば、アンクル・トム的おとなしい黒人男性のステレオタイプとビガー・トマス的狂暴な黒人男性のタイプがあったこととか、黒人男性に対して白人男性からの性的偏見が人種的偏見に加えてあったことなどを考えるとよい。彼らには黒人の男性が性的に強いという劣等意識があったといわれる。それを乗り越えるために、白人男性たちは黒人男性の獣性を主張し、獣なので性的に強いのは当たり前だという自己満足的考え方を編み出していった。

たとえば、ボールドウインは、黒人男性のことを一種の「不能者」的存在なのだと説明する。次のふたつの引用は黒人男性に対する性差別が説明してあるところだ。

アメリカでは黒人であることの代償は、黒人男性が支払わねばならなかった、支払うことになっている。そして出し抜かねばならなかった代償は、彼の性なんだ。黒人の男性はね、黒人であるが故に、男性としての役割も、重荷も、義務も、喜びも根本的に拒まれているんだよ。同じようにきみの体から生まれた僕の息子は僕のものじゃなくて、主人のもので、即座に売り飛ばされうる。こういった状況は、男性の性的存在を蝕んでしまう。人の性的存在を蝕んでいくと人を愛する能力を破壊してしまうんだよ。セックスと愛は別々のものであるにもかかわらず、そうなる。人の性的存在が失われると、彼の愛する可能性や希望も失われてしまう。(1973, 41-42)

少なくとも、この白人女性［バーバラ］と白人の町に限定して物事を考えるとすると、俺がインポだということの証拠はジェリーなんだ。(1968, 215)

男性から女性への性的偏見は比較的明確に行われる場合が多い。バーバラ・クリスチャンによると、黒人女性に対しては歴史的に一定のステレオタイプがあったということだ。そのひとつはマミー（乳母）像で、もうひとつは娼婦像である。これが歴史的に見たときの黒人女性の扱われ方だったということだ。さらに、メアリー・ヘレン・ワシントン(1982, 212-15)は、アイロニカルだが、歴史的にどんな黒人女性がいたかを分類している。それによると黒人女性は歴史的に見て三つに分けられるということだ。そのひとつが「人間としての特権を奪われた女性」（suspended woman）でハーストンのいう「この世の騾馬」としての役割を背負わされているナニーのような人物のことである。第二は「同化的女性」（assimilated woman）で肉体的圧力より精神的圧力を受けているミセス・ターナーのような人物だということだ。第三は「創発的女性」（emergent woman）で「ためらいながらも最初の一歩」を踏み出すような人物で、ジェイニーのような女性だということだ。

作品中でステレオタイプを要求する力はいろいろな形でジェイニーに向けられる。ナニーがジェイニーにローガンとの結婚を迫るときも、土地持ちの男と結婚することで幸せになれるというパターンが見られるし、さらにもっと明確な例は、ジョーがジェイニーに市長の妻としての振る舞いを限定したり、女とはスピーチができない存在として彼女のスピーチを遮ったり、彼女に黒人女性はヘッド・ラグをするものとして強要していたことなどである。

こういった性によるステレオタイプ化は何を意味するのか。たとえば女性の場合は、彼女たちの持つ独自の女性性というものに対して、可能性を閉ざしてしまうことなのだ。女性の本来的価値については次のセクションで詳しく述べるが、たとえば、女性の持つ感情豊かな傾向は、論理性優先の社会価値基準の中では退けられてしまう。

また、家庭のみでの存在に女性の意義を限定する社会基準からすると、ジェイニーのように放浪する女性は認められない。アメリカ文学において、亀井（82-94）によると、女性の放浪は認められていなかったということである。この意味においてジェイニーに放浪を課したということには意義がある。

『彼らの目は神を見ていた』の中では、右記したような比較的わかりやすい集団的力にとどまらず、より一層普遍化して集団的力を捉えることができる。それが西洋的発想である（注二）。作品の中には様々な西洋的考え方が登場する。既述した人種的偏見にしても性的偏見にしても、西洋的発想と深く関わっている。そこで次に、作品に描かれている西洋的発想を説明することで、いかにそれが強い力を持っていたかということと、ハーストンがいかに西洋的発想に否定的であったかということを示し、作品の広がりを確かめていく。

まず、ジェイニーの二番目の夫であるジョーの生涯の生活基準を考えてみると、競争意識が見えてくる。彼はとにかく大物になりたかった。そのためにはすべてのものを犠牲にすることすらためらわない。また、大物になっていくにつれて、彼の中には支配者意識が育っていった。彼の中にある物質的豊かさへの強い憧れが彼の競争意識を駆り立て、支配者意識を増長していったことは明らかである。こういった意識は程度の差はあっても、ジェイニーを含めて、他の登場人物にも見られる傾向であるが、どういった考え方がこの意識を支えていたかということを考えてみたい。

これは、マイケル・オークワード（1988）による発展第一主義（progress-oriented）（注三）という言葉に集約できる。物質的豊かさの追求にしても、競争意識にしても、支配者意識にしても、根底にはこの発展第一主義が存在していると思える。こういった発展第一主義が西洋人の中心的命題であったこと、あるいは今もそうであることを知るには、奴隷としてアフリカ人をアメリカに連れてくるときの宣教師のいわば言い訳は、文化的生活を彼らに供与するということであったことを思い出してみるのもよいだろうし、町の発展のために女性は邪魔になるとして排除した歴史を思い起こすのもよいだろう。人々は歴史的に、発展という名のもとに集結してきたといっても過言ではなかろう。

こういった考え方は文学の中にも見られることである。たとえば黒人文学を考えてみよう。ライトというかつてない大人物を越えることが、その次の世代のラルフ・エリスンやジェイムズ・ボールドウインの最大の命題であったことは明らかである。結果的にはリチャード・ライトを深めることに終わっていても、彼らにはライトを繰り返すことが許せなかったのである。また、科学の発展との関わりで文学を考えてみると、この裏では論理性が一層尊重される傾向が強まり、それに並行して書き言葉、文字文化が徐々に絶対的力を持ってきたといえる（注四）。我々の周辺でも、『彼らの目は神を見ていた』の世界のように、文化的発展を重視するために、今まであった、文字文化でない民間伝承的なものが次々に姿を消していっていることを、体験的に知っている。コーエンのいうように（241）民間伝承は文化程度の低いものとして、発展第一主義の社会では存在価値を失っていく運命にあるのである。

今まで見てきた集団の力は、個人個人の外側に存在して、個人に圧力をかけてくるものだといえる。しかし、この力の厄介な点は、それまで反集団的存在であったものまで飲み込んでしまうことだ。たとえば、ジェイニーの祖母のナニーをみるとわかりやすい。彼女は、元奴隷として苦しい人生を送ってきた。すなわち、根底のところで、物質的豊かさを追求する白人支配による人種差別の非情さを、身をもって体験していたにもかかわらず、彼女がジェイニーにローガンとの結婚を薦める根拠は、ローガンが六〇エーカーの土地を持っていること、すなわち物質的な豊かさなのである。不承不承結婚生活を始めたが、どうしても充実感が持てないというジェイニーに対して、以前、黒人女性は「この世の騾馬」(29)だという認識を示しておきながら、また、リーフィーという自分の娘が強姦という形で男性の性的な犠牲者として凌辱されながらも、また自分も奴隷のとき、実質的には強姦という体験をしていながら、男性への従属的態度が女性にとって結局「保護」(30)になると諭すのである。彼女は決して、また一度も、体制側、すなわち集団的力を発揮できる側に立ったことはないが、彼女の中には集団的力を是認する意識構造があり、集団的力を支える存在になっている。

このように人間の意識構造の中に存在する集団的力が個人を襲うとき、それは概して個人の存在意義までも奪ってしまう。たとえば、白人で男性であることが絶対的価値基準の社会で、黒人で女性であるということは存在意義がないことなのである。

＊＊＊

それでは、『彼らの目は神を見ていた』の主人公のジェイニーにとって存在意義とは何だったのだろうか。また存在意義を持つにはどうすべきだったのだろうか。このあたりのことについて次に考えていきたい。結論的にいうと黒人女性としての価値を認めることである。ひとつの論法とし、ハーストンに限らず、現在活躍している黒人女性作家のアリス・ウォーカーやトニ・モリスンらにも見られる論法だが、従来否定されていたものに価値を見いだしていくという方法だ。それは従来の価値基準の誤りを指摘することも同時に目指しているが、第一の目標は、集団的力に沿わないために否定されてきた要素に価値を与えていくことなのだ。

ハッサンは反英雄の抱える問題について次のようにいっている。

アンチヒーローの抱えている問題は、本質的にはアイデンティティの問題なのである。必死で追い求めていることは実存上の満足感、すなわち自由になることであり自己をどのように定義するかということなのだ。自分の中のに拠り所を見いだしたいと願っているのである。（Hassan, 31）

すなわち、世の中の基準に支配されることなく「自由」に自分を見つめ、自分とは何かを自己定義することが大切なのだ。自分を自分が認められるかどうかが最大の問題なのだ。それは容易なことではないが、困難を乗り越えていくジェイニーを見ていくことで、彼女の中に確立していくものを考えたい。

ジェイニーの中には、子供の頃祖母と一緒に白人の家に住んでいるとき名前がなかったり、とりあえずアルファベットと呼ばれていたことに象徴されるように、自分というものに対する認識がなかった。しかし、ジョーとの決別によって彼女は自己発見に向かうことが象徴的に描かれる。

ジェイニーは一人の男が力を持っていく過程で起きたことをあれこれと考えてみました。それから自分のことを考えてみました。何年も前に、鏡を覗き込みながら少女だった自分に、もう少し待つようにいったのでした。それは随分昔のことだったのです。今の自分をよく見て確かめなければならない。そう思って彼女はドレッサーのところに行って自分の肌と体つきをじっくりと見てみました。そこには幼い彼女ではなく、一人の成熟した女の姿がありました。彼女は頭を覆っていた布を引きちぎるように取って、豊かな髪を垂らしたのです。（134-35）

彼女はローガン、ジョーと続く結婚生活の中で、自分自身がなかったこと、自分とは何なのかということがわかっていなかったこと、自分にもジョーたちと同じように集団的基準があって、結果的に自己否定をしていたことなどに気付いていく。すなわち、「若き少女」である未熟な彼女が、人間として成熟した「素敵な女性」になっていくのだ。彼女がジョーの死後行った行動、すなわち鏡を見て自己を見つめ直し、自分を認めていくことと同じ意味のことをティー・ケイクが、彼女に要求する。それを見てみよう。

「言い返すみてぇになるけどのぉ、あんたぁ、満足するってことのねぇ女じゃ。あんたぁ、自分の唇だって、けっこういけてるって思ったこともねぇんじゃろぅ」

「そぅよ、ティー・ケイク。だって、いつだって、ここにあるでしょ、だから、必要なときには使うけど、それだけのことじゃない」

「そうか、そうか、そうか！　わかったぞ。鏡で見たことがねぇんじゃな。見たら絶品だってわかるはずじゃ。あんた以外の人は、ええ唇をしとるなって思っとるんじゃけんの。見たら、あんたも感心するはずじゃ」(157)

眼も口も髪も今までジェイニーを否定するときの材料であったが、それは彼女自身であり、彼女の良さであるとティー・ケイクはジェイニーに説明し、彼女もそれを受け入れていく。

こういったジェイニーの「個人的良さ」を知っていくという読み方は、さらに、従来「悪さ」とされていたものに「良さ」という新しい価値を見いだしていくことだという、より広い読み方に拡大していける。その出発点としては右記のジェイニーの特徴であり、さらには黒人的文化、たとえば自由な笑いやユーモアや民話、法螺話といった楽天的な面であったり、黒人の女性性、たとえば感情豊かな性格、豊かな黒髪、公を優先するのではなく、個人とか家庭を優先するといった、民衆性に価値を付与することに通じるものであったりする。

新しい価値を求めていくときの求め方のパターンとしては、基本的には従来のものに対する挑戦であるのだが、ふたつ考えられる。そのひとつは古い価値を打破する形をとる場合である。従来マミー（乳母）とか娼婦として家庭内に閉じ込められていたステレオタイプを打破して、たとえばこの場合は、外に主人公を導き出し、戸外に活動の場を与えていくというものである。ジョーとの結婚生活では、市長夫人として主婦に限定されていたジェイニーは、ティー・ケイクとの生活では一変してエヴァーグレイズの肥沃土に活動の場を移す。さらにティー・ケイクとの生活では、従来女性にはタブーとされていた様々な行動に出る。たとえば、チェッカーをしたり、射撃をしたり、釣りに一緒に出掛けたり、肥沃土の農場で働いたりする。

もうひとつのパターンは否定されていたものに新しい解釈で価値を付加していく方法である。たとえば、ジェイニーの代表する黒人女性の場合は、総合的にいうと女性の持つ「生産性」に新しい解釈をつけていく。この考え方は種や植物といった自然とジェイニーの関係を比喩的に描写することによって象徴的意味合いを案出している。

それまで、女性の「生産性」は物的に扱われてきた。すなわち、「生産性」を否定することで女性の人間性を奪ってきたといえる。たとえば、生産性とは子供を産むことであったり、物語を語ることであったり、民衆性という無限の広がりであったりする。こういったものが娼婦像をあてがったり、文字文化に過大の価値を付加したり、公共性に強大な意義づけをすることにより否定されてきたのだ。

新しい価値の示し方としては、ひとつは従来の価値に固執している場合は、結局不幸に終わるという示し方である。たとえばナニーの場合、ワッシュバーンという、いわゆる善良な白人の家庭に恵まれたように見えながら、彼女もそう思っているが、依然として奴隷的であったということもあろうし、ジョーやティー・ケイクのように死をもってその償いを迫られる場合もある。

もうひとつは、新しい価値を実践することで充実感を実感するジェイニーを描くことによって読者に新しい価値の意義の認識を迫るという方法をとる。具体的には、ジョーの死後の彼女のヘッド・ラグを取る行動や、ティー・ケイクとの自由奔放な行動として示される。こういった彼女の充実ぶりを、さらに作品の外枠のところで支える方法をハーストンはとっている。それについて次に考えていく。

第一が黒人の文化形式のひとつである口承性を作品の全体に配していることである。その口承性が黒人の文化形式であるということを説明している批評家はたくさんいる。たとえば、その主だったものだけでも、ヘメンウエイ（1977, 86）、キャラハン（115）、オークワード（1988, 49）、ミース（61）、コールズとアイザックス（8）、ベセル（12）などである。その中で、ベセルの説明を見てみよう。

ジェイニーの話をジェイニー自身が親友の黒人女性のフィービーに語る物語として表現することで、ハーストンはアフリカ系アメリカ人の文化に根源を持つ黒人女性のストーリーテリングとお話作りという豊かな口承文化の遺産に基づいて作品を描くことができるのだ。この伝統を知っている読者は、この小説を何気なく聞こえてくる会話のようにも、また、文学作品のようにも思えるという経験をするだろう。（Bethel, 12）

作品の全体的な枠組みは、ジェイニーが自分の経験を無二の親友のフィービーに語って聞かせるという形式をとっている。それに加えて作品の中でも、すなわち内容が進行するときにも口語を多用し、対話を多く描いている。もちろん、客観的描写に見えるときもジェイニーがフィービーに語りかけているという全体の枠があり、ここにも対話の形式が存在している。第二に作品が循環構造になっているということである。第一章ではジェイニーが人生での闘いを終えてイートンヴィルに戻ってきて、自分の経験をフィービーに語っているところから始まる。第二章では彼女とナニーとの生活、すなわち、ジェイニーの人生のはじめに戻りそのまま時代が流れて、最後の章にティー・ケイクとの別れをすませてイートンヴィルに戻るところで終わる。このような構造にすることでジェイニーは自分の経験をより明確に回顧し、闘いの中で学び成長していったことを示すことができるし、自分を客観的に見ること、心の中を見直すことができる。こういった循環構造は女性の協調性や生産性と関わっている。

オークワードによると男性は自立・成熟の基準で、文学的には先人を越えることでそれを達成しようとしたが、女性は包容力を特質とし、文学的には協調を大切にしたということだ。

……独立や自立が成熟度の度合いを示す印だと信じている男性作家は、男性の先輩作家たちより勝る作品を書くことが作家のなすべきことだと考えている。それに対して女性作家たちは、本当の母との関係に見られるように、「愛情に溢れた慈しみ、信頼、共感の幅を広げること」を教えられてきたために、小説を書くことを母親的存在と共同で創造することだと捉えているのだ。（Awkward: 1988, 7）

すなわち、ジェイニーの経験がジェイニーの中を経てフィービーに伝わるという循環は、フィービーを通してハーストンに伝わり、ハーストンの中を通して筆者に伝わり、筆者の中を通して拙論の読者に伝わるという、永続的な広がりを、すなわち協調性と生産性を暗示しているのである。こういう生産性は、第三のポイントであるジェイニーの視点が変化するように描くことによって一層高まるように仕組まれている。これは作品の中で、ジェイニーが一人称と三人称が混じる形で回顧し語っている点のことである。一人称のところを三人称にすることでジェイニーの経験は一層客観化、一般化されて伝えられ、彼女自身の経験が、他者の経験と同じ意味を持って広がりを達成することになる。第四のポイントは、作品のムードが楽観的であるということだ（注五）。登場人物が語り合うときのおどけた話し方、内容、振る舞いというもので、作品から悲劇性を意図的に排除することに成功している。この裏には黒人の存在をそのまま認めようとするハーストンの意図が読み取れる。彼女がこの作品を書いた時代はアーナー・ボンタンやリチャード・ライト、チェスター・ハイムズらに代表される抗議小説全盛時代であった。この抗議小説の中では基本的に黒人の悲劇性が前提になっていることに注目しなければならない。すなわち、この考えの裏には黒人の本来持っているユーモア、笑いといったものに対する否定的意識がある。それに対して、ハーストンは黒人を悲劇的だと考えていなかった。

ハーストンは黒人の悲劇性を否定して次のようにいっている。

アメリカの黒人が打ちのめされる運命にあるのは明白だとか、社会の底辺に押し込まれているとかという、暗い考え方に賛成はできないのです。もちろん、中には打ちのめされる黒人もいるでしょうし、黒人以外の人と同じように、いつも社会の底辺に追いやられている者もいるでしょう。しかし、すべての黒人が底辺にいるとか、てっぺんにいるとか、その中間にいるとかということは、ありえないことでしょう。そんなことは今までどこの誰にも起こったことはないわけですから、黒人だけに起こるなどということも考えられないのです。(Hurston: 1942, 236-37)

だから、悲劇を引き出すための法螺話、民話、ブルースではなく、黒人そのものを表すものとして法螺話、民話などを捉えようとし、その結果として楽観的なムードの作品になったといえる。ジェイニーは法螺話を楽しみ、自分の生活の一部にしていたことが「大きく吹き出して笑う声がすると、そこにはジェイニーがおかしくて体をくねらせていた」(108)という描写からわかる。

このように作品の形式面でも黒人の持つものを黒人の本来的なものとして価値を認め、こうすることで黒人の存在を自ら認めていこうとしている。すなわち、黒人であり女性である自分に自由と自己定義を与えることができた、個の確立ができたということである。

＊＊＊

集団の力の中で集団的枠に合致しないために否定されていたものに対し、視点を変えることでその同じものを価値のあるものとして認めていくという論法により、ハーストンの主人公のジェイニーは自己確保・自己容認を達成している。こういう自分自身に眼を向ける方向性はジェイニーに限ったことではなく、抗議文学の旗頭のリチャード・ライトのビガー・トーマスにも見られる。死の直前に彼は次のようなことをいう。

「俺は殺したくはなかったんだ！」とビガーは叫んだ。「しかし、殺しをした理由は、俺自身にあるのだ！　俺に殺しをさせるものが、俺の中に潜んでいたのに違いないのだ！　俺は殺害を心の深いところで必死に思い続けていたのに違いないんだ」(Wrigh: 1940, 461)

リチャード・ライト自身も自己内省的傾向、すなわち自分はやはり自分だということを考え始めていたわけで、その後彼が『ブラック・ボーイ』を書いたことで、こういった彼の自己性に対する接近を確認できる。

しかし、この次に大切なことは、ビガーが孤独に陥っているということである。彼は弁護士のマックスも家族もすべてを拒否して内向していく。現代のアンチヒーローに対して、自己容認した後に立ちはだかるアンビヴァレンスは、ひとつにはビガーの経験するのと同じ孤独となって現れる。たとえばライトの後に出たボールドウインの『もうひとつの国』のルーファスは、黒人男性というアイデンティティを受け入れつつ、死という形で孤独を実践する。自分を受け入れ、自己確立ができたように見える現代のアンチヒーローは一定の限界を絶えず抱えていたのだ。この視点からいうとジェイニーも同じプロセスを経てきているわけで、現代のアンチヒーローと同じアンビヴァレンスに陥る可能性を秘めているといえる。

今まで考えてきたことは、個対集団という枠組みの中、ハーストンが自分の中の黒人性を独自性として受容していく姿だった。しかし、この個対集団という考え方は、いたって西洋的思考の枠組みである。仮に個対集団という言葉を使わないとしても、黒人が人間性を主張する中には、アンチヒーローの主張と同じ意識構造があるといえる。すなわち、強大化する組織の中での存在感の希薄化、無力感の増大といったことに対する闘いは、いわゆる個人としての生への訴えなのである。こういった動きは、最初に規定したように極めて西洋的な考え方なのだ。そうすると、ハーストンは西洋的考え方と闘っていたように見えて、結局、その枠内で単にもがいていたに過ぎない、あるいはその罠にはまっていたに過ぎないことになるのであろうか。答えは否である。それはジェイニーがビガーやルーファスの経験する内向する孤独に陥っていないことからいえる（注六）。これは彼女が西洋的考え方の個対集団という枠組みの限界を越えていることを示している。

もうひとつ大切なことは、アンチヒーローが一時的に持つ達成感・満足感である。現代のアンチヒーローは個対組織の構図の中で、個人を抹殺するものとして組織を否定し、自己の人間性、尊厳を探し求め、仮に不十分な達成度にしても、ある一定の段階までくると、個人としての人間性の確保ができたという達成感・満足感を抱く。しかし、この感慨は組織という個の相手を否定することによって生じたものである。別の言い方をすると、個と組織という二者択一（注七）の世界で個を選ぶことによって生じた感慨である。これも今まで考えてきた西洋的発想なのである。

こういった孤独感や満足感、達成感がジェイニーにないところも、彼女がアンチヒーローを越えている部分といえる。このことを最も明確に表しているところは彼女とティー・ケイクとの関係である。ティー・ケイクに関しては、批評家の間でも評価が分かれる人物だ。しかし、彼はジョーほどの強い性差別意識を持った人物ではないにしても、基本的にはジョーなどと同じ意識構造を持っていたと考える方がよかろう。それは、たとえばジェイニーを殴ること、ギャンブルに耽ること、金のために命を失うことなどを考えてみればいい。そのようなティー・ケイクでありながら、ジェイニーはジョーの場合と全く異なった感情で接している。ジョーと同じく死者となるにもかかわらず、ジョーの場合は彼を踏み台として自分の成長に突き進みながら、ティー・ケイクの場合は死者としてすらジェイニーは扱わない。すなわち、相手を否定することで目的を達成するという方法の無意味さを知った者の行動なのである。このような考え方はジェイニーの最後の「沈黙」にも表れている。この沈黙を考えるにはフィービーの存在が極めて重要である。ジェイニーがフィービーにすべてを語った後、沈黙が二人の間にあり、ジェイニーはさっさと一人で二階の自分の部屋に行ってしまう。これにより二人の間の距離は、沈黙のときに比べて一層広がっている。すなわち、自らの経験を語るという役割を終えた彼女は、フィービーに対して聞き手である以上のことは要求しない。これに加えて、彼女の語りがフィービーという人物を通して行われているために、カービー（83-84）のいうように、ジェイニーと人々との距離が生まれていることに注意しなければならない。これもフィービーに対する彼女の沈黙と同じ意味を持っているのだ。すなわち、距離を作ることで、人々の独自性を尊重できるようになる。これは、経験がジェイニーによって語られても、それを生かすかどうかはフィービーにかかっていたのと同じである。実際、ジェイニーはフィービーに、自分の経験をさらに他人に語ることを強制はしないといっている。

「フィービー、みんなに無理にいろいろ話してわかってもらおうなんてつもりはないのよ、あたいには。そんなことやったってしょうがないでしょ。でも、いいたくていうのはあんたの勝手なんだよ。あんたが喋っても、それはあたいが喋ったのと変わんねぇんだ。あたいが話したことをあんたって友だちの口を通して話されるんだからね」(17)

フィービーも人々も、ジェイニーによる、このことは究極的にはハーストンによる、考え方の面で直接的支配を受けることがなくなる。すなわち、彼らは独自の判断をすることができる状態を確保することになる。相手を否定するのではなく、相手を認めることを基本的に大前提とする態度がここにはある。

既述した、黒人の価値を位置づけるのための構造的なアプローチも、個対集団の枠組の限界を考えるとき、重要な意味を持ってくる。それはこういった構造が個対集団という対立的概念を越える要素を包含しているからである。たとえば、コール・アンド・リスポンスという掛け合いの対話について考えてみよう。

アフリカ系アメリカ人の口承文化の伝統を持つものには、交互に応答する形が多く見られる。たとえば、説教や流れを遮断するかのように話を差し挟むブルースやジャズや霊歌などがそうである。代々、説教中に説教師は普通決まった型の繰り返しとか即興の繰り返しを入れたりすると、会衆はそれに応えていつもの繰り返しとかその場で自分たちが思いついた言葉を差し挟む。口承伝承では、聞き手は、アフリカ音楽の伝統に繋がるコール・アンド・リスポンスという掛け合いの形式で、話し手に自分の気持ちを送り返す。文学作品でも、対話の形式から見ても話の筋の点からしても、この掛け合い形式が使われている。すなわち、ひとつの場面が、ひとつ前の場面に解説を加える役割をしたり、後の場面が前の場面に説明をつける役割をしたり、それに対する反応を示す役割をしたりしている。(Jones, 197)

ジョーンズがここでいっている掛け合いの特質は暗示的である。すなわち、話し手がいつの間にか聞き手になり、聞き手がいつの間にか話し手になるのである。ここには一定の定まった役割も用をなさなくなってくることがわかる。同じことが循環構造でもいえる。ジェイニーが自分の経験をフィービーに話しているとき、フィービーは聞き手でも、その話をハーストンに話しているときの彼女は話し手である。ハーストンの役割も同じように聞き手と話し手の両方を担っていることがわかる。すなわち、その人物に話し手聞き手といった限定的役割を付加することに意味がなくなっている。

こういった考え方がハーストンの中に基本的にあったことが『騾馬とひと』という作品の中に見られる視点が移動する面からも窺える。

フォークロアは案外収集しやすいものではないのです。最善の資料はそれ以外の事柄の影響をほとんど受けていないところに存在するのです。そして、たいがいは貧しく、控えめな人たちの間に見いだせるのです。そういった人たちは普通、心の拠り所を明らかにすることに極めて消極的なのです。あっけらかんとして笑い声をあげたり、一見ただ黙って認めるだけのように見えても、黒人はとりわけつかみどころがない存在なのです。わたしたちは元来丁重な存在であり、何かを尋ねてくる人に、「うるさい、さっさと出ていけ！」などとはいいません。それは白人は黒人のことをほとんど何も知らないとわかっているからです。わたしたちはただ微笑んで、何がわからないかわからない白人を満足させるようなことをいうだけです。インディアンは、好奇心を示されると石のように黙り込むことで抵抗を示しますが、黒人は羽布団のような穏やかな抵抗を示します。すなわち、黒人には調査用針は突き刺させても、それが抜かれることはありません。笑い声と冗談がたくさん聞こえる中で煙にまかれた状態になるのです。

わたしたちの戦術の後ろにある理論は次のようなものです。「白人はいつも他の人のことを知ろうとする。それなら、わたしの心の戸口の外側に、白人が遊んだり、いじくったりできるものを何か置いてあげましょう。白人にはわたしが書いたものは読めても、心までは読むことは、絶対できないんです。この遊び道具を白人の手に置いてやると、それをしっかり握ってどこかにいなくなるでしょう。それから、わたしは自分の話をして、自分の歌を歌うのです」（Hurston: 1935, 2-3）［傍線筆者］

すなわち、語るときの視点がいつの間にか「黒人」という三人称から「わたしたち」という一人称へ、すなわち、間接話法的視点から直接話法的視点に変わってしまっている。つまり人称による区別を不明確にすることで、視点の混乱を生じさせ、ハーストンの考えていた二者択一的発想を否定する方向性を際立たせようとしている。これと同じことが『彼らの目は神を見ていた』の中では全体的に起こっていることを考えると、ハーストンはこのような技巧によって二者択一的考え方を否定するメッセージを伝えようとしていたと考えることができる。

二者択一の考え方の否定は、白人対黒人という人種差別にも適用される。洪水の後、パーム・ビーチで死体の処理を無理やり手伝わされるティー・ケイクを描くとき、このことは明確に示される。

「糞ったれが！　こげんなこっちゃ誰が誰かわかりゃしねぇぜ。白人か黒人かもわからねぇじゃねぇか！」(253)

死体が洪水によって白人か黒人か区別がつかなくなっているということを描くことによって、人種差別がいかに無意味な、人間の根本には何の役にも立たない基準であるかが象徴的に示されている。実際に、「人種」とは無責任な区分で人間には役に立たないとハーストンはいっている。

結局、「人種」という言葉は、肉体的特徴を無責任に分けたものに過ぎないのです。それに含まれる人々の内面的なことは何も説明していないのです。人種全体が成し遂げたことを指摘しても個人のことは何も説明したことにはなりません。人種全体ということでは何もしていないのです。人種全体で成し遂げたように見えることは、一人一人が個人として成し遂げたことなのです。(Hurston: 1942, 325)

男女の区別にしても、男とはこうあるべきだとか女とはこうあるべきだという性的な枠がいかに恣意的な枠であるかということは、ジョーと生活するジェイニーとティー・ケイクと生活するジェイニーを比べてみればわかる。こう考えてくると、二者択一の意識構造がいかに人間の都合に合わせたものであるかがわかってくる。すなわち、人間の一定の恣意が根底にあって、それによって世の中の基準なり枠が作られ、それでもって人間を規定してきたといえる。ハーストンが基本的に抵抗していたのはこの人間の中にある恣意性だったという言い方もできる。

こういった恣意性を克服するには、人間の恣意の及ばないものが必要になってくる。これが、作品全体のムードを彩っている自然の力である。ハリケーンによる洪水が示したように、人間による恣意は自然の力の前には何の役にも立たない。自然の前では、黒人や白人の区別も、男性とか女性といった区別も、個人として孤独に生きているとか集団側に立って生きているといったことも、何の意味もない。それだけ自然は人間の力の及ばない、絶対的な力を持っている。この自然こそが二者択一の意識構造を越えるものであり、二者を繋ぐものなのである。

＊＊＊

このように考えると、ハーストンの探求していた黒人性とは一体何だったのかということになる。結局、彼女の黒人性は全体の中に飲み込まれてしまうことになるのではないかと思いたくなるかもしれない。しかし、そうではないことを彼女は『路上の砂塵』の中で説明している。

> だから、人種的誇りや人種的意識は、わたしにとって本当にあてにならない、憎むべきもののように思えるのです。誤解のもとになるもので、悲劇と不正の源となるものなのです。(Hurston: 1942, 326)

ハーストンは個人レベルでの人種(race)と全体を包含する人種(Race)を区別して(Hurston: 1942, 325)使おうとしている。すなわち、一個人としての自分のアイデンティティは保持する必要があるが、全体の枠として「人種」(Race)という枠は不必要なのだと考えている。ジョンソンの言い方に従うと、自己の中にあるふたつの自分を認めることが大切だということだ。

内なる自己と外なる自己の両者をどうしたら混同しないかを知るということは、言葉を使って、理路整然と、ふたつの明確に異なるものを共に存在させることであり、決してふたつを打ち壊してひとつにするということではないということを知ることである。（Johnson: 1984, 212）

『彼らの目は神を見ていた』の中でハーストンが多用する「自由間接話法」（すなわち、今まで「視点の移動」という言い方で説明したことだが）を説明するジョンソンとゲイツでは、今考えていることに関して大切な指摘をしている（注八）。それは、「自由間接話法」ということは視点が一人称から三人称に単に変わったのではなく、一人称も含めた三人称の視点になっているというところである（注九）。

自由間接話法は登場人物の声でも語り手の声でもない。むしろ、両者の発する声となっていて、直接的に話す要素も間接的に話す要素も含み持つのである。（Johnson and Gates, 75-76）

すなわち、ジェイニーは彼女自身を失うことなく全体の一部になることができる（注一〇）。W・E・B・デュボワ（215）は白人的面を意識して、黒人の中に歴史的に「二重意識」があるといった。ジェイニーの成長はこの自己の中の二重性（注一一）を両方とも自分自身として認めるべきだという認識に至ったというところにある。このことは自分の中の自己性と同時に他者性も自分自身の一部として認めることを意味している。

こういった認識は、ラングストン・ヒューズが持っていた混血の苦しみ、すなわち、自分の中に白人の血が混じっていることからくるアンビヴァレンスを解消することに通じるものなのである。また、ハーストンがたどり着いた、全体を重視しつつ個人性を保とうとする考え方は、かつてジェイムズ・ボールドウインがアメリカ黒人のことを「雑種」（1955, 104）という言葉で形容したことにも通じる。

ハーストンが考えることは、ステップとしては白人や黒人が抱える人種差別であり、男性や女性が抱える性差別であっても、究極的には、人間の生き方なのである。

＊＊＊

ハーストンは『路上の砂塵』で次のようにいう。

わたしが説明したいと思っていたことは、一人の男性の話だったのです。わたしが読んだり聞いたことからすると、黒人に期待されていたことは、いわゆる人種問題について書くことでした。ところが、わたしはそういったテーマに全くうんざりしていたし、今でもそうなのです。わたしの関心はある男性とか女性が、肌の色とは関係なく、なぜあれこれといろんな行動をするのかということにあるのです。わたしが出会った人間は、同じ刺激に対して、極めて似通った反応をするように思えたのです。（Hurston: 1942, 206）

『彼らの目は神を見ていた』では直接的な表現としては描かれていないが、ハーストンの中の自分はアメリカ人であり、一人のアメリカ人としてアメリカを愛しているという意識である。アメリカという国を強く意識していたのである。そのことは次の引用からもわかる。彼女はアメリカ人であるという意識について次のようにいう。

わたしはアメリカ人ですので、他のヤンキーや、西部人や、南部人、黒人、アイルランド系の人、インディアン、ユダヤ系の人と全く変わらないのです。（Hurston: 1942, 330）

わたしも人間であり、人類の一員であるから、どんなことがあっても、自分の国は他の国より正しいと思いたいのです。そのように思うと自分がプライドをより強く感じ、より偉大な人物のように考えることができるからです。（Hurston: 1942, 337）

アメリカ人として、人間として、ハーストンが自信を持っていたことがよくわかる。

ジェイニーはティー・ケイクとの思い出深いエヴァーグレイズを後にして、わざわざイートンヴィルに戻ってくる。そこには彼女のイートンヴィルという共同社会の一員たらんとする意欲を確認できる。この気持ちはハーストンにとってのアメリカ人たらんとする気持ちと同じものだ。こうしてジェイニーは、ハーストンは、アメリカ黒人女性は、新たな認識に則ったアメリカ黒人女性としての存在になるのである。

第四章　山師、モーセ　――語り直されたモーセ――

ゾラ・ニール・ハーストンは「ジョン・レディング大洋に向かう」で作家としてイートンヴィルを出発した。イートンヴィルは彼女にとって、精神的には大切な故郷であった。彼女の育ったその町の中にあったジョー・クラークの店先で繰り広げられる「法螺吹き大会」は、作家ハーストンを形成していく上で、極めて重要な経験であった。しかし、ジョン・レディングやアイシスと同じように、ハーストンは限られたイートンヴィルの世界からの脱出志向が強く、母ルーシーのいった「お日様に向かって跳べ」の言葉を実践するために、イートンヴィルという田舎を後にし、北部へと出て行く。北部での生活はイートンヴィルと違い華やかなものであったが、作家としての修行時代、イートンヴィルで暮らす中で培った精神的支えは決して萎えることはなかった。まず、短編でイートンヴィルを蘇らせ、長編の『ヨナのとうごまの蔓』や『彼らの目は神を見ていた』でも、イートンヴィルから離れることはなかった。これらの作品の中では、イートンヴィルという地理的背景を使いながら、代々口伝えによって実践されている黒人の日常性が描かれていた。黒人大衆の生活の中にこそ黒人の本当の姿があるという信念が、彼女の中にあったからである。そのため、彼女の作品では黒人と白人の対決する場面が描かれることはほとんどなかったし、白人が作品の中心人物として登場することもなかった。しかし、『山師、モーセ』では、彼女の世界は一変したかに見える。地理的にはイートンヴィルを離れて、エジプトを出発点に、イスラエルに向かうモーセとヘブライの世界が描かれる。新しい背景を使う中で、彼女が今まで大切にしてきたイートンヴィルの魂はどのように表現されていくのか。『山師、モーセ』では、彼女が今まで歩んできた道はどのように表現されているのかを見ていきたい。

＊＊＊

聖書に描かれたモーセとハーストンが描いたモーセの大きな違いはモーセの身元に関する記述である。聖書では、出生そのものに関する描写はなく、「出エジプト記」を始めとするいくつかのところで、間接的に彼がヘブライ人であるという説明がなされている。それに対し、ハーストンは、作品の冒頭にモーセの出生に関する描写をしている（注一）。赤子のモーセは、アッシリアに嫁に行っていたファラオの娘に拾われ、エジプトの社会に入っていく。ハーストンの狙いは、無垢な赤子のモーセをエジプト社会の中に入り込ませ、成長させいくことにある。おそらく、彼は王の娘の子供として、特別なエリート教育を受け、いわゆる将来の将軍として大切に育てられたはずである。「おそらく」と記したのは、ハーストンはモーセの出生に関する描写はしていても、モーセのエジプト宮殿での教育のされ方、また、全般的に成長のプロセスなどの描写を詳しくはしていないからである。しかし、それを描かないことによって、モーセがエジプト的枠組みの中で育てられていったということが、暗黙のうちに伝えられている。このことは、モーセが成長し、戦闘に参加できる年齢になって再登場し、メントゥーという馬丁からの教えを受けたとはいえ、戦う人として描かれていることが物語っている。他のエジプトの指導者より異なる資質を持っていると周りの人々から評価されていたとはいえ、彼の成長の仕方はエジプト王族の成長と同じなのである。

たとえば彼は、いわば出戻りの王の娘の子供として、確固たる信頼をえていなかったが、戦いに勝利することで信頼をえていく。王の息子との演習での勝利にしても、その後の他国との戦いにしても、彼の信頼は力により相手を負かすことでえられている。また、彼が力をえていく描き方にしても、一方的に勝利したことを、単に記録として報告するかのような描き方がしてある。彼の戦いに関して、相手との戦いの場面が描かれることはない。すなわち、勝者の論理による彼の勝利が「報告」されているのだ。しかも、戦闘での勝利を重ねていくことで、勝者としての力をえていく彼を象徴するのは、いわば戦利品としてエチオピアの王の娘を妻として迎えていることである。彼女が彼の妻であることは、彼が力によって信頼をえたことを最も顕著に物語っている。

エジプト社会の精神構造が明確に示されるところは、モーセがヘブライ人たちを解放するために宮殿に行ってファラオと対決するときである。神の力をえていたモーセにどんな手を使っても太刀打ちできないとわかってくると、モーセに地位や財産を与えることで、解決の道を探ろうとファラオはする。ファラオだけでなく、ファラオの知恵袋である司祭たちも、モーセに対抗するために考える作戦は、物でモーセの心の変化をさせることなのである。彼らは、物事の判断基準が地位や名誉欲、支配欲といったものにがんじがらめになっているために、モーセの真意である心の充実ということに気付きえないのである。

エジプト社会は男による、力による支配社会なのだ。戦争をし、周囲の国々を力によって打ち負かし、国力を誇示することで自己の存在感を認識するという構造の社会なのである。その存在感を守るために次の戦争をせざるをえず、無限に力による戦いの論理を続けなければならない状態にある。エジプト社会が男社会であることは、エジプト女性がほとんど描かれていないことからもわかるし、ただ一人、目立つ形で描かれるモーセの宮殿での母は、王の娘であっても、息子のター・ファーと比べて、何事にも口出しをすることは許されない。戦争や演習の場面に限定したエジプトの社会の描写は、女性が完全に社会の隅に追いやられていることを暗示している。隅に追いやられた女性の役は、「男の子にとって通路」(53)に過ぎない。

男性の作った男性社会規範である「家父長制度」(B. Smith: 1978, 28)に則って動いている社会は、歪みを作り出し、本来の人間の姿を奪い、人間が自然な形で生きることを阻んでいる。それが明確な形で表されているところは、ヘブライの女性が自然な形で子供を産むことを禁止されているところである。彼女たちは、雌雄の生み分けを強いられる動物と同じように扱われ、「動物と同じ身分」(Royster, 113)を強要されているということができる。
エジプト社会は、恣意的な偽りの社会であるといえる。自己満足的で、自分のためになることはすべて都合よく歪めてしまう。司祭たちが魔術をするための仕掛けを作ることも権力を保持するための行為であるし、モーセが実はヘブライらしいという噂を流すター・ファーの狙いも、演習でモーセに敗れファラオの後継者としての自分の地位を守るための策略なのである。宗教も彼らにとっては自分たちに有利な状況を作り出すための道具なのだ。司祭たちは形式のみに囚われ、本来の宗教のあるべき姿を失っている上に、金のためなら何でもするという恣意に満ち満ちている。ファラオも自己権力と支配力保持のために「神」を利用することにためらうことはない。

このようにエジプト社会は、人間の心に対する関心はほとんどなく、自らの満足を最優先する社会なのである。そのため、人間同士の心の繋がりはなく、信頼の上に立った人間関係は存在せず、不信と疑心に満ちた社会であったといえる。だから、彼らは支配者側に立ちながら、実は心が「支配」という概念に硬直化し支配された状態にあったのだ。

B・スミスはミリアムについて、「ミリアムは伝統的な女性の役割に従っておらず、例外的であるために、不幸になる運命にあるということが暗示されている」(1978, 28)といっている。B・スミスが「伝統的」というとき、女性の役割は単に「男の子にとって通路」になっているということを意識してのことである。確かにミリアムはこの意味では伝統に従った女性ではなかったといえるが、彼女がこのようなタイプの女性にならなかったのは、彼女の中に別のエジプト的な価値基準があったからである。チッポラにしても、モーセの最初の妻であるエチオピア王の娘にしても、エジプトの女性にとって最大の幸福は、王の妻になることなのだ。それが彼女の中にもあったことは、子供のミリアムが、ナイル川に篭に入れられて浮かべられている弟を見張っているようにいわれたときに遭遇する、アッシリアの王女の一団の華やかさに心打たれる描写を見てもわかる。語り手に語らせて、「朝の太陽は光り輝く金属の装飾品に突き当たり、ミリアムが自分の弟を探そうとする気持ちを削ぎ、疲れと恐れの気持ちも和らげたのだった」(40-41)と描写させていることに加えて、ミリアム自身の言葉で、「王族って本当に凄いわ。……わたしも王女様の面倒をみる下女でいいから、なってみたいわ」(41)といわせていることでも、彼女の中にあったエジプト的基準が明確にされている。

彼女の中には、絶えず外見的な美しさに囚われているところがあり、エジプト社会と同じく自らの心の充実ということに関心を示すことはない。このことを最も象徴的に物語っていることは、モーセの身元に関する彼女の嘘である。見張りをしていなければならなかったにもかかわらず眠ってしまい、弟の入った篭を見失ったミリアムは母に責められ、次々と嘘を重ね、彼女とエジプト社会との距離を物事の考え方の面で狭めていく（注一二）。

彼女のエジプトへの羨望的親近感は、黒人女性が伝統的に持っていた白人女性への尊敬の気持ち（B. Smith, 28）なのである。彼女の持つ意識構造は『ヨナのとうごまの蔓』のハティや『彼らの目は神を見ていた』のミセス・ターナーと同じものなのだ（Turner, 109-10）。ハティやミセス・ターナーが奴隷制度の中で、白人的であることが正しいことだという考え方を持つに至ったのと同じように、ミリアムの場合も、ロイスターのいうように（118）エジプト社会が彼女を変えてしまったのである。彼女の中に、ヘブライ人としての自らを否定的に見て、エジプト人的になりたいという、いわゆる自己否定的意識構造があるため、絶えず自らを否定することが出発点になるのだ。とりわけ、モーセの妻のチッポラへの彼女の妬みは、彼女の自己否定を如実に物語っている例である。彼女は自分が女預言者として、人々から一定の信頼をえているという自らの良さに眼を向けることができない。

こういう面から、ミリアムも心の自由を失っていたといえる。彼女は作品に登場する数少ない女性の一人で、しかも女預言者という特殊な立場を与えられ、自己凝視の可能性を持っていたにもかかわらず、死に直面するまで自らの内面に眼を向けることはなかったのである（注一三）。

モーセの兄にあたると思えるアーロンもエジプト社会の論理で物事を考え、行動していたといえる。このことは、彼の場合も子供の頃の描写がほとんどなく、成長したアーロンの描写が中心になっていることからして、奴隷としてゴセンに閉じ込められている間に、エジプト的な基準が身についていったことを暗示している。彼の顔も歩き方もファラオのそれのようであり、歪んだプライドと妬みに富んだ人物なのだ（250）。エジプト的論理を持っている彼は、物や地位といった外見的なものに囚われ、人間を階級や色で判断する傾向がある。彼のこういった傾向は、彼の使う言葉からも説明できる。自分を責任ある、信頼されるべき人物として見せようとするとき、彼はエジプト語（この作品では大衆が使う方言的な英語でなく、標準的な英語ということになる）を使っている。何事をするにしても絶えず下心を持っていて、自分の利益のためだけに行動する傾向が彼にはある。ヘブライを救うためといって人々の耳飾りを提供させて「金の子牛」を作るが、彼の狙いはこれによって人々の信頼をえて、自らの威信を高めることなのだ。彼には人々との信頼関係を成立させる気持ちはなく、王と奴隷という力による上下関係のみに関心がある。このことは、彼と民衆との対話が行われているにもかかわらず、いわゆる掛け合いの滑らかで自然な対話になっていないことからもわかる。

彼ら［ヘブライ人］は証拠となることをあまり細々とは問題にしなかったのです。信じたかったし、実際に信じたのでした。それでファラオに完全に支配されているという気持ちを持たないようにしました。宮殿にヘブライ人が一人いるというだけで、心の中で大切に育むことのできるものを持てたのです。(50-51)

これはモーセが王女によって拾われたという話がヘブライたちの間に広まっていくところを描写したものである。ミリアムの嘘にしても、アーロンの気持ちにしても、エジプト社会と自分たちは「親戚」(46)、すなわち血縁関係にあるのではないかという、いわば歪んだ期待感がヘブライ人たち全体にあった。長年にわたって奴隷としてゴセンに閉じ込められ、強制労働を強いられ、非人間性を象徴する男児出産禁止という制限を受けながらも、「血縁関係」にあるかもしれないという気持ちが、恣意的に嘘を真実に近づける働きをしている。モーセに率いられてエジプトを離れた後、彼らの中にはモーセが持つ「力」に対する恐怖心がファラオが持つ力に対するそれと同じようにいつもあった。彼らとモーセとの繋がりは、彼らとファラオとの繋がりと同じ図式で最初は成立していた。彼らがモーセを指導者として選んだことも、ファラオに対して力により対決しようとする意識構造が根底にあったからである。ファラオからの解放を望みながら、エジプト社会の論理で解放を考え、ファラオに代わる「強力な外の指導者」（Wiedemann, 311）を期待していたのだ。

エジプトの論理を基準とする傾向は、エジプトを離れる前からヘブライ人の中には存在していた。若きエジプトの王子であった頃のモーセがエジプト人の現場責任者を殺した後、代わりにヘブライ人がその職に就くが、彼らは同胞に従わず、「俺はヘブライ人にあれこれ命令される気はねぇだ。俺とたいして変わんねぇんだからよ」（94）というのであった。彼らの中にはこういった「自虐的態度」（Howard, 123）があった。彼らのこの自己否定的態度は、エジプトを離れた後何度となく繰り返される。途中、ファラオ軍が迫ってきたときや荒野で食べ物に不満を感じるとき、エジプトにいた方がよかった、エジプト人に支配されていた方が安心だったと思う。彼らには自分たちは駄目な「イナゴ」（312）のような、弱小な存在だという気持ちが根強くある。

彼らの最大の問題点は、支配されながら支配する側の基準に従っていたということなのだ。仮に、エジプトの神のアピスやイシスを信じていないとしても、彼らの中には眼に見える形で神の存在を考える意識構造が形成されていた。すなわち彼らは、ミリアムたちと同じように心の根底部分では自らの拠り所を持っておらず、内的に不自由な状態にあったのだ。

＊＊＊

それまでエジプトのエリートとして順調な日々を送っていたモーセの中に、囚われ人としての姿が現れるのは、自分の身元について不安が生まれてきたときからである。

モーセは宮殿では孤独感を抱いていましたし、キャンプでも同じでした。そのため、監督を殺した二日後に、メントゥーの墓に行ってみたのです。「俺はヘブライ人なのか？」と彼はそこで自問するのでした。しかし、自らの身元を明らかにする納得のいくものを

見つけることはできませんでした。(92)

ハーストンは身元という揺るがしがたいと思える、自分を決定する基準に衝撃を与えることで、今までモーセの中にあったすべての基準に対して、見直しを迫らざるをえない状況に彼を追いやっているのだ。

フロイトの研究によると、聖書のモーセは実在の人物で、エジプトの軍隊長だったという(Freud, 15)。ハーストンのモーセの身元について、ヘブライと読んでいるのはハッチソン(Hutchison, 21)で、ブライデン・ジャクソンは『山師、モーセ』の「イントロダクション」で、モーセのことをアッシリア人、すなわちファラオの娘の産んだ子としている(B. Jackson: 1984, xviii)。その他のほとんどの批評では、すべてモーセのことをエジプト人として読んでいる(注四)。

作品を細かく読むと、ハーストンが設定としてモーセをエジプト人ではないかと読者に思わせる描写をいくつもしている。その第一がミリアムの嘘であり、第二にター・ファーが噂を流したかもしれないということである。しかし、決定的にモーセがヘブライ人だとか、エジプト人だということを証明する記述はどこにもない(注五)。ここで大切なことは、ヘメンウエイ(1977, 258)がいうように、ハーストンはモーセの仮面を剥そうとしているわけではない。むしろ、それまで順調に生活をおくってきたはずの彼の中に、不安が生まれてきたということが大切なことである。しかも、その不安は彼を決定する身元に関する不安であるということだ。すなわち、彼は自分の内面に眼を向けざるをえない状況に追いやられているということなのである。

自分の内面に眼を向けざるをえなくなったモーセがエジプトを離れて「軍務に携わっているときは、ただ自分を押さえつけていただけだということがわかった」(101)と回想したと描かれているように、自分がそれまで持っていたエジプト人としての生き方の基準である、戦いの論理とか支配の構図というものが無意味なものであるにもかかわらず、それに従って生きてきたという現状を認識する方向性が出てきたということである。この認識がメントゥーやエテロといったエジプト的基準を持たない人たちと接することで、一層確かな形で彼の中に形成されていくのだ。

心を囚われた人たちが心を解放するときのキーワードは「自らの魂に対し一糸まとわぬ状態」(289)になるということである。彼らの心は美しそうな装身具で着飾られていたのだ。美しそうな装身具とは、彼らが正しいと信じて疑わなかった価値基準なのである。それを捨て去らせることがハーストンの狙いなのだ。それは、モーセなら軍隊長として、鎧兜や刀といった外見的な装身具はもとより、彼の中にあるエジプト的論理であり、ヘブライ人なら「金の子牛」やアピスやイシスという眼に見える「エジプト」を始めとして、彼らの中にあるエジプト的な人やものが素晴らしく、ヘブライ的な人やものが劣っているという意識なのである。一糸まとわぬ状態になって初めて、本当の自分を作っていける可能性が生まれるという信念がハーストンにあるのだ。

偽りの自分を捨て去り、本当の自分を作っていくということは、自分の神を持つという言い方でも表現されている。神から命を受けて、ヘブライを救出にきたというモーセは、民衆に神とは何だと聞かれたとき、「わたしはわたし自身だ」(I AM WHAT I AM)と神がいわれたと答えている。「わたしはわたし自身だ」という神を信じるということは、本物の自分自身を形作っていくことを暗示している。さらに、モーセは次のようにいう。

「神様は動物に姿を変えて自らを示されるということも絶対ない。いかなる形でも、この世に姿を変えて現れることはない。神様は火と雲の中でお話になるが、火や煙そのものが神様という意味ではないのだ。だから、神様は眼に見える具体的な姿ではなく、神様の名前を使って眼に見える形で神様を示そうとするものを許されることもない」(147)

神は一人一人の心の中に存在するもので、その人の心によって決まってくるものだということだ。それは、それぞれが自分自身の基準を持つという意味なのだ。そうして初めて、彼らは心を囚われた状態から解放されるのである。

ミリアムの心も解放されていなかった。成長した彼女は、エジプト的「美しさ」からは解放されているように見えるが、依然としてエジプト社会の論理に支配されている。それは「男のようになろうとした」という言葉で言い換えることができる。女預言者として成人となっている彼女は、男と同じように支配者になりたいという野心を持つようになっている。彼女について次のような描写がある。

女性としての美しさや魅力などが不足していたために、一方では愛のない彼女の人生は奴隷状態の中に沈み、他方では自由を求める中で歪みもつれた状態になったのです。(323)

シュミットは、モーセはミリアムに男の愛を従属的に受け入れ、家庭に閉じ込めておこうという「因襲的女性の役割」(181)を強制するものであるという読み方をしている。しかし、ここで大切なのは、ミリアムの心の中に根づいていた基準を作り出したエジプト社会が、男社会であったということだ。彼女の中に、男のように生きること、すなわち人間として生きていくとき、男をひとつの基準として生きようとしているところがあったということなのだ。そこには、女としての良さ、独自性といった方向への眼はなく、いかにして、男と同じように行動することができるかという競争の論理がある。彼女に必要であったことは、こういった男的に生きるとか、男に負けないように生きるという、究極的には女を否定することになる視点ではなく、女としての自分の生き方を模索し、発見することなのである。

こういった彼女に、自分を見つめ直す機会が具体的に与えられる。それは、まず、彼女がモーセによって「らい病」に罹けられるときである。「みんな恐れ嫌悪して彼女を避けた」(301)とあるように、今まで彼女に同調していた人々が彼女を恐がって離れていく。「らい病」という眼に見える形で、彼女の持つ内的悪が象徴的に提示されたことで、人々は彼女の恐さを知るのだ。それと同時に、大切なことは、「らい病」に罹った彼女が人々から離され、キャンプの外に追いやられ、孤独な状態にされていることである。このときに持つ彼女の孤独感は、モーセ自身が宮殿で持った孤独感と同じものなのだ。自分自身より発する自らの偽りの姿を人々に投影し、そこに映し出される姿を感知して、偽りの姿を自分のあるべき姿として捉えていたミリアムには、人々と切り離されることによってそれが不可能になり、自らの姿を直接的な形で見つめなければならない状態になっているのである。それにより、ミリアム自身は、自分の外見に表れた「らい病」により、心の「醜さ」が表出している様を自分の眼で確かめ、人々が去っていくことでさらにそれを確認することになる。内面に眼を向けることができるようになったが故に、彼女は「何ひとつあんたにとって驚きとなるものはねぇですだ。何もかも初めからわかってるだからな」(318)とモーセにも、自分の弱さを認める発言ができるようになる。

彼女が死を「選ぶ」ことにも意義がある。それは今まで支配するための「男」という競争相手であったモーセとの争いをやめるということになるからである。すなわち、彼女の死には、男を中心としたエジプト社会の力による支配の論理を投げ捨てる意味が含まれているのだ。死は確かに自己破壊的だが、自らが死を「選ぶ」という行為によって、彼女は一糸まとわぬ状態になりえて、それは心が解放されたことを示しているのである。

ハワードは人間の解放には力が必要だとハーストンがいっているようだという。

> 自伝の中で示しているように、ハーストンの気持ちはどのような解放でも、たとえそれが宗教に関わる事柄のときも、成功するためには強い力が必要だということだ。その理由は、人間誰でもお互いの関係で見られるように、相手の足を引っ張るようなことを、指導者に対してでも、絶えず行おうとするところがあるということだ。(Howard, 129)

モーセは強力な指導者であったことは間違いない。しかし、モーセ自身、自分は力(power)は使っても強制的力(force)は使わない(109)といっていることをどのように考えるかである。作品中、紅海を渡った後のモーセが強制的力を使うのはエテロを守るための、いわゆる、盗賊たちとの戦いと、ヘブライたちを追ってきたファラオ軍との戦いと、イスラエルに向かう途中でのいくつかの種族との戦いである。彼の力の行使は、ファラオのような勢力拡大や保持のためのものではなく、すべて誰かを守るために行われている。そういう意味で、彼が戦闘につぎ込んだ力には肯定的意味が持たされているといえる。それに、神的な力を持っていたモーセがなぜ、四〇年近くもヘブライたちに苦難の旅を強いるかである。力による指導を彼が心に描いていたとするなら、ファラオ軍を壊滅したように力によるヘブライたちへの指導が可能であったはずだ。もともとヘブライたちの中には、力による指導を受け入れる精神構造ができていたわけで、力による押しつけをモーセが仮にしたとしても、彼らは容易にモーセの命令に従い、モーセの考えるヘブライ像を作ることができたはずである。それに、要所要所で指導的立場はとっても、絶えずヘブライたちと距離を保とうとするのはなぜかである。それは、ハーストンはモーセにヘブライたちを力によって解放させようとしているのではないからだ。

モーセは次のように気付いていた。

モーセが気付くことは、人間は他の人に自由をもたらすことはできないということだったのです。自由とは心の中の問題だったからです。外見的に自由に見えるのは単にそのように見えるだけでして、人間が本当に自由だということは内面が自由かどうかによって決まるのです。相手に対してできることは、自由になれる機会を与えることだけなのです。人間は自らの解放は自らの力で成し遂げなければならないのです。(344-45)

自由かどうかということは、その人本人の心の問題だということだ。だから、外側から力で支配したり解放したりすることは不可能なことなのである。

だからこそ、一人一人の心の解放が大切になるのである。心を囚われるのも解放されるのも、その人次第なのだ。モーセの期待は、「川の向こうで、彼らは未だ開墾してない原野を開墾し、耕作し、未だ建立されていない街を建立し、居住するだろう」(346) という描写に表されているように、彼らが自らの解放を自らの力で成し遂げることなのである。

しかしながら、ハーストンはこういった形での自己解放を決して楽観視しているわけではない。自分の身元や考えていることに不安を持ったり、孤独を感じたり、自分を見つめ直す機会を持つことで、心を囚われた人々は解放される資格をえただけだからだ。モーセは自己解放直前の、すなわちヨルダン川を渡るだけになったヘブライたちをネボ山から見下ろしながら次のようにいう。

「この自由は見方によると、滑稽だ。……岩や山のように決して永遠のもんじゃない。思いもかけないとき手に入れたようなもんに過ぎない。毎日、色褪せないようにしなけりゃならない。そうしないと、ある日突然自分の手許にないことに気付くことになっちまうだろう」(327)

これは自己解放というものがいかに困難かということを示している。ヘブライたちが肉体的解放をえた後、四〇年近く放浪を続けざるをえなかったことをみると、本当の心の解放は容易ではないことがわかる。それは、彼らの中に支配者側の論理が当然の基準として根づいていることに加えて、果たされない長年の戦いの中で諦めや無力感が生まれてきて、心の自由のために戦う意欲を失い、抑圧を甘受する傾向になりやすいからだ。そのため、絶えず厳しい自己への眼を向けることを怠ることは許されないのである。

ヘブライたちには、ヨルダン川の向こう岸に自由が待っているはずだ。しかし、モーセは彼らが川を渡るのを見届けることなく姿を消すし、我々読者もヨルダン川を渡る彼らも、渡った後の彼らをも見ることはできない。渡りきったかどうかはヘブライ人自身が知ればいいことだからだ。

＊＊＊

エジプトよりヘブライを救出し、約束の地に向かう途中でモーセは「我々は外側はえたが、内側をえたかどうかは、にわかには確信が持てない」(304)と、彼が最も信頼するヨシュアにいう。迷えるヘブライに対して、モーセはホーレブ山で神と交信した後も、何度か神と接する機会を持つ。なぜ、彼は神の声を聞くことができたのか。また、自然との関わり方についても同じことがいえる。魔術を使えるのは彼だけであり、トカゲや自然の生き物と対話ができるのも彼だけである。この作品では「モーセにはこれでよかったのかどうか確信が持てなかった」(344) とあるように、最後まで彼は迷える人物のように一方では描かれながら、他方では特別な人物として描かれているようにみえる。確かに、レイソン (1974, 6) やハワード (130) のいうように、モーセは『ヨナのとうごまの蔓』のジョンや『彼らの目は神を見ていた』のティー・ケイクより「偉大な資質」を持った人物である。二人がそのように主張するのは、ジョンは彼の中のアフリカ性を認識し、それを具現化していくが、モーセはジョン以上に見事に実践しているという見方をしているからであり、ティー・ケイクの持つ既成の概念に縛られない自由な発想と行動力をモーセが持っているという読み方をしているからである。

『ヨナのとうごまの蔓』を書くときも『山師、モーセ』を書くときも、アフリカ的な源が黒人の中にあるという認識がベースになっていることは確かである。特に、『ヨナのとうごまの蔓』ではアメリカ黒人の中にアフリカ的文化が受け継がれてきているということが明確に示されている (Hurston: 1934b, 59-60)。ジョンの自己容認には、彼の中に受け継がれたアフリカ性が必要不可欠な要素であった。「逃げてばかりいないで、物事に直面しなさい」(Hurston: 1934b, 113) というルーシーの助言を受けて、自らと直面することでジョンは自分の中のアフリカ性を認識し、それを受け入れることで人々に尊敬される説教師になれた、すなわち自己発展を進めることができたのだ。

黒人たちの間に伝わるモーセの存在についても同じようなことがいえる。ハーストンは、「モーセと彼の魔術に関する敬虔なる話」(Hurston: 1938, 116) はアフリカに起源があるという認識を持っている。このことは「モーセに関するすべての話が、アメリカにやってきた後キリスト教に接触したことで、広範囲にわたって同時的に黒人たちに生まれてきたとすることはほとんど不可能に近いのです」(Hurston: 1938, 116) という表現からもわかる。また、『山師、モーセ』の「著者まえがき」でも、黒人の間に伝わるモーセはダンバーラのことで、それは西アフリカのダオメ共和国に起源を持つといっている。

ハイチの諸神の中で最高の神は、ダンバラ・クエド・クエド・トカン・フレダ・ダオメで、蛇神のモーセと同一人物だと考えられている。

いる。しかし、この神はハイチに始まったのではない。最初に出現したのはダオメ共和国で、今も広く崇拝されている。(xxii)

知識欲旺盛だったモーセに、知識が豊富であるはずのエジプトの司祭たちは何も答えてくれなかったが、ごくありふれた人物である老馬丁のメントゥーはモーセの発展の基礎を授けてくれる。

「……それに、殿下、あなたにお話しした猿と蛇のことは忘れないで下さい。おそらく、本当のことでしょう。老人は本に書いてないことをよく知っているんです」

「あぁ、おまえが教えてくれたことは、格言も、昔からいわれていることも忘れんようにするからな。ずいぶん、俺にとっては役立ってるぞ」

「言い伝えに耳を傾けることは大切なことです。経験に経験を重ねた結果、作られた言い伝えですから」(82)

メントゥーがモーセに教えたことは、昔から伝わる言葉の持つ力ということである。「表象は馬丁のメントゥーの頭の中で立ち上がり、彼の唇から転げ出て、モーセにとって生きた姿に変わり、永遠に彼の記憶の中に住みついたのです」(55)とあるように、メントゥーが、猿を始めとしてトカゲや蛇の話をモーセにすることで、モーセは成長していく。メントゥーから受け継いだ叡智は、さらに、言葉として発せられることによって、モーセの中で増幅されていく。それがファラオとモーセとの言葉合戦であり(注六)、ヘブライたちとの対話である。しかし、宮殿で行われるファラオとモーセとの対話は、メントゥーとモーセの間で行われるような昔話の、いわゆる言葉遊び的内容ではない。これはハーストンが子供の頃、ジョー・クラークの店先のポーチで聞いたような、いわゆる法螺話の掛け合いではないという意味であるが、対話は潜在的および形式的に言葉遊びの形を取っている。潜在的というのは、法螺話の場合に見られる語り手の意図的な虚勢（悪い意味ではなく、法螺話の語りではそこが面白さのひとつなのである）の張り合いという基本構図が見られるということである。モーセが水を血に変えればファラオも同じことをし、蛙をモーセが出せばファラオも蛙を出すという、いわば押し問答が繰り返される。形式的というのは、モーセとファラオの対決が連鎖的に行われているという意味である。モーセとファラオの対話やそれに伴う行動は、一方的に相手を無視する形で進められることはない。モーセが魔術を使えばファラオもそれに類するトリックを使って対抗する。ここでファラオが武力を使って、モーセに対抗しようとすることはないのである。すなわち、呼応する形式で二人の対決が行われている。こうしたことを繰り返す中で、モーセが力をえていく様が描かれている。これはメントゥーから学んだ知恵を言葉としてモーセが繰り返し使うことで、彼の中で本物の力となってきていることを示しているのだ。そのため、ファラオとモーセとの対決の繰り返しは一見単調にみえるが、モーセが言葉を繰り返すことによって彼の内に力をえていくための、必要な繰り返しなのである（注七）。

同じことがモーセとヘブライたちとの間でも繰り返される。ヘブライを解放することを何度もファラオに迫ったのと同じように、自分を解放するようにヘブライたちにもモーセは迫っていく。ヘブライたちとの対話を続ける中で裏切りや不平や不満を眼にする読者には、何度も裏切られるモーセは、一見力をえていないようにみえるかもしれない。しかし、彼の力は、言葉を使うことによって確実に増加している。それは、彼が導く人々の数が確実に増加していることにも示されているし、着々とエジプトから遠のき、約束の地に近づいていっていることにも表されている。こういったことはモーセの内面的力が増加していることの証なのである。

メントゥーより受け継いだ言葉を使って、モーセが対話の中で力をえていくことを可能にする要素は、その言葉に伝統があるからである。メントゥーはモーセに「トトの本」（注八）を見つけ出し、読むようにいう。

「本当のところ、わしはその［トトの］本を見たことがないんだ。聞いた話なんだ。わしの親父の親父の親父の親父が親父の親父に話した話を、わしの親父の親父が親父に話した話なんだ」（73）

すなわち、メントゥーがモーセに語って聞かせた話は、いわば天地創造の頃に遡る話なのである。それに「最初は、ことごとく何もなかった。闇が闇の中に潜み、無に包まれていた」（Hurston: 1939a, 61）とメントゥーがモーセに教えているように、語り継がれる伝統は人間の恣意によって歪められていない。しかも、その伝統には人間にとって大切な純粋で絶対的な知恵が含まれているのである。

メントゥーの果たす役割はもうひとつある。それに関わることをハーストンは『わが馬に告げよ』の中で次のようにいっている。

……ひとつの記憶がしっかりしていれば、他の記憶がそれに集まってきて房のようになり、次にその記憶の房が連関した記憶となり、一定の焦点を軸にまとまってくるのです。なぜかというと、プラトンの考え方に示されているように、もともとはまとまったひとつのものが、バラバラになっているからなのです。（Hurston: 1938, 118）

伝統という知恵を集約することの大切さをいっているのである。記憶が記憶として力を発揮していくにはまとまりをなすことが大切だということだ。こういうとき、ハーストンの頭の中には、伝統の知恵も大衆なくしては実現しえないという認識がある。事実、メントゥーの話を聞き、コプトスに行って「トトの本」を読んだ直後のモーセは、チッポラに夢中で大衆との関わりを持つことを避けていた。そのため彼は力を発揮できていないのである。伝統の知恵をいわば無駄にしていたモーセに対し、大衆との繋がりを持つようにエテロがモーセを諭しているところがある。

「……おまえが女にうつつを抜かしているのをわしは見たくない。平凡な男が好んでするようなことをおまえは進んですべきではない。おまえには遠くからでも人に語りかけるようなものがあるのだ。それは今でもなくなってはいないし、隠れて見えなくなっているわけでもない。どんな場合にもおまえについて回っているものなのだ。それはある意味では誉れでもあり別の意味では悲劇でもあるだろう。しかし、おまえは指導者になるように神から申し渡されているのだ」（35-36）

登場人物として、大衆との繋がりの持ち方という点からは、モーセはジョンやティー・ケイクより優れた人物だということができる。モーセには、獲得し内在化している知恵を発揮するために必要な大衆がいるからである。

大衆との一体化の証として、導かれる人たちの数の増加などを挙げたが、モーセの方から大衆との一体化への積極的な動きがあることにも注目する必要がある。エジプト王国のエリートとして育った彼が教養ある人物であることは、彼の使う言葉が標準的英語であることに示されている。しかし、エジプト社会から離れた後に出会ったミディアン人の中に住み始める彼は、ミディアン人の言葉をマスターする。さらに注目すべきところは、コプトスに行ってトトの本を読んで帰ってきたモーセに盛んに、いわゆる方言を使わせていることだ。特にヘブライ人を導いていくときの彼は、方言を使う努力をしていることがはっきりとわかる。このことは、反発するヘブライの老人が「モーセは我々が話すのと全く同じように我々の言葉を話す」(251) と証言していることからも確認することができる。意図的にモーセが大衆との一体化を言葉によって成立させようとしていたのである。

＊＊＊

『ヨナのとうごまの蔓』のジョンの場合は、自分の中のアフリカ性の認識によって説教師として成功したかに思えたが、ハティという女性との関係で会衆の信頼を失い、職を追われる。新しい地のプラント・シティでサリーという女性の助けをえて教会で説教をするようになるが、再びオーラという女性に手を出して、結局最後は鉄道事故で死亡する。この結末は、結局彼は内面に潜在するものの認識に至りながら、それに広がりを持たせることができなかったということである。その最大の原因は、彼と大衆との融合が見られないところにあるように思える。

『彼らの目は神を見ていた』のティー・ケイクも同じことがいえる。彼自身は最初から自由奔放な人物として登場し、従来的基準から解放された、いわゆる自由人としてジェイニーの前に現れる。ジェイニーは彼とならば幸せになれると思うが、結局、彼も最後は犬に噛まれて狂犬病に罹り、ジェイニーを殺そうとしたため彼女に殺されてしまう。彼の場合はジョン以上に、彼の自由を強化してくれる集団が、明確な形で彼の周りに存在していない。彼自身はその自由を謳歌しても、それが集団的な力として広がりを見せることはない。

ジェイニーにも彼女の新しい認識に広がりを持たせるための集団は存在しない。彼女は、いわば人生のすべてを経験して、ジョーと一緒に長年暮らしたイートンヴィルと思える町に戻ってくる。彼女は自分の経験を親友のフィービーに語って聞かせるが、その後すぐにフィービーのもとを離れ、一人になるための行動をとっている。読者はジェイニーの語る話がフィービーの口を通してハーストンに繋がり、ハーストンの筆を通して読者に広がるという期待を持つことはできるが、彼女が経験でえた知恵が彼女の中で強化されることを眼にすることはできない。彼女の場合も周囲に集団がいないからである。

彼らに対して、モーセの周囲には彼のえた知恵を確実なものにし、それを伝えていき、受け止めてくれる集団が相互依存的に存在していた。彼の力はその大衆という集団を濾過することによって獲得されていった。『山師、モーセ』ではヘブライというはっきりとした集団を設定することで、構造上語り手と聞き手の関係が明確になるように仕組まれている。しかも、『ヨナのとうごまの蔓』や『彼らの目は神を見ていた』と異なって、早い時期にモーセが個人として自己認識に到達し、語り手としての役割を果たしうる設定がなされている。こうすることで、今までの作品では、個人の認識にとどまっていたことが、作品の中で集団的広がりを持たせることを可能にしている。

この集団的広がりを持たせるとき大切なことは、話を語る方法である。モーセが語り手としてヘブライに自らえた知恵を伝えるのは、ヘブライ人の一人のヨシュアを通してである。モーセはヨシュアに語りかけ、それが彼を経て他のヘブライたちに広がっていくように描いてある。聞き手としてのヨシュアが、モーセが変わっていったのと同じように語り手としてのヨシュアに変わっていく。そのときの彼の語り手としての姿を見てみる。

「そうなんです、厳しい戦いだったんです。猿とブルドッグの戦いのようだったんです。猿は主人にブルドッグを十分に鞭打ったと話し、座る時間がきて座りました。それから、猿は主人にそのブルドッグをやっつけたかもしれないと話しました。しかし、座って話せば話すほど、主人はそのことを疑ったんです」(341-42)

ヨシュアの民話を連想させる語りの口調は、メントゥーやモーセが語り手として語ったときの調子と同じであり、モーセの語りがヨシュアを経て広がっていることを確認することができるところだ。

大衆的広がりは大切だが、それが必ずしも正しい方向に向かうわけではない。ハーストンにはそれはわかっていたようである。そのために、ヘブライの中にヨシュアという人物もいれば、ミリアムやアーロンという人物も描かれなければならない。特に、大衆的広がり方、別な言い方をすれば口承文化の伝統が、どのように実践されるかに注目すべきなのだが、中でもここの場合の焦点はミリアムの嘘である。ハーストンはミリアムの嘘の広がりを描くことで、口承文化の伝統の広がりを「促進」(Hemenway:1977, 260) している。促進することによって、口承文化の伝統の形成の過程を確認し、真実の確認が可能になる。そこに語り直しの価値がある。

モーセは自分がヘブライかもしれないという不安を持っていた頃、次のようなことを思っている。

……昔々、二十歳になる前、彼は自分が分裂した存在であると気付きました。要するに、彼には誰にでも見られる縮図的面があったのです。みんな分裂したふたつの存在なのです。一方の存在は生活を営み、輝くの光の中で栄え、身を守っています。もう一方の存在は暗い夜に吠え声をあげながら歩んでいるのです。(82)

彼は自分の中に善的な面も悪的な面も両方存在しているということに気付いていたということである。

ハーストンにこのような描き方をさせる背景には、当時の彼女の文学に対する否定的傾向を含めて、ブルジョア黒人に対する彼女の批判的見方があったからでもある。

結局、『山師、モーセ』は比喩的作品ではあるが、同時に風刺的作品でもある。ハーストンのアメリカ黒人に関する観察は、機知に富んでいて知的な深みも十分にある。上流階級や、ブルジョア黒人と彼女のフォークロアの源である黒人全体との間には、自分たちを愛するという気持ちの面で程度の違いが大きいのだ。ブルジョア黒人の中の卓越した混血黒人たちにはハーストンの皮肉の眼が向けられたのだ。（B. Jackson: 1984, xvii-xviii）

ハーストンには内的悪を乗り越えていくということが必要であった。そのため、ジョンやジョー・クラークやティー・ケイクを殺したように、アーロンやミリアムを殺すことを繰り返すのだ。同胞を殺すことで、自己の内の汚れた部分を認識し、それを自らの手で切り落としているのだ。このような内省的方法も語り直しによって初めて可能になってくる。語り直しの作業は共存の仕方を探求することでもある。ハーストンの中には、無用な「人種的結束」（Hurston: 1942, 327）もなく、人種的枠で物事を考えようとするところもなかった。彼女は「黒人のわたしである気持ち」というエッセイの中で、「わたしの中に人種など存在しないときが、時々あるんです。わたしはわたしなんですから」（Hurston: 1928, 154）といっているし、『路上の砂塵』の中でも同じように人種的意識を越えているといっている。

どのような人種集団もそれをひとつの全体として考える必要がないのだとわかったとき、光明が射してきました。……わたしが学んだことは、肌は人間の中に何があるかをはかる手段ではないということでした。だから、人種（Race）全体に関わる古い言い回しは今や何の意味もなくなっていました。人種ということを基に特別な扱いを求める白人や黒人に対して、一笑に付すことができるようになりました。そのため、黒人であることを呪われたことではないのだと思うようになれたし、白人であることは特別に恵まれたことではないと考えるようになったのです。（Hurston: 1942, 235）

また、他のところでも「わたしには階級的偏見も、人種的偏見も必要ありませんでした」（Hurston: 1942, 323）ともいっている。このように、人種的枠組みで物事を捉えていないと繰り返しいっている。

モーセという存在についても、アフリカ的起源を認めながらもそのアフリカ性を弱める傾向、すなわち人種的枠組みを取り払おうとする狙いを持っていることが窺える。

最も偉大な不思議な力を使う人としてモーセを崇拝することはアフリカに限定されているわけではありません。アフリカを起源とする子孫たちが、奴隷として四散したところはどこでも、神秘的力を持つ人としてモーセを受け入れるのです。これは黒人に限ったことでもありません。アメリカではその他の人種でモーセと同じような人が数えられないくらいいて、彼らは奇跡を起こすためにモーセが使ったといわれる神秘的な語句や記号や言葉を使っているのです。(xxii)

ハーストンのこのような認識の中に、モーセのアイデンティティの不安が解消されないままになっている理由を見いだすことができる。ジョンはアフリカ系アメリカ人として、アフリカにアイデンティティを見いだすことで自己発展をした。すなわち、彼はアイデンティティの不安の解消を人種的枠組みの中で行ったのであるが、モーセはヘブライ人なのかエジプト人なのかというアイデンティティの不安の解消を人種的枠組みの中で行っていない。ジョンのたどった道と同じ不安の解消の道をたどるなら、彼はエジプト人かヘブライ人かということに関して結論に達することで、不安の解消をするはずであるが、彼の持っていたその不安の源は解消されないままになっている。それでもモーセが力をえているということは、人種的枠組みではないところに解決の道があることを物語っている。

人種的枠組みを持たないハーストンは、それに基づく過去の抑圧などに対する復讐も、当然否定の対象にする。『山師、モーセ』でファラオは過去において、ヘブライ人がエジプト人を踏みにじったため、その「巨大な代償」(32) として償いをしなければならないという。このような人種的枠組みで復讐を行っているファラオのような考え方をハーストンは否定する。

わたしがオールド・ブラック・ジョーのふりをして、別の人の問題に自分の時間を無駄に使うのは馬鹿げたことなのです。それは、ウインストン・チャーチル政府が毎月一日に、ウイリアム征服王に金の支払いを要求するとか、ユダヤ人が古代ファラオに対してピケを張ろうとしてピラミッドの周辺を徘徊することと同じように馬鹿げたことなのです。(Hurston: 1942, 284)

モーセは人間ははじめから混血なのであり、人種や階級で区別することはできないのだといっている。

「……エジプトを出発してからずっと、わたしたちは様々な人々と共にあったではないか？　彼らはわたしたちと共に歩みを進めたではないか？」(299)

モーセはヘブライ人だという動かし難いと考えられていた見方を語り直すということは、エジプト人かもしれないという新しい可能性を作り出し、過去の固定観念に疑問を投じることになる。しかも最後まで、モーセはエジプト人なのかヘブライ人なのかという問題に決着をつけないことで、モーセという人物にエジプト人もヘブライ人も接近できるという広がりを持たせることが可能になる。そうすることによって、人々は今までの固定的観念から解放されて、「ゆるい手綱」(340)を持ち、「あらゆる人々の良さと、人々の何でもない面のすべてがうまく混じったもの」(340)という混合状態になれ、共存の可能性が生まれてくる。

語り直しは基本的に「混合」への作業であるといえる。なぜなら、第一にそれには必ず語り手と聞き手が相互に必要であるからだ。語り手のいない語り直しも、聞き手のいない語り直しも存在しない。そこには、共存への可能性が広がってくる。第二に語り直しは、無限な広がりの可能性を持っている。たとえば、一人の語り手から一人の聞き手に行われた語り直しは、一人の聞き手が語り手になり、次の聞き手に行われ、その次の聞き手は語り手になって、次の聞き手に語り直しを行うという、相反的に限定される役割を越えて無限に広がっていく可能性を秘めている。すなわち、語り直しは差別や抑圧を作り出す支配者対被支配者とか強者対弱者という限定的役割を根本的に設定できない状態を作り出すことなのである。ここにも、共存の可能性を見て取ることができる。

聖書と『山師、モーセ』が大きな違いを見せているところは、ハーストンがモーセの話からヘブライ性を薄めようとしているところである。全体の話の流れは聖書に沿っているが、聖書に出てくるモーセの割礼のことやヘブライの系譜や儀式、法などの記述をハーストンは意識的に排除している。聖書では、ミリアムと王の娘との対話もあるし、モーセを育てるためにヨケベデが赤子のモーセを一度引き取って乳を与えて、成長したモーセを王の娘に返している。そして、初めて王の娘の子となる。ところがハーストンの場合は、一度宮殿に連れて行かれたヨケベデの子供は、成長するまでヘブライと接することはない。

ヘブライ性を薄めることによって、聖書に表されているモーセの立法者としての宗教的役割は弱められるのである。スロモヴィッツのいう、モーセの「倫理面での貢献の解釈」(1504)がハーストンにはできていないという読み方は、聖書のモーセが倫理面での貢献をしているのに、ハーストンのモーセにはそれがないという批判であるが、それを薄めることこそがハーストンの狙いなのだ。そのため、レイソン(1974)が「宗教的使命感が染み込んでいない」(5)というように、モーセには聖書のモーセに与えられていたような宗教的使命はない。

モーセから宗教的使命を薄めることで、どのような新しいモーセ像が生まれたかである。それはハッチソンの言葉を借りれば、「非常に生き生きとして人間らしい人物」(21)が生まれたのである。たとえば、聖書ではモーセが直接読者と初めて接するのは成人になってからで、ハーストンの『山師、モーセ』にも描かれているヘブライ人を鞭打っているエジプト人の現場責任者を殺すときである。その後、ファラオから逃れてミディアンの地に行きチッポラを妻にするところまで一気に進み、ホーレブ山で神と接する場面になり、神との対話が始まる。これに対し、ハーストンのモーセには人間臭さが出ている。既に彼も囚われ人の一人だったと説明したこともそうだし、子供の頃のメントゥーという馬丁と行う対話、彼が持つ自分はヘブライ人なのかエジプト人なのかという不安と悩み、ファラオから逃れた後チッポラという女性に溺れそうになり、ヘブライを救うという使命から逃れようとするところ、神にヘブライを救出するようにいわれても、自分にはできそうにもないと何度もためらいを見せるところ、エジプトよりヘブライたちを約束の地に導く途中に何度も彼らを導くことをやめようと思い悩むところ、等々、すべて彼は普通の人間とあまり変わらないという視点で描き直されているといえる。これはモーセの「神秘性を弱める」（Hemenway: 1977, 262）ことで、彼の持つ「人間的資質」（Hemenway: 1977, 262）を明確にしようとする狙いをハーストンが持っていたからである。

　ロックは『山師、モーセ』を評して「風刺漫画」（7）といい、ターナーも「喜劇」（111）として批判的だった。彼らが作品を否定的に見ている理由は、当時の黒人文学のあるべき姿は、リチャード・ライトを中心にした抗議を重視する文学的傾向が背景にあったからだ。そのため、ラルフ・エリスンによると、黒人文学として書かれるべき方向性としては、「黒人生活の社会的文化的孤立を打破するもの」（1941, 22）で、それは「労働階級や社会的に疎外された黒人を意識したもの」（1941, 22）でなければならないということなのだ。すなわち、黒人の置かれている「社会的環境」を把握し、それに対抗するものが書かれるべきだと考えられていたのである。ところが、ハーストンの書いたものは黒人に不利な「社会的環境」を意識したものというより、黒人を否定するとき利用される黒人大衆の文化的面が中心になっていた。ここでＢ・ジャクソンのコメントを見てみる。

> ……作品全体を通して常に見られることは笑いである。作品の性質上、過度の緊張状態が生まれる可能性が絶えずあるのだが、それを継続的に弱めているものは喜劇的調子なのだ。『山師、モーセ』の中でハーストンは、喜劇を使わなければならない芸術家としての立場にあるために、審美的距離〔注：純粋に美的判断ができるように芸術作品の一般的評価やそれを取り巻く状況から自分を隔てること〕を認める材料に一定の距離を保つ裁量をしっかりと持っているのだ。それに彼女がユーモアいっぱいにモーセの説明をするとき、完成度の高い気品と普遍性（それが何であろうと）を前面に押し出している。しばしば指摘されることだが、このような面は抗議小説にはない。
> （B. Jackson: 1984, xix）

ロックやターナーが否定の根拠にしている面そのものが、ハーストンが表そうとしていたことなのである。「風刺漫画」

的で「喜劇」的にすることこそハーストンの狙いであった。たとえば、モーセがコプトスであったことをエテロに話すときの内容は、昔話を聞くときのおもしろさがあるし、それを話すモーセも、それを聞くエテロも楽しんでいる。また、宮殿に行ってモーセが行う様々な魔術の描写にしても、それに対抗することに必死になるファラオや司祭たちの姿にしても、喜劇的で娯楽的要素を持っている。昔話の内容の持つ滑稽さ、それが語られるのを聞くときの楽しさが込められているのだ。

語り直しによって、モーセを他の登場人物と同じレベルの普通の人にすることで、モーセと他の登場人物との距離を狭めようとしている。立法者で雲の上の人だったモーセと他の登場人物との距離が狭まるのを目撃する読者には、自分とモーセとの距離も、作品全体との距離も狭まってくることを実感できる。そのとき、作品はハーストンによって読者に語られていることがわかってくる。読者は単に舞台の上で演じられる『山師、モーセ』の世界を観戦しているだけでなく、その世界に加えられていくのである。

作品で明らかに説教を意識したと思える描写がしてあるところが二カ所出てくる。ひとつは、モーセが一回目に紅海を渡るときを描いた、「横断」(cross over) という表現が繰り返してあるところと、もうひとつは、モーセがヘブライを率いてシナイ山の麓に着いたときを描写したところである。到着の次の日、モーセはシナイ山に登っていく。

> 次の日の最良の時刻、まるで神から思し召しがあったかのように、モーセは山に登っていったのです。神からの声が聞こえる山。神の存在を包んでいる山。モーセとイスラエル人に神を授けた山。モーセに神の杖をもたらした山。この世の祭壇である山。木の生い茂った傾斜を登りながら、モーセはこのように思っていたのです。(277)

「横断」という表現が使ってあるところと同じだが、ここでも「山」が繰り返されていて、明らかに説教を意識した調子で書かれているといえる。説教をするのはハーストンであり、それを聞くのは読者なのだ。

このようにして、モーセ対ヘブライの構図はハーストン（作品）対読者という構図にもなり、モーセやヘブライが学んでいくことは、読者にとっても学んでいくべきことということになる。モーセがヘブライ人に自由とは「心の中の問題」（344）と迫ったように、ハーストンは読者にも迫っているのである。

＊＊＊

『山師、モーセ』が出版された一九三九年とはマクダウエルの指摘の通り（1991, xiv）、ヒットラーがポーランドに侵攻し、第二次世界大戦が勃発した年である。ハーストンの中にはおそらくこういった歴史的流れが頭の中にあったことだろう。ファラオのヘブライに対する抑圧は、ヒットラーによるユダヤ人大虐殺と重なって見えたであろう。また、ドイツ民族に対する「優生意識」がナチのユダヤ人抑圧の思想の基礎になっていたのと同じものを、アメリカにおける人種差別に見いだしていたことも想像するに難くない。だから、ラルフ・エリスンは『山師、モーセ』を「何もなしえていない」と酷評したが、抗議的な色彩がないわけでもない。ヘブライたちがエジプトの論理を受け入れる姿を追ってみると、抗議小説の形式の基盤であるアメリカンナチュラリズムに到達し、クライド・グリフィスやビガー・トーマスの顔が見えてくるからである。

シュミットは作品は人間の抑圧を扱ったものだという。

……この小説では人間の抑圧の歴史——力のあるものとないものの歴史——が扱ってある。すなわち、ハーストンの人種的隠喩が示そうとしているように、歴史を越えた、本質的にいつでもどこでもありえる問題が扱われている。（Schmidt, 195）

確かに、抑圧は歴史を越えて存在する。しかし、作品はそれを前提にして、その中に生きる人間の心を問題にしようとしているとみるべきである。作品の視点として、ファラオがヘブライの抑圧者として描かれるのは四章のヨケベデが子供をナイル川に流すまでである。その後はヘブライたちの内面の「奴隷根性」(Hemenway: 1977, 259) に視点が移されていく。そして、モーセの内面的葛藤、ついでエジプト脱出後のヘブライとモーセの「神」ということを軸に展開されるやりとりへと続くが、流れは、心の自由を扱っているものである。作品の最後に次のような描写がある。

モーセはそれを見て幸せな気分になったのです。彼の夢は決して完全に達成されたわけではありませんでした。彼の狙いは、完全な人間を、自由で公正で、高貴で力強く、今もこれからも永遠に世界全体の模範となるような人間を作ることだったのです。(344)

ヘブライの葛藤の四〇年は彼らだけの葛藤ではなく、万人に通じるものだという認識なのである。ハーストン自身も、「このモーセ崇拝は……アフリカに限ったことではない。また、黒人に限ったことでもない」(xxii) といっていることもそれを裏づけている。

さらに、モーセの妻のチッポラに注目する必要がある。彼女の立場は他の登場人物と異なっている。まず、モーセが心酔するエテロの娘であること、エジプトとは交流のない地に育っていること、しかも、力による上下関係によって成立していたエジプト社会とは異なった形態を持つ社会に育っていることである。彼女は、モーセを始めとして、ミリアムやアーロンやその他のヘブライたちとは全く異なる環境の中で育ってきているはずだが、彼らと同じように外見を重視し、妬みを持ち、高い地位を求める意識構造を持っている。ヘブライたちの閉塞された心の状態はエジプト社会の基準が及ぼす影響というナチュラリズム的見方で説明がついたが、チッポラの場合はそれでは説明がつかない。ここにハーストンの狙いが潜んでいるものと思える。いかなる社会に育とうと、人間は一般に「堕落的野心」(Weidman, 536) に陥りやすく、安易に行動しがちだということなのである。人間の心の中には、歴史と社会的状況を越えたところで、硬直した不自由が生まれてきがちだということを描き出すところに、ハーストンの狙いがあったものと思える。

作品の全体的枠組みはアメリカ黒人の中に伝わるアフリカの口承文化であった。それは、ハーストンの中に「アフリカ系アメリカ人は最終的に自由を成し遂げるという絶対的な自信」(Watson, 49)があったからであるが、この自信とは人間全体に通じるものだという自信でもあるのだ。これは、黒人イエスを描いたジョン・ヘンドリック・クラークのアーロン・クローフォードの持つブラック・ナショナリズム的な自信ではなく、コネリーが『緑の草原』で描く黒人モーセでもない。このことはハーストンのモーセにとって、心の発展の引き金となるためにメントゥーという人物を使っていることにも認めることができる。メントゥーとはシュルマン(53)によると、アフリカで使われる言葉の「ムントゥ」(muntu)に起源を持ち、それは「人間」の意味だということだ。アフリカ性を出発点にしながら、ハーストンは人間を考える方向性は堅持しているのだ。

第五章　路上の砂塵

——自伝に込められた意味——

ゾラ・ニール・ハーストンの『路上の砂塵』は不思議な作品である。カテゴリーとしては自他共に「自伝」という枠に入れているにもかかわらず、事実に反する事柄がたくさん描かれている。ほとんどすべての人たちが、彼女の書いた『路上の砂塵』の内容を、自伝と称されるが故に信じてきた。中でも特に、出生の記述には長い間、いわば騙されてきた。また、出生に関することに限らず、従来の自伝のイメージとかけ離れていることをいくつも発見して、読者は驚かされる。また、あるときは白人に好意的過ぎるようなことを書くかと思うと、別のところでは否定的な記述をする。同胞の黒人に対しても、同性の女性に対しても、同じことがいえる。こういった相反するように思える記述に読者は戸惑い、これはハーストンの混乱なのか、それとも何かの理由で意図的に彼女が行っていることなのかと悩まされる。さらに、自伝にしては脚色が多過ぎたり、書いてないことも多いのはなぜか。また、自伝と称しながら、後半に近づけば近づくほど、作品の調子は彼女の人生を書き記す調子から、自分の考えを述べるエッセイ的な調子になってくることも読者の注目を引くところである。なぜ、前半のリアルな人生描写から、観念的な描写にトーンを変えなければならないのかという思いを抱かされるのである。このような、『路上の砂塵』が与える複雑な印象故に評価は分かれている。この章では、従来の自伝を読む場合の角度を少し変えて『路上の砂塵』を読むことで、この作品に込められたハーストンの考えを分析したい。

黒人が書いた「自伝」にしても、白人が書いた「自伝」にしても、ヒコック（111）の言葉を借りるまでもなく、「自伝」には基本的には告白的な特徴があるといえる。中でも、黒人の最も共通する自伝の特徴は人種差別という歴史の中で、この告白の内容が歴史の事実と呼応し、歴史的意味と個人の体験としての告白が合致すればするほど、告白としての自伝は迫力を持ち、読者がその個人の告白という体験談を通して歴史を再現できることになる。それは、読者と自伝の作者との一体化であり、読者と歴史の模擬的な一体化なのである。このためには、告白の持つ正直さが必要不可欠な要素となる。また、右記のような読者の期待には、告白とは作者が正直に事実を伝えるものだという、いわばキリスト教信者的「告白」の概念に近いものがあり、そこには偽りの告白などあってはならない。

***

『路上の砂塵』が批判を受けるときの重要なポイントのひとつは、この「告白」に対する捉え方の違いにあるように思える。ヘメンウエイ（1984, xxxix）は『路上の砂塵』は失敗作だというが、そのときハーストンが自分の本当の姿を出していないからだといっている。フォックス・ジェノヴィースも同じように「驚くほどの自己隠蔽」（173）が『路上の砂塵』全体の調子だといい、自分を正直に表していない告白は「告白」ではないというのである。だから、自伝としては失敗作だという結論になるのだ。

だが、ハーストンという作家を考えるとき、従来の「告白」を前提とした自伝の枠で『路上の砂塵』を考えることにはためらいを感じる。それは、ひとつには、ホールドへの手紙（Hurston: 1949）でハーストンが書いているように、従来の自伝という形では自分の内面がうまく表現できないのではないかと考えていたからだ。彼女はそれ以上のことは手紙ではいっていないが、『路上の砂塵』では従来の告白的形での自己表示をしようとしていなかったと考えられる。自伝を書くことに一方ではためらいを示しながら、彼女は他の作品で、自伝的内容の作品を書いているということと『路上の砂塵』とをどのように関連づけて考えるかで、その答えに近づくことができる。また、自己隠蔽的だといわれる『路上の砂塵』にも、当然のことだが、事実は描かれているのである。すなわち、作品を書くときのハーストンは、小説の場合も自伝の場合も同じ態度で書いているのではないかということだ。ハーストンにとって、自伝と小説との従来の境界線はないのではないか。彼女は、『路上の砂塵』においても他の小説で行っているような「小説化」(Hassall, 160) した自分を描いているに過ぎないのではないか。

直接的に自分を露にするのではなく、従来の「告白」という方法論に反する嘘をいい、演技をするという方法を採ることで自分を表そうとしているのではないか。ジョー・クラークの店先の「法螺吹き大会」に象徴されるように、演技することが、彼女が考える自分自身の本当の姿を表すことだったように思えるのだ。この意味で次のハッサルの意見は示唆に富む。

> 自伝に異なった読みを付すことは……可能である。たとえば自伝を、創意のある、活発な、実際に役に立つ戦士の内側を垣間見る一連の描写として読むことが可能である。見せかけの態度をとることや注意を他に向けること、秘密を守ろうとすること、意図的で誠意のない予想できないことなど、昔から存在する人に接するときの作戦や教えなどすべてのことを、ハーストンはイートンヴィルで学び、『路上の砂塵』の中で実際に試してみるのだ。(Hassall, 160)

既に紹介したように、自己隠蔽的として否定的批評の中心人物のフォックス・ジェノヴィースは、ハーストンは周りの(特に白人の)期待する方向に向かいたかった (173) といっているが、ハーストンが『路上の砂塵』で演技しているという見地に立つと、白人に好意的と思える描写も、そのまま額面通りに受け止めることはできない。確かに、周囲の影響を意識して描写しているのではないかと思わされるところもないわけではない。たとえば、「ジャクソンヴィルでわたしは自分が取るに足らない黒人の女の子であることを思い知らされました」(94) や「そこでの経験は別な面でわたしの成長に役立ちました」(142) のように、外の力が自分をしむけたという書き方を随所でしていることや、白人の友人が仕事を見つけてくれたことや、ギルバートとサリヴァン旅劇団のミス・Mに対する好意的描写、ゴッドマザーの援助の描写など、白人への好意的描写に接すると、周囲を意識していたという印象を持ちたくなる。しかし、演技をしているという前提に立つと、周囲を意識することも当然なことといえる。観客を意識し、喜ばせようとしない役者も監督もいないからである。ハーストンの周囲を意識する描き方が単に演技であったことは、ロビーの「主人公が出来事を内在化したり内的発展をしたりする面をほとんど表していない。むしろ、彼女が生きる世界をはっきりとした皮肉を込めて表現している」(674) という主張が裏づけてもいる。

従来の「自伝」のもうひとつの明確な特徴は、成功物語ということである。ハーストン自身は、「復学」という章に描かれた表現からすると、『路上の砂塵』を「シンデレラ物語」(149) ではないと考えているようだが、出生からはじまり、苦労を経て、一定の考え方に到達する彼女の姿は、一種の成功物語のパターンに則った書かれ方がしてあるようにも思える。

マッケイ (1988) によると西洋的白人男性の「自伝」の基準は「個人主義」(175) だということだ。すなわち、個人として、社会の中でいかに成功したか、どのように勝利したかが書かれていることが、優秀な自伝の必須条件なのである。これは、いわゆる「アメリカの夢」の概念と直結しているといえる。フロンティア精神とか移動性とか丸太小屋からホワイトハウスへという言葉に白人アメリカ人の精神が象徴されているように、彼らは闘って勝ち抜き、成功し、しかも物質的に成功することを最大の目標として生きるという歴史を刻んできたといっても過言ではない。だから、彼らの「自伝」の中でこの目標がいかに達成されたかということが描かれることは、ごく当然の成り行きなのだ。

『路上の砂塵』の中にも、いかに発展したかという視点はあるが、対象にしていることは、いかに内的発展があったかということで、物質的・外見的成功には全くペンは進められていない。このことは、『路上の砂塵』の最後の章の「振り返って」というタイトルにも見られるし、その内容にも十分窺える。ハーストンはこの章の最初で、「振り向くと、くっきりとした陰と煌々とした光と薄汚れたその中間のものを眼にすることができます。わたしは悲しみの台所にあってすべての壺を舐め尽くしました。そして今、虹に覆われた険しい山の頂きに、ハープと剣を手にして立ったのです」(280) といっている。今までの自分を越えて、新しい自分に成長したことを強調しているのである。すなわち、彼女の内的成長が関心の焦点なのだ。

黒人の自伝の全般的特徴は、基本的に「黒人全体の過去の経験」（Holt: 1983, 36）に焦点を置くというところにある。それは奴隷として、あるいは黒人として、アメリカ社会で組織的に人間性を否定されてきたという歴史に起因する。そのため、個人としての生存の軌跡を描きながらも、絶えず黒人全体の日常性と歴史を描くことが中心になったわけだ。

黒人の自伝は大きく分類すると三時代に分けられるとされる。第一が奴隷体験記で、主に一九〇〇年頃までに書かれたものである。この時代の自伝は、白人の抑圧の中で非人間的な生活を強いられた黒人奴隷の生活が中心になる。しかし、自伝を書けた黒人は主に「家の中の世話をする黒人（house nigger）」という、白人に可愛がられた黒人奴隷で、自分の考える人間像と白人の期待する黒人像との狭間で揺れる自伝を書かざるをえない状況にあった。そのため、自画像を描きながら、他の黒人に対して教訓を示す傾向が見られる。また白人、あるいは抑圧者と奴隷である自分との関係で人種差別を振り返りながら自らを描くことになり、「自分」という存在の中に深く潜入し難いという限界を持っている。

第二の区分は一九〇〇年頃から一九六〇年頃までに書かれた自伝で、ブカー・T・ワシントンを始めとして、W・E・B・デュボワ、ジェイムズ・ウエルドン・ジョンソン、リチャード・ライト、ラングストン・ヒューズらが、この時代区分に入る。彼らの自伝では、社会のジムクロー制度の中で、黒人としていかに自由になったかということが問題にされる。すなわち、いかに困難な状況の中でそれを乗り越え、勝ち抜いてきたかの記録なのである。そこには、黒人であることを無意識的に悲劇的意識の中で捉えているところがあるとはいえ、黒いという事実と向かい合い、黒いということを根拠に彼らを排斥するアメリカ社会を弾劾しようとする狙いがある。このため、社会的・政治的影響力を強く意識した自伝であったし、彼ら自身もそれを意識した行動も機会あるごとにとったのである。

第三の時代区分は一九六〇年以降の自伝で、暴力的傾向を強めていく。バーガー（118）によると、この時期は、個人として人種問題を解決することは不可能だという認識が強くなってきた時期で、全体あるいは集団的価値に基づいた行動のみで活路が開ける、と考えるようになった。社会的にも、この時代は反人種差別運動が最も活発かつ過激になった時代であり、ブラック・モスリムやブラック・パンサーといった超破壊的黒人組織が活動的だった頃で、基本的にアメリカ社会制度を破壊することを目指していた。こういったことを考えると、アンジェラ・デイヴィス、エルドリッジ・クリーヴァー、マルカムXなどが団結的力に期待を持って自伝を書いたことは頷ける。

ハーストンは右記の時代区分によると第二の区分に入ることになるが、いくつかの点で同時代の黒人の「自伝」との違いを持っているし、黒人の「自伝」全般とも『路上の砂塵』は同じカテゴリーに入れて考えるべきではないように思える。

その第一の理由が『路上の砂塵』には「社会的・政治的戦略」(Holt: 1983, 37) がないということである。歴史的かつ社会的に人間性を奪われてきた黒人たちが書く自伝は、どの時代区分の中でも基本的に彼らを非人間的に扱う社会を認めず、それに抗議する要素を持っている。そのため、マッケイ (1990) のいうように「戦闘的な全国的黒人解放運動」(265) の傾向を持つことになるのである。一般的に黒人の自伝の基調には、人種差別に対する「怒り」があるのに対して、ハーストンの『路上の砂塵』は、リオネットが「ルサンチマンを拒否する作家の根源的な証」(382) というように、「怒り」を拒否することを表明しているのである。このことは、ヘメンウエイ (1977) も指摘していることで、従来的自伝の特徴は「政治を意識しているものであったり、苦難に共鳴するものであったり、抑圧を解き明かすためのものであったり、共に生きたり共に勝利したりで社会の責任を意識するもの」(278) であるのに対し、『路上の砂塵』にはこうしたものが見られないという。このような点から、『路上の砂塵』は従来の黒人の「自伝」の枠を越えたところに存在しているといえるのだ。

黒人の男性を中心とする「自伝」は「社会的・政治的戦略」を基に、人種差別への「怒り」を表明していることは確かだが、彼らの自伝の基盤にも成功物語の概念があることを見逃してはならない。人種差別に対抗し、その困難な中で、着々と努力を重ねた結果として名声と信頼をえて、成功の道を歩んだという彼らの自伝のパターンは、反人種差別的要素は別にしても、白人アメリカ人の書いた自伝と基本的には同じものなのである。彼らの中にも、白人の自伝の場合と同じく、戦いの論理が基調として存在し、弱肉強食の考え方を前提としている。この視点からいっても『路上の砂塵』は黒人男性作家の自伝とも距離があるといえる。ハーストンの基本的願いは「我々すべてが親しい友だち」(286)になることだからだ(注一)。

黒人男性の自伝と黒人女性の自伝を比較するとき、根本的な違いは、ハーストンの右記の言葉が役に立つ。リチャード・ライトの『ブラック・ボーイ』にしても、ブカー・T・ワシントンの『奴隷より身をおこして』にしても、個人としての闘いの記録であるのに対して、黒人女性の自伝のベースは共同社会なのである。このことについてマッケイ(1988)は次のように説明している。

> 女性が書く自伝と男性が書く自伝との違いは、アメリカ黒人の伝統の中に初めから明確な形で存在している。人種的経験などで共通した点があるにもかかわらず、奴隷女性の語りと奴隷男性の語りとでは内容と強調する点の両面で違いを示している。たとえば、元奴隷だった女性は家族との絆を強調しているし、他の女性の親戚との関係に自らの関わりを求めている。また、強力な家父長制度の中で白人女性と黒人女性が支え合う共同体の描写を見てみると、女性の方が男性より遙かに積極的に関わりを持とうとしている。元奴隷だった女性は、黒人女性や白人女性と同様に黒人男性を含めて、他の人たちがした努力を、自分たちの幸運のためだとして、信頼する。男性の逃亡奴隷の方は、個人として指導力を発揮したり勇気ある行動をしたということを褒めたたえる傾向の方が強い。
> (McKay: 1988, 177)

黒人女性の自伝は、個人が闘いに勝利した成功物語ではなく、自分の関わる集団社会の中における存在として自分を捉えているところに特徴がある。この違いを作り出した要因として、マッケイ(1988, 177)は、黒人男性は人種差別の中で一人の男としての男性性を喪失させられ、その回復志向が強かったのに対し、女性の場合は母や祖母や他の女性家族や友人との繋がりが強く、日常的に相互に助け合うということが行われたためだという。このような集団を通して自己確認をしようとする傾向もハーストンらの黒人女性の自伝に見られる特徴なのである。

マヤ・アンジェロウは黒人女性が世に出るときには困難を伴うものだという。

黒人女性は若き時代に、人間誰にでもありえる眼に見えない圧力に襲われると同時に、男性の偏見と白人の非論理的憎悪と黒人の力のなさという三つに挟まれた状態になっている。アメリカ黒人女性がこれらの殻を打ち破ると、人々は驚嘆と嫌悪と挑戦的態度をとったりすることがよくある。それが、生き残った者が勝ち取った戦いの必然的結果であり、熱狂的に受け入れられるどころか、尊敬に値すると考えられることすらほとんどない。(Angelou: 1969, 231)

『路上の砂塵』を読むとき、従来の「自伝」の基準のみで判断するのでなく、新しい視点で読み直す必要がある。マッケイ(1990)の言葉を借りれば、「対象としている本が、そのジャンルの範疇にそぐわないときは、読者がその本を受け入れる柔軟性を持つことが必要である。少数派と呼ばれる人たちによって書かれたものの場合は特にそうである」(280)ということだ。『路上の砂塵』は、形式的には実際にあった出来事を時間的流れに沿って並べる、伝統的な自伝ではなく(Rayson: 1973, 44)、小説的な自伝にしているところから「創作的自伝」(McKay: 1990, 280)という呼び方をすることも可能であろうし、既述したように「演技」(performance)という言葉を使って呼ぶことも可能である。また、作家の態度としては、従来の「自伝」の基準に立ち向かおうとするところもある。このことは、内容的にも挑戦的で、仕事を優先し、貧困と闘い、普遍性を作り出そうともがく「一風変わった女性の闘い」(Raynaud: 1988, 131)を描いていることからもわかる。こういった新しさを排斥してきた裏には、白人の西洋男性の基準のみで自伝を読もうとする傾向があったからだといえる(注二)。

＊＊＊

ハーストンの白人寄りに見える傾向は同胞の作家たちからも批判を受けた。たとえば、ボンタンは「ミス・ハーストンはアメリカ黒人生活のより重大な局面を非常に簡単に扱っている。すなわち、彼女はそれを無視しているのだ」と、暗に白人に対して好意的で黒人の描き方が十分でないといっている。L・ヒューズはもっと手厳しくハーストンを批判する。

ハーストンは若い頃、いつも大金持ちの人たちから奨学金をもらったり、ものをもらったりしていた。その人たちの中には、ただお金を払って座らしておいて、まるで彼女が黒人という人種の代表であるかのようにさせることに満足している者もいた。実際、彼女は頼まれたら、その通りに、彼らの考える黒人っぽさを演じたのだ。……彼女の多くの白人の友だちにとって、彼ら白人が「黒ん坊」という言葉に付加したい意味――すなわち、無邪気で、子供のようで、甘く、ユーモアがあり、非常に黒い黒人――からいうと、彼女は完璧な存在であったのだ。(L. Hughes: 1940a, 14)

L・ヒューズは、ハーストンが私生活で白人に好意的に扱われたこと、また、白人に好まれるような態度をとったことを批判している。このような傾向が『路上の砂塵』にも表れていると、フォックス・ジェノヴィースもヒコック (111) もジャクソン (1992, 33) も考えている。

確かに「友だち」という章でハーストンが述べる「友」は『オパチュニティ』誌に作品を載せてくれたチャールズ・ジョンソンを除いて、ボアーズにしても、ファニー・ハーストやアニー・マイヤーやメイソンにしてもすべて白人で、ハーストンを支援した人たちである。彼らの支援があったからこそ今のハーストンがある、という印象を読者は強く持つことになる。

白人たちはハーストンが成長していく過程で「一連の足がかり」(Turner, 91) であったために、彼らの支援の描写に多くのスペースを割いているが、彼らを内容的には必ずしも肯定的に描いているわけではない。たとえば、ファニー・ハーストについては「ちっさな女の子のような振る舞い」(242) といって、ハーストの子供じみた面を批判的に描写しているし、メイソンに対しても「メイソンの舌は鞭と同じでした。外見の飾りは切り裂き、さびた釘のようにしてうぬぼれを吐き出させるのです。嘘は、それが口にされたものも、行動で示されたものも、遠回しにいわれたものも、容赦しませんでした」(177) と厳しいメイソンの姿を説明している。

白人支援者を批判的に描写することとは比べものにならないくらい、黒人に対する批判的描写にスペースを割いていることは確かである。「あいつらときたら！　しょうがない奴らだ！」という章では「アメリカの黒人がいやしくも受け入れられることを期待するのなら、もっと敬意を払われることをすることが必要なのです」(216) と、差別を受ける責任の一端は黒人側にもあるといいたげだ。また、逆に、ブラック・ナショナリズム的傾向に対しても否定的で、彼らは自賛的なわりに奇妙な面が多過ぎるという主旨のことを述べている。

ハーストンは人種差別を容認しているのではないかと思わせる発言をすることもあった。ヘメンウエイ(1984)によると、ニューヨーク・テレグラムの記者に「黒人の運命は北部より南部の方がずっと良好なのです。……もちろん、南部には人種隔離があります。……しかし、南部では白人のために作られたものは黒人のためでもあるのです。言葉を換えると、ジムクロー制度が制度として役割を果たしているのです」(xxvi-xxvii) といったという記事が載り、ハーストンはそれに対して反論をしたが、この記事によって彼女に対する黒人側からの不信が高まったことは確かである。

このような不信と『路上の砂塵』の中の人種差別に対するハーストンの描き方とは結び付けて考えられている。彼女の人種差別に対する描き方に対してみられる批判はふたつに分けることができる。ひとつは人種差別に関する記述が『路上の砂塵』にほとんどないということに対する批判であり、もうひとつは、人種差別に対するハーストンの態度が一貫していないということに対する批判である(注三)。

第一の人種差別に関する記述が少ないということについては(注四)、ハーストンの中に基本的に人種意識が弱かったことで説明がつくものと考えられる。もちろん、「わたしの血は混じっているのは確かなんですが、それを誉れだとも恥だとも思っていないという点で、他の連中とわたしは異なっているんです」(235) といっているように、黒人であることは自認していても、ライトたち社会派の黒人作家たちが書くような、社会において非人間的な扱いを受ける悲劇的黒人意識はハーストンにはなく、白人も黒人も同じだと捉えていたのである(注五)。ストロングはハーストンのこの態度を次のようにいう。

ハーストンは経験からいって、ふたつの態度、すなわち自分の考え方に固執する傲慢な黒人の態度か、苦悩に満ち踏みにじられた黒人がとる、昔からある態度のどちらかをとることができただろう。しかし、どちらの態度もとることはない。それは、特別に不利な状況に置かれていたという認識をハーストンが持っていないからなのだ。だから、苦々しい顔をする理由は何もないのだ。(Strong, 7)

彼女が自分を悲劇的に捉えていなかったということは大切なポイントである。だから、彼女は昔風の黒人でもなく、肩をいからせて白人に立ち向かおうとするような黒人でもなかった。ごく普通の人間として生きようとハーストンはしていたのだ。

人種問題に関するハーストンの態度が一貫していないということに関して、レイノード(1988)の指摘は示唆に富む。

テーマ別に考え方が述べられている章(一一章から一五章)では、作家としてのハーストンの生活が示されていると同時に、人間ではなく猿のように扱われる黒人と、英雄として描かれる黒人のふたつの矛盾した関係に、当惑している様が吐露されている。(Raynaud: 1988, 129)

すなわち、実際に自分が見ている黒人の姿と、フォークロアの中に出てくる黒人の姿や子供の頃から聞かされている黒人の素晴らしさとのギャップを埋めることにハーストンは苦悩しているということだ。その「当惑」が一貫性のなさとなって表れているという考え方である。

ここで大切なことは、レイノード(1988)のいう「当惑」ではなくて、「猿のように扱われる黒人と、英雄として描かれる黒人」というふたつの黒人の姿である。ハーストンの一貫性のなさは、黒人像に限ったことではないということを考えると、彼女がふたつの黒人像の狭間で困惑しているという見方をするより、ふたつの黒人像を並列的に描いていると捉えるべきなのだ。彼女はひとつに絞ろうとする努力より、あるがままの黒人の姿を描こうとする態度をとっているといえる。この態度が人種問題でも表れているのであって、白人か黒人かのどちらか一方をとるのでなく、白人の良さも黒人の良さも認めていこうという態度で描いていると考えるべきなのだ。

さらに、イートンヴィルの描写を考えてみても、片方のみに偏った描き方をしていないことが証明できる。「わたしの出生地」や「わたしの親戚」という章で描かれるイートンヴィルは、ハーストンにとって誇りなのである。それなのに、彼女にとって、「内なる探求」の章で描いているように、また、その後、「陽光を一杯にあびて」や『ヨナのとうごまの蔓』で繰り返し描くように、イートンヴィルは彼女を束縛する世界でもあったのだ。それに、確かにイートンヴィルはハーストンに想像と空想という喜びの世界を与えてくれたところだが、孤独感を抱かせるところでもあった。また、ジョー・クラークの店先で行われる法螺吹き大会は、伝統的な口承文化の世界へと彼女を導いてくれたが、同時に、女や子供を寄せつけない男だけの排他的世界でもあった。すなわち、ジョー・クラークの店がイートンヴィルという町の中心にあったことや、この法螺吹き大会がイートンヴィルの特徴的なこととして描かれていることを考えると、イートンヴィルが男中心の性差別の社会であったことを象徴的な形で指摘しようとしているのである。さらに、母のルーシーがいつも子供たちにいっていた、「お日様に向かって跳べ」(21)という表現にしても、「放浪」の章で描かれるルーシーの死の床での場面で、伝統的儀式を拒否したいという願いにしても、その母の願いを受けて、ハーストンが村人たちに死者のための伝統的儀式を行わせまいとして反抗することも、すべてイートンヴィルに対する否定的感情の一部なのだ。以上見てきたように、イートンヴィルも二面的に描写されているのである。

法螺吹き大会に象徴されるように、イートンヴィルは女性を排除する社会であったため、男に対するハーストンの態度は、概して厳しいといえる。「汗」のサイクスも「スパンク」のスパンクも『ヨナのとうごまの蔓』のジョン、『彼らの目は神を見ていた』のジョーやティー・ケイクも何らかの形で惨めな死に方をする。このことは、ハーストンの中に反性差別的考え方があったことを物語っている。それが「黒人女性にかけられた抑圧に対して黒人女性作家が対抗する表現であり、情緒的で精神的発展を女性が探し求めることへの関心」(Bobb, 42) なのである。

しかし、女性に対してもハーストンの厳しい眼は向けられているといえる。「比喩と空想」の章の中で描かれる祖母にしても、「陽光を一杯にあびて」や『彼らの目は神を見ていた』の祖母にしても、若者の想像力を押さえつける存在として描かれている。また、母ルーシーの死の床で慣習に加担して、母の願いを邪魔するときに中心になるのは男性ではなく、ミセス・マティ・クラークという女性である。さらに、「調査」の章では、ハーストンがポーク・カウンティでフォークロアを収集しているときのことで、彼女を殺そうとするルーシーという女性を詳細に描いている。ルーシーは妬みや、異常な競争心を持った女性として批判的に紹介され、「彼女はどうしようもない人で、誰も気にとめていませんでした」(186) として、悪い女性の代表のように描かれている。

男性の黒人と比べると、女性の黒人に対しては比較的寛大なハーストンではあるが、他の作品でも『ヨナのとうごまの蔓』のハティや『彼らの目は神を見ていた』のミセス・ターナー、『山師、モーセ』のミリアムやチッポラたちを非難されるべき女性として描いている。

このように、一方で反性差別的態度をとり男性を批判的に描きながら、他方で女性を否定的に描くハーストンに対して、フォックス・ジェノヴィースは人種問題に関して批判的に『路上の砂塵』を読むときの枠である自己隠蔽をハーストンが行っているところと捉え、次のようにいっている。

> 自分が飛び出してきた黒人社会の女性に関して意見を述べるとき、ハーストンの気持ちは揺れていて、共鳴することもあれば、軽蔑したり、我慢することもある。……他の黒人と自分を同一視することは、ハーストンの中ですんなりとは行われていない。(Fox-Genovese, 176)

このように、白人や黒人に対する態度、男性や女性に対する態度が、一見定まっていないようにみえるところがハーストンが批判を受けるところなのである。しかし、定まっていないとする見方は、本当のハーストンの意識構造を理解していないために生まれてくる見方である。彼女を理解する上で『山師、モーセ』の中に貴重な発言を見つけることができる。第四章で既に引用したところだが、もう一度それを確認してみる。

「……エジプトを出発してからずっと、わたしたちは様々な血の混じった人々と共にあったではないか？　彼らはわたしたちと共に歩みを進めたではないか？」（Hurston: 1939a, 299）

ハーストンの中にはこの「様々な血が混じった」（mixed）という意識が強くあったものと思われる。たとえば、「鼻の話をしよう」や「ビール・ストリートのクック・ロビン」でも人種的純血は幻想だという主張をしている。すなわち、人種問題でいえば、白人的な面も黒人的な面も、「わたしには、どこでも、いい点と悪い点が見えるのです」（285-86）といっているように、悪的な面も善的な面も同時に持ち合わせているのが現実なのだという信念がハーストンにはあった。だからこそ、自分を正直に表現しようとするときは、一見一貫性がなく、アンビヴァレントと取られるような描き方になる。彼女は、「持っていないものは見せられないのです。また、持っているものは隠せないのです。それが、神様が作られた最も強力な法則のひとつなんです」（237）といって、自分の中にあるものを隠すことなく描くと、二面的要素が出てきて当然なのだと考えている。すなわち、相反する面を共有しているのが普通の人間の姿だという考え方である。これは、イエスとノーを明確にすることを前提とする二者択一的欧米的な発想では理解しにくい考え方なのだ（注六）。そのため、ハーストンの描き方を「一種のカムフラージュ」（Hemenway: 1984, xxxviii）という見方をしたり（注七）、『路上の砂塵』は白人への警告（Hemenway: 1977, 289）だとか、保守的な黒人への批判（Rayson: 1973, 39）といった、一方にのみハーストンの眼が向いていたといった読み方になってしまう。

『路上の砂塵』に対する批判は、ヘメンウエイ（1977）の「……この黒人女性は世界を人種的視点で見ていない」（276）という表現のように人種問題を避けているという見方や、アンジェロウ（1991）の「本当のゾラ・ニール・ハーストンを見いだし触れるのは……困難である」（xii）という言葉のように、自己を隠していて、「……多くのことが将来思い直したり、明確に発言したりするために残されている」とファリソン（353）がいうように、問題を曖昧にし、先送りしているということだが、このような批判の根拠は何といっても意図的に事実と異なることを描写しているということにある。すなわち「嘘」がすべての批判の出発点になっている。

しかし、この「嘘」が『路上の砂塵』を理解する際重要なポイントとなる。従来の自伝の最も大切だと思われていた事実を伝えるという基準をハーストンが守らず、嘘をためらうことなく描いているということは、それなりの理由がある。結論的にいうと、嘘を描くことで、黒人性が描けると彼女は考えていたからだ。

歴史的に見ると、黒人は嘘をつかざるをえない状況に置かれていたといっても過言ではない。彼らは身を守るために嘘をつき、白人の非人間的眼をごまかすために嘘をつき続けてきたのである。仲間同士でコミュニケーションをする場合も、いわんとすることを直接的に表現するのではなく、いわば嘘を通してコミュニケーションを行った。このような彼らの保身術としての作戦が、奴隷以前のアフリカの世界以来培われてきたフォークロアの語りを受け継いで、アメリカで奴隷として生きる中で反復実践されることによって、脅迫的必要性の嘘と民衆的娯楽性の嘘とが融合し、黒人性を象徴できる表現方法に作り上げられていった。

彼らの嘘で大切なことは、表面的意味にはほとんど価値がないということである。その嘘の表面的意味ではなく、その裏にある含意が大切なのだ。

＊＊＊

わたしは楽しみながら民話を集めましたし、その相手をしてくれた人たちも、わたしと同じくらい楽しんで話してくれたと思うんです。一度話し始めると、「法螺話」はどんどん独りでに出てくる感じなので、話し手は語る機会を必死で確保しようとしているようでした。歌の場合も同じことがいえました。昔から伝わる話を正確に伝えるために、注意しなければならないことは、あまり意気込み過ぎないということでした。たとえば、歌がうまく進んで、その曲が終わったとします。そのとき、歌い手は他の歌の一部をそのもとの歌に差し込もうとするところがあるのです。こういったことが起きていることを知るには、その曲を十分に理解して、他の曲が付加されようとしているということを感覚的に感じ取るしかないのです。付加される曲のことを知らなくても、リズムとテンポの変化でわかると思います。歌詞は頼りになりません。黒人民謡の主題は何にでもなりえます。たとえば、愛、仕事、旅行、食べ物、天気、喧嘩、さらに、不貞を働いた女にかつらの返還を要求するものまであります。黒人の民謡はメロディーが歌全体をまとめる役割をしているのです。だから、民謡を伝えようとするとき、自分がしていることがよくわかっていなければならないのです。黒人はメロディーを変えないで、歌詞をさらに加えたり削ったりすることが、誰よりも上手に行えると思うのです(注八)。(197-98)

表面的意味ではなく、その裏にある含みや文化的構造が大切だとハーストンはいいたいのだ(注九)。平たくいうと、どのような方法で嘘に味付けをしているかということの方が重要であり、その味付けこそが黒人が長い間に作り上げてきた黒人性なのである。

『路上の砂塵』の中にはその味付けにあたるものがふんだんに盛り込まれている。まず、物真似猿的比喩的言葉遊び(注一〇)がある。たとえば、「わたしの親戚」の章で父のことを語るハーストンは“was going”という表現を繰り返し使っているし(21)、「ジグザグの雷光」といった表現(98-99, 191-92, 286)を始めとして同じ表現を繰り返している。また、言語的表現だけでなく、同じ内容の話も繰り返し描いている。たとえば、子供の頃作ったといっている(80-81)ペンダーに関する話とよく似た話が「アンクル・マンディ」に描かれているし、ハーストンの母のことも繰り返し語り直されている。さらに、作品全体が即興性を反映させているということも大切なことだ。別ないい方をすると、意図的に一貫性のなさを作り出しているということである。修正を加えながら繰り返すことが即興性というリズムを作り出している。それは修正に伴う即興性が黒人のリズムだと考えているからなのだ。

洗礼を施されるとき人々が見たと説明する幻影は、昔から言い伝えられていることなのです。わたしも、他の会衆たちと同じように、幻影の内容を全部覚えていたのですが、それでも、改心した人がどのように自分の見た幻影を話すかを聞くのはわくわくする気持ちでした。その幻影に新たに細々としたことをつけ加えて話す人もいました。忘れたところがあって、うまく即興でやれなかった人もいましたし、叫び声をあげて間を持たせようとする人もいました。聴衆は話の内容をよく知っていたのですが、みんな初めて一言一言を聞くように振る舞ったのです。(272)

『路上の砂塵』が説教の調子を持っていることも構造面で大切なポイントである。他の作品でも聖書的表現を多用する傾向がハーストンにはあるが、『路上の砂塵』の中でも、たとえば「神」(God)、「創造主」(Old Maker)、「魔王」(the Devil)、「会衆」(congregations)、「大衆」(multitudes)、「王の中の王」(king of kings)、といった単語を始めとして、「わたしは甦ったラザロのように得体の知れない眼をしていたに違いない」(117)や「わたしの口が祈祷書のように開くからといって、聖書のように大切な言葉が発せられるとはかぎらない」(265)や「ローマ皇帝はペテロのように歌うこともできず、パウロのようにうまい説教もできなかった」(276)のように、聖書からの表現がたくさん使われている。また、特に「調査」という章の中のポーク・カウンティを説明するときの調子は、説教に必ず伴う「典礼聖歌(chant)」の調子が明確に確認できる。

ポーク・カウンティ。九ポンドのハンマーが鉄道線路に振り降ろされるガチンという音。人々は鉄道に乗らなければならないのだ。えいやー！　リズミカルな体の動きで、ハンマーが振り降ろされる。枕木に深く打ち込まれた新たなスパイク。

おお、モービルよ！　えんやこら！
おお、アラバマよ！　えんやこら！
おお、フォート・メイヤーズよ！　えんやこら！
おお、フロリダよ！　えんやこら！

おお、振り回せ！　えんやこら！
おお、ぶっ壊せ！　えんやこら！
おお、振り回せ！　えんやこら！
おお、軽いもんだ！　えいやー！（180-81）

さらに、作品全体の構造として、神の創った世界を説教し（一から一一章）、それと会衆との関連を説教し（一二から一五章）、最後に心を静め瞑想するための機会を持たせる（一六章）という説教のプロセスに沿った構成にすることによって（Plant: 1988, 9-10）、作品全体を説教と同じ調子にしている。黒人教会における礼拝は、一見論理的でも合理的でもなく、一貫性もないようにみえるが、全体では形式（フォーム）として一貫性があるとして、「宗教的礼拝の儀式には一見形式がないようにみえるかもしれませんが、一定の形式があるんです。説教、祈祷、嘆きの声、そして告白は明確な形式に則って行われるのです」（Hurston: 1981, 83）とハーストンはいっている。

その他の面でも、黒人性が十分に発揮されているといえる。そのひとつが、「語り」の調子である。ハーストンは『路上の砂塵』を「これはすべて聞いた話なんです」（27）と断ったり、「人々の話だとジョンは……」（13）とか「みんなの話だと、年寄りの雌豚がわたしに歩くことを教えたということです」（31）という表現で、今自分が語っている話は語り継ぎの話だということを示している。語りの調子は、さらに作品全体を支配する「自由間接話法」によって、一層確かなものとなっている。これに加えて、法螺吹き大会や説教の特徴のひとつである言語使用の面でも、黒人性を発揮している。このことに関してロウは次のようにいう（注一一）。

この発言は、黒人の言語に対する最も偉大な貢献は、（一）隠喩と直喩の使用と……（二）意味が二通りにとれる記述の使用と……（三）動詞的名詞の使用であるというハーストンの主張を証明することになっている。（Lowe, 289）

言語形式的な工夫にしても、文体を肩苦しくなく平易な調子にしていることにしても、ハーストンがイートンヴィルを出発点に人生経験の中で認識した、大衆性を重視することこそ黒人文化の特徴であるとする信念の具体的表現方法なのである。

『路上の砂塵』は、描かれた内容から見ると一貫性がないという否定的見方ができるが、作品の基盤になっていることを中心に見ると、黒人文化性ということに集約でき、明らかに一貫性を認めることができる。

『路上の砂塵』を描くときのハーストンの中には、黒人の文化に対する誇りと、それを伝える使命感と意欲があったものと思える。彼女は自分がフォークロアを伝える作家として、出発点になったことを『聖なる教会』(85-87)で、「神により示された方向」(vision)を見たことにあると説明している。また『路上の砂塵』の中でも、彼女は黒人のフォークロアを伝えるようにという「神からのお告げ」(call)を受けた(57)といっている。同時に、モーセが神の力をえてヘブライ人を導く途中に、絶えず持っていたのと同じ孤独感を彼女が強く感じていたのも、当時の抗議的傾向にあった黒人文学の流れに逆らって、自分の信じる大衆文化を継承する中心人物としての自己認識を持っていたことの表れなのだ。

望みもしない力の重みで、わたしの気持ちは落ち込んでいました。……奇妙な出来事と苦悩に悩まされながら、わたしは孤独の荒野にしばしば一人でいたのです。(57-60)

あぁ、どんなにか、ただ他のみんなと同じになりたくて泣いたことか！　しかし、天からの声は駄目だということだったのです。決められたところに行かなければなりませんでした。神様の与え賜うた力が重くのしかかり、時々ふさぎ込んだ気持ちになりました。……神からの声が二度と届くことのないようにと願いました。しかし、そのように願いながらも、わたしの唇に向けられた運命というカップからは逃れられないということはわかっていました。わたしはそのカップの苦い飲み物を飲まなければならなかったのです。(59)

ハーストンのこのような使命感は、黒人に対する人種差別が行われていることを知ってもいたし経験してもいたが、それに対して闘うこと以上に、黒人文化の豊かさを主張することに意義を認めていたということを示している。すなわち、白人傾斜型の歴史を刻むアメリカでのアフリカ系アメリカ人の中で、ハーストンも白人文化に着実に同化していっているようにみえるかもしれない。しかし、『ヨナのとうごまの蔓』の中でも、黒人の中で忘れ去られているかにみえても、アフリカ文化が維持され続けていることが示されているように（Hurston: 1934b, 59-60）、『路上の砂塵』でも内容（すなわち、表面）では白人依存的とみえた（すなわち、同化的）としても、全体構造の面で黒人文化を中心に一貫性を持たせる工夫によって、黒人文化の継続的存在を確認すると共に、歴史的生命力の強さ、黒人文化の優秀さを示そうとしているのである。

＊＊＊

既述したように、ハーストンの『路上の砂塵』に対する否定的見解を持っている批評家の、自己隠蔽的とか、普遍化する傾向が強過ぎるとか、人種問題に対する態度が曖昧だとかという見方の中心は、自伝でありながらハーストン個人の探求がなされていないという点を批判しているのである。すなわち、従来の「自伝」の「個の探求」という性格を満たしていないということが批判の根拠なのだ。ところが、逆にいうとこれが『路上の砂塵』の特徴でもある。

『路上の砂塵』が「伝統的自伝の推進力」となっている「徹底した自己検証」（Rayson: 1973, 44）に向かっていないように見える理由はいくつか考えられる。第一に、既述したように、『路上の砂塵』の中でハーストンが演技を意図的に行っていて、従来の、事実のみを描くという自伝ではなく、小説的な作品にしていることが挙げられる。そのため、生のハーストンが表に出たり出なかったりするという結果になっていて、「個の探求」が不十分だという印象を与えることになっているところだ。第二に、読者との一体化を最終的な狙いとしていることが挙げられる。既述したように、『路上の砂塵』全体の枠組みは説教でよく使われる三段階構成になっていて、会衆と説教師との一体化を目指すイメージで書かれている。このことは、直接話法と自由間接話法を混在させる描き方から、徐々に自由間接話法の使用を増やしていっている文体的特徴からもいえる。この方法で、ハーストンという人物が自由間接話法によって表現されることが、ハーストンの発言したことにもなる。しかも、読者も、自由間接話法であるため、表現されていることに加わることが容易になる。第三の理由は、最も大切なところだが、ハーストンは個の探求を行うとき、基本的にグループ・アイデンティティ（注一二）を出発点にしているところである。すなわち、彼女の中にバートン（101）がいうように、他との関わりが自らを高め、アイデンティティの確立に不可欠だという考え方がある。そのため、奴隷船の最後の経験者といわれるクジョー・ルイス（コソーラ・オー・ロー・ルー・アイ）を訪れて、彼と話したことを記述し、「彼は自分の種族がこの世には既に存在しないことを知らなかったのです」（204）とあるように、現実にアフリカとの繋がりを失っているにもかかわらず、彼の中には「血と文化的繋がりへの切なる思い」（204）があることを強調している。また、同じスタンスでハーストンは自分とイートンヴィルとの繋がりを捉えている。イートンヴィルの楽しい家族も母の死後分裂し、「わたしたちが泣きながら身を寄せ合うことになった場所、見えないところから見知らぬ危険が這い寄ってくる、暗い荒涼とした場所」（173）に変わり果てたのである。しかしそれでも、クジョー・ルイスの場合と同じようにハーストンは「しかし、今はすべてがすんでしまったことなんです」（173）といいながらも、「わたしたちは実際には触れ合うことができないにしても、心で触れ合うことはできるのです」（173）といい、心の中でのイートンヴィルとの繋がりを強調している。

家族や町という、いわゆる共同社会との繋がりで個人のアイデンティティを考えていこうとする遠因は、黒人全体が歴史的に疎外され、人間性を否定されていたというところに源があることは間違いない。ハーストンの場合は、そのような歴史的に否定される流れの中にありながら、イートンヴィルという共同社会が彼女に人間としての自信を与えてくれ、現在の自分を作ったのだという信念がある。だから、イートンヴィルという共同社会を明らかにすることは、彼女自身を明らかにすることになるという思いなのだ。

このため、個の探求の仕方は、現代のヒーローのとったそれとは異なってくる。たとえば、『宙ぶらりんの男』のジョーゼフにしても『走れ、ウサギ』のハリーにしても『ライ麦畑の捕手』のホールデンにしても、個対集団という対立構造の中で、いかに個を確立するかが命題だった。彼らは個を抹殺しようとする集団の画一的力と闘うことで、個の確立をしていこうとした。しかし、大切なことは、右記したように、ハーストンは個の対立概念である集団に対抗する姿勢をとらず、その中にアイデンティティを見いだそうとするところである。このことは、既に説明した黒人文化を基盤に作品を書いているからだ。彼女と同時代の作家のリチャード・ライトと比較するとよくわかるところである。『路上の砂塵』にも『ブラック・ボーイ』にも母の死が描かれているが、両者は母に対して極めて対照的態度をとっている。

> みんなを押しのけて中に入って行くと、みんなはベッドを持ち上げてお母さんの顔が東に向くように移動していました。ベッドの頭の方が動かされていたので、お母さんがわたしの方を見ているような気がしました。口を少し開けていましたが、息をするのが精一杯で、言葉を口にはできませんでした。それでもお母さんはわたしの方を見ていて、代わりにみんなに話してくれるようにいってていたのです。少なくとも、わたしにはそのように感じられたのです。お母さんはわたしが声を発することを願っていたのです。（86-87）

> かつて、ある晩のことだが、母は僕にベッドのところにくるようにいい、今の苦しみに耐えられないので、死にたいといった。僕は母の手をしっかりと握って、それ以上何もいわないでくれと頼んだ。その夜の僕は、感情が凍ったようになっていて、母に対して何の反応も示さなかった。
>
> 母の苦しみは僕の心の中でひとつの象徴のようになった。貧困、無知、困窮、苦痛に満ち、当惑に溢れ、空腹に踏みにじられた日々、先行きの見えない移動、空しい探求、不安、心配、恐怖や、さらに、無意味な苦痛、終わることのない苦悩、といったことが母の苦しみにすべて象徴されていた。（Wright: 1945, 111）

ライトの個の探求の仕方は、現代のヒーローたちのようにアンチヒーローの立場をとり、人種差別という偏見を持った白人社会という集団に対抗することであった。彼の抗議の姿勢の根源には、人種差別が作り出した黒人としての人生の惨めさに対する怒りがあった。だからこそ、彼は人種差別に抗議し、自分の黒人としての人生を甘受することができなかった。このため、人種差別への抗議の方向性は、同時に、同胞からの逃亡という方向に向かわざるをえなかったのだ。これがライトが脱出を繰り返した作家といわれるゆえんである。彼は母からも、家族からも、南部からも、アメリカからも、最後はアフリカからも、逃げ出すのであった。結局、アイデンティティの探求の果てにたどり着いたところは、他の現代のヒーローたちと同じ孤独であり、彼の最期が何よりもそれを物語っている。

ハーストンの場合は、ライトの場合と同じように、悪漢的要素は持っているにしても、アンチヒーローの道は歩まず、集団との対決姿勢をとることに焦点を置いていない。むしろ集団の中で個人の存在感の確保、別な言い方をすれば、その中で個人の声（voice）を確保し継承していくことに主眼があったのである。そのため、母の死にこだわりを持っているのだ。

『ヨナのとうごまの蔓』の中でも『路上の砂塵』の中でも、母の死の場面が描かれている。母の死を前にして村人たちは、儀式に則って母の頭から枕をはずし、時計と鏡に覆いをかけ、ベッドを東に向ける。母は死ぬ前にハーストンを呼んで、死を前にした儀式を行わせないようにと頼むのである。しかし、子供のハーストンの抵抗は実らず、儀式は予定通り行われた。母のいないアイシスやジェイニー、それに、母の最期の様子を繰り返し描くことによって、作家として、ハーストンは現実の世界で願いをかなえてやれなかったことで失った母との絆を取り戻し、母の声を受け継ぎ伝えていこうとしている。彼女は、母の声を受け継いでいくことが個の探求に必要不可欠なことだと考えているからである。このことは、特に「鏡」を覆うという場面に象徴的に表されている。リオネットも鏡にハーストンが託した意味を同じように見いだしている。

……母の部屋にある鏡に覆いをかけさせまいとするゾラのあがきは、彼女の母の魂である鏡の中を覗き込み、強い絆を保持し、過去という銀色でない鏡の中に母の黒い顔を取り戻し、「確認」することで、時代と時代を繋ぐ声になるための比喩的な試みを実行していると理解されなければならない。……上流階級と下層階級、黒人の世界と白人の世界、生と死、これらの中間に位置しているハーストンは、ふたつの悲劇的狭間にありながら、ものを書くことによって架け橋の役割をし、ふたつの分裂した世界、生者の世界と死

者の世界、を再結合する試みをしているのだ。（Lionnet, 402）

母の鏡を覆い被されたままにしておくことは、母の声を永遠に封じることになり、しかも自分と過去という歴史との繋がりを失うことになる。そうならないためにも、ハーストンは母を失ったアイシスやジェイニーを描き、死の床にいる母を繰り返し描くことで、母という個人を蘇らせるという、いわば、「再会」（reunion）（Lionnet, 406）的行為の中で、自分のアイデンティティの確認をしようとしているのだ。

彼女は黒人の間に伝わることの中にも、人種差別のように画一的力を持ち、個を潰す可能性を秘めているところがあると考えていた。だから、黒人たちの間の伝統的慣習も、黒人文化的色彩を持っているとはいえ、母という個を潰すのであれば認めることはできない。『路上の砂塵』で「わたしは形式についてはたくさんのことを知っているのです」（277）とか「どんなものでも破壊されることはないのです。ものは単に形を変えるだけなのです」（279）というとき、本来的に黒人文化は、口承性に特徴的に見られるように、個を大切にし、全体のために個を抹殺するものではないといおうとしている。だから、母という個人の声を確保し、なおかつ、母の声がハーストンの声になり、さらに彼女の声が読者の声になるという集団的広がりを持つ口承文化の伝統を守ることを実践している。

＊＊＊

一九四二年に出版された『路上の砂塵』は時代の流れにさらされ、正当な評価をえたとはいえない。確かに白人サイドからの評価はあったものの、『路上の砂塵』以降のハーストンの生活を見ると、社会の全般的な受け止め方は厳しく、最期まで彼女に試練を強いたといっても過言ではない。

流れに棹さす者の運命がいかなるものかを予感していたかのように、『路上の砂塵』の中で彼女は暗示的描き方をしている。姉のサラへの強い愛情に比して、父はハーストンにとって冷たい存在だったし、母の死後一年も経たないうちに、父の再婚相手のマティとの不仲、そして、家を出た後始めた仕事も決してうまくいったとはいえなかった。彼女はそのころのことを「みんなとうまくやれなかったときもありました。また、みんながわたしとうまくやれないときもありました」(124)と述懐している。それに、男性にも恵まれず、二度結婚し一度は結婚直前までいった男性がいたが、いずれも決して幸せなものではなかった。彼女の生涯は、作家という立場を含めて、「すべてを呑み込むような孤独が影となってわたしを覆っていたのです。わたしの周りの何も、誰も、本当にわたしに触れることはなかったのです」(60)といっているように、孤独そのものであった。

　ハーストンという作家を排斥した最大の根拠は、彼女が黒人の女性作家らしくなく、絶えず人間全体を視点に置いて作品を書いているというところにある。普遍化が度を越しているとか、人種的色彩が弱いという批判も、ハーストン自身の中に、「光が見えたのは、どの人種集団もひとつのまとまったものとして捉える必要がないと気付いたときです。神様は人間一人一人を別々にお創りになったのです。だから、わたしも人間を一人一人別々にしか捉えることはできないのです。わたしが知ったことは、肌の色は人間の中身をはかる物差しではないというなのです」(235)と同じ主旨の表現が各所に見られるように、人種意識を越えた「惑星的物差し」(Lionnet, 392)で物事を考えようとする態度があったことに対してである。しかし、ハーストンの中にそういった意識があったからこそ、単に自己分析的に終わりがちな従来の「告白」型の自伝でなく、小説化した自伝を描いたのである。小説化することで、自らの経験を広く普遍化していくことが可能になるからである。それに加え、口承文化の伝統を生かして、自由間接話法や対話を頻繁に使うことで、人々に語らせ、読者に「推測」(Raynaud: 1988, 120)させ、作品への参加を促せることになる。さらに、曖昧と批判される彼女の態度も、一方的に彼女の考え方を押しつけるのでなく、行間を広げ、読者の入り込む隙間を大きくするための工夫として捉えられなければならない。しかも、アイデンティティの探求の仕方も、個としての存在感を集団と対立する方法で確立していくのでなく、集団との関わりの中に見いだしていこうとする。これは従来の弱肉強食の西欧的基準によらないアプローチで、闘いではなく、人間として共存していこうとする表れなのだ。それに、人種を越えて人間すべてに通じる母と娘という関係を糸口にすることで、アイデンティティ探求の問題に普遍性を持たせようとしている。

人間全体に絶えず眼が向いていた理由は、ハーストンの中に相手の存在を認める態度があったからだ。「比喩と空想」の章の中で、人間は一人一人違うもので、それを前提に考えなければならないことを強調している。

神が創り賜うたこの世の中のものは何ひとつとして、見る人によって、同じに見えるものはありません。当然のことなのです。自然の中にはひとつの見え方しかしない顔はありません。なぜならば、その顔を見る人の眼は、どの眼も独自の異なった角度から見るからです。だから、誰でも自分なりの風味をかもし出すのです。(61)

もちろん、この考え方に、人種差別で黒人を否定してきたアメリカ白人への批判的気持ちが全く含まれていないとはいえないだろう。しかし、それよりも、彼女が成長していく中でえた黒人であることへの自信や、アメリカ社会が喪失したものを回復することが、黒人的生き方の中で可能になるという確信があったことが大切なのである。だから、単に黒人文化の枠内にとどめず、人間全般に通じる新たな枠組みの中で『路上の砂塵』は読まれなければならない。

第六章　スワニー河の天使

――心の自由を求めて――

ゾラ・ニール・ハーストンの最後の作品となった『スワニー河の天使』は一九四八年にスクリブナーより出版された。作品の主人公アーヴェイ・ヘンソンは一八八四年生まれの南部のプアー・ホワイト出身で、四歳年上の元金持ちのブラック・アイリッシュの血をひくジム・ミサーヴと結婚し、全般にわたって劣等感にさいなまれ、悪戦苦闘を繰り返し、最後はひとつの認識に到達する一種の開眼物語である。

ハーストンが、完全にアメリカの白人を主人公にした作品を書いたのは、この作品が初めてである。そのため、作品に対する読者の反応は様々であった。なぜ、黒人でなく白人を描くのか、黒人文化を捨てたのかとも思われた。それは、今までの作品が究極的に登場人物の拠り所が（アフリカ伝来の）黒人の大衆文化にあると読まれる場合が多かったからだ。また、アーヴェイが悪戦苦闘する対象が性差別によるものと見えながら、結局、最後、性差別に屈服しているようにも読める決意をすることにも反応は厳しかった。

ハーストンは『スワニー河の天使』で豹変したのであろうか。今まで追い求めてきたテーマから逸脱する道を選んだのだろうか。この章では、まずアーヴェイの持っていたと思える意識構造を、次いでそれと彼女を取り巻く周辺の人々との関わりを細かく分析する。その中で、自立の道を歩みだそうとする彼女は、黒人を主人公にする場合は黒人文化を拠り所とすることができたが、何を拠り所として、どのように自分を捉えることで、歩みを前に進めることができたのか、また、そのような彼女の歩みが最終的にはどのようなことを可能にするのかについて分析をしていく。このことは同時にハーストンが『スワニー河の天使』で変わったのかどうかを判断する拠り所ともなる。

＊＊＊

主人公のアーヴェイに劣等感を抱かせる要素は、当然のこととして、彼女の所属感と深い関わりがある。その典型的な意識を三つ取り上げ、彼女の劣等感との関わりについてみていく。

まず、彼女の中にあったプアー・ホワイトとしての意識が及ぼす影響について考えてみる。彼女が結婚前に住んでいたソーリーという町は一〇〇〇人弱の白人が住む小さな町であった。作品の時代背景は一九〇〇年代で、時代的にいって、馬車に代わって車が使われるようになったことで説明されているように、機械化が始まった時期である。

アーヴェイの持つ物質的な貧しさからくる劣等感の認識は、ジム・ミサーヴと結婚したことに端を発している。もともとプアー・ホワイトではない夫のジムとの間には、二人が結婚する前から、階級的に見て、埋めがたい溝があった。カール・ミドルトンとの関係で、一種の男性不信に陥っていたにもかかわらず、ジムの強引なやり方に、結果的には屈服する形で結婚していく彼女の心は、物質的豊かさに対して屈服していく。貧しさに対する劣等意識が最も如実に表面化する最初の例は、二人の最初の子供であるアールが、ハンディキャップを背負って生まれてきたときだ。異様な息子の外見を見て、「頭がちょっと変な人」(61)と表現されている自分の母の弟に似ていることが気になるアーヴェイの中には、自分の血統の中にハンディキャップを生み出す血が流れているという意識があった。それはこの部分が三人称による語りではなく、アーヴェイの心の描写をするための自由間接話法で描かれているということでも確認できる。さらに、結婚後、ジムの仕事の成功で、物質的に豊かな生活がアーヴェイにもたらされる。それがために、一方では二人の溝が深まっているにもかかわらず、他方では充実した気持ちを高め、自信と勇気を強めていき、プアー・ホワイトに対して批判的発言を繰り返すようになる。このことは、逆説的な形で、劣等感が歪んだ優越感として表れてきていることを示している。それが彼女の中の差別意識である。彼女はプアー・ホワイトのことを「黒ん坊ですらあたいらたちよりましなんだ」(111)といいながら、他方ではジムのもとで働いている黒人のジョーに対して否定的反応を示す。同じ拒否反応を、ジョー一家の次にジムの仕事を手伝うコレッジョ一家に対しても彼女は示す。ジョー一家に対しては、彼らが黒人だということが、コレッジョ一家に対しては彼らがポルトガル人、すなわち外国人であるということが、アーヴェイに拒否反応を起こさせている。彼女の中に白人としての優越感があるために、ふたつの家族を受け入れることができないのである。この優越感が、彼女が豊かになればなるほど、その度合いを強めていくことを考えると、彼女のプアー・ホワイトとしての劣等感が逆説的な形で表現されているといえる。

第二に、アーヴェイの中にあった劣等感に通じる意識として考えられることは、キリスト教徒としての意識である。彼女の中のキリスト教精神は子供の頃形成されたようだ。それは結婚する前のジムにアーヴェイが紹介する「子供の遊び小屋」の話からわかる。彼女は彼に子供の頃の楽しい思い出を語った後、「神様はずっと離れたところにいらっしゃるということがわかったんです。……神様は人々が思っているより離れた存在なんです」(45)といっている。ここで注目すべきところは、神は案外遠くにいることがわかったという一種の悟りに似た彼女の言葉ではなく、このような言葉を発する状況下に彼女が育ったということである。神の存在の有無や神の存在の遠さに気付くということは、彼女が神についていろいろ考える環境の中にいたということなのである。このような環境が彼女の中にキリスト教の精神、とりわけ、父がその子供の遊び小屋を造ったということからもわかるように、女の子を男性の性から守るための道徳観、倫理観を植えつけていったといえる。この子供の頃植えつけられたキリスト教精神が、彼女が生きていく際のひとつの基準になっている。それを示す典型的例がカールと彼女の関係である。彼女はカールに恋心を持っていたが、姉のラレインとカールが結婚すると、五年の間一切男性を寄せつけることはなく、教会のためだけの生活をおくっている。既述したように、口では神を否定的にいいながら、彼女の中にはキリスト教的観念が潜在化していたのだ。だから教会にジムと一緒に行ったアーヴェイは人々の眼が気になり、小さくなっている。

アーヴェイは肩越しに見ているようだったが、眼を伏せ、どうすることもできず、悲壮な表情で小さくなっていました。どうしろというのよ？　必死の思いで何とか一人の男とうまくやっていこうとしているのを、みんなに見られたりしたら、死んでしまうわ。それに、ありもしない話が出てきて、男をそそのかしているなどということになってしまうわ。(17-18)

彼女が結婚した後、キリスト教的倫理観が表面化してくることをみても、いかに彼女の中でそれが支配力を持っていたかがわかる。たとえば、ジムがファースト・メアリーといういかがわしい女と話しているのを見て、二人の関係が心配になって家から飛び出し、二人の間に割って入ることがある。また娘のアンジーが、恋心を寄せているハットンというボーイフレンドへの思いを、ダンスで彼と一緒になってキスもしたし、それ以降彼は少しは自分のことを気にとめてくれるようになった、とアーヴェイに説明するとき、「でも自分の娘があんな男のいいなりになるなんて思ってもみなかったわ。もっと自分のことを大切にすると思っていたのに。聞いて胸が痛くなったの」(152)という彼女は、アンジーの話をこころよく思っていないのである。彼女の中にあるキリスト教的倫理観によると、性的に活発であることは許されないことなのだ。

彼女を最も苦しめることは、カールがラレインと結婚した後も、彼のことを思い続けていたという「精神的姦淫」(31)を自分がしていたという「認識」である。そのためにハンディキャップの子供のアールが「天罰」(62)や「懲罰」として自分に降りかかっていると考える。彼女は心の中でアールのことをキリスト教の、いわば原罪的な意識で捉えているのだ。だから、彼女はアールと自分を一体化して捉え、人々が行う彼への批判を自分への批判と思い、神を汚す劣等な存在と考える方向性を強めて、内向していく。

彼女がキリスト教的世界に内向していく面は、コレッジョ家を否定するとき、彼らがキリスト教徒でないことも否定の根拠にしていることに表れている。自分の息子が異教徒に奪われるという見方しか彼女にはできない。

聖書が大切にされ、祈りと福音が実践されるここ合衆国では、着るものもちゃんと着てない、二人の生意気な異教徒たちは、普通のアメリカ人、すなわち合衆国に住む白人アメリカ人として生きていこうとしている。だから、息子にその女から離れるように言い聞かせてるのよ。彼らは恐ろしいあのヘロディアと、その娘で、正当な理由もなくバプテスマのヨハネを殺させたサロメと全く変わらない。(212)

このように彼女の中にあるキリスト教的価値観は、プアー・ホワイトの意識にあった「貧しさ」そのものが劣等感に直結していたのと違って、彼女の劣等感を誘発させる働きをしている。すなわち、キリスト教的価値観のために彼女の世界が限定的なものとなり、自らの適応性への疑念が生まれてきて、他者との交わりがうまくいかなくなり、劣等感を強めていくことになる。

第三に、アーヴェイの中にあった劣等感に通じる意識として、南部人としての意識がある。アーヴェイが結婚前に住んでいたソーリーという村は、「サルオガセモドキ(spanish moss)がいたるところに垂れ下がっていた」(2)という描写からわかるように、典型的な深南部の南端に位置していて(注一)、そこで育った彼女は「南部の娘」(54)なのである。彼女が南部的であることは、既述したプアー・ホワイト意識やキリスト教徒的意識にもみられることだ。描き方の工夫によって、その特徴づけを狙っているところもある。作品の最初のあたりで、ジムが黒人的な法螺話をして、彼女が腹を立てる場面があるが、その直後に、ジムの眼を通してアーヴェイの家の内部が描写される。この家が南部の普通の家庭であることは、「いつものこと(usual things)」(26)や「いつも(always)」(27)を繰り返すことで示されている。しかも、リー将軍の絵が聖書や父母の婚礼写真と一緒に飾ってあることも、さらに南部の家庭の雰囲気を描き出しているといえる。

南部的雰囲気の中で育ったということは、北部との溝を生来持っているということである。ソーリーは北部人にとって、実は魅力のない村だという。「ヤンキーたちにソーリーに住もうという特別な魅力を与えるものは誰もいなかった」(2)という描写は、そこで育ったアーヴェイの北部に対する複雑な潜在意識を物語っている。彼女のこの意識が如実に表れるのは、娘アンジーの恋人のハットン・ハウランドが北部人だとわかったときである。

「ハットン・ハウランドだって？　あの青いシェボレーに乗ってる、ガソリンスタンドで働いてるヤンキーのことじゃないだろうね？　でもね、アンジー。彼はヤンキーなんだよ。おまえは南部で生まれて大きくなったんだよ。それに、あんなのとつき合うなんてのは……」（151）

この表現からわかることは、彼女が、一方では車に象徴される物質的豊かさを持っている北部人であることに劣等感を抱き、他方で、ガソリンスタンドのようなところで働いていることをあげつらっていることからわかるように、蔑視的に捉えている。さらに、別のところではハットンのことを「ならず者のヤンキー」（156）と揶揄しているところもあるくらいだ。彼女のこういった複雑な潜在意識が南北戦争に遡ることは、「連中は南部全体を焼き尽くし、略奪し、殺戮したのよ。そして、今娘のアンジーの心を逆なでしに戻ってきたってわけよ！」（156）という言葉からもわかる。南北戦争で南部が北部に敗北したことで、南部人の中に、敗者が常に抱く劣等感と歪んだ形で表面化する優越感が同時的に生まれた。すなわち、北部に敗れたことで、南部的アイデンティティをいかに保持するかという問題に直面せざるをえなかった。南北戦争の結果は南部の北部化を意味しており、このことは、南部そのものの消滅の可能性をも意味していた。南部の火を消さないためにも、南部はどのような方法にせよ、北部に勝っているという認識が必要だったのである。この意識が北部に対する過度な競争心となって表面化し、北部を部分的に極端に否定すると同時に、南部を部分的に極端に正当化する意識構造が形成されていく。そのため、南部に対して否定的と思えることすべてを敵視する。アーヴェイの場合は、この意識構造がジムとの関係にも表れている。ジムの兄や父たちは昔の南部を守ろうとした。しかしジムは、機械化、物質化していくことと関わっていくことからして、北部化していき、南部的傾向を捨てる方向を選んだのだということがわかる。南部的性質を保持したいアーヴェイにとって、このような方向性そのものを認めることはできない。しかし、現実にニュー・サウス運動に見られたように、敗北者南部の存在の確認の仕方は北部的になる、別な言い方をすると北部の付属品的になる、あるいは北部の奴隷的存在となることによってのみ可能だったといえる。この南部が北部との関わりで歴史的に経験した運命は、アーヴェイがジムとの関わりで経験することと重なっている。彼女は結婚以来、ジムの付属品的存在で、ジムの奴隷的存在になることによってのみ存在の確認ができる状況に置かれていたからだ（注二）。

ハーストンの文学はフロリダ州のイートンヴィルを中心に展開されていることは周知のことである。イートンヴィルという地が大切な地であるといいながら、「ジョン・レディング大洋に向かう」から始まるイートンヴィルの世界は、絶えず逃亡の対象になっていたことも事実である。作品の世界だけでなく、実生活の面でもハーストンにとってイートンヴィルは煩わしい場所でもあった。母の死後、イートンヴィルは彼女から遠のくばかりで、一九一七年には念願の北部に到達している。そして、一〇年後の一九二七年の二月になってフロリダにようやく戻ってくる。もちろん、その一〇年間に彼女の中でイートンヴィルが捉え直されていることは間違いない。だからこそ彼女は戻ってきたわけだが、作品の世界でも実生活でもイートンヴィルは大切な場所でもあったが、抜け出す対象の場所でもあったのだ。

『スワニー河の天使』のアーヴェイの中にもこの「脱出」志向と同じ意識構造があった。プアー・ホワイトやキリスト教徒、南部人として彼女が抱く劣等感や歪んだ形で表出する優越感は、たとえばプアー・ホワイトでありたくないという気持ちが根底にあるから生まれてくるのである。このような自分の置かれている状況から逃れたいという意識が、すなわちわかりやすい例でいえば、黒人でありながら黒人である状況を逃れて白人でありたいとするのと同じ意識構造が（デュボワの言葉を使えば、「二重意識構造」ということになるが）、アーヴェイの中にもあった。

このような二重意識構造はどこにでも、誰にでも存在する意識だといえよう。ラルフ・エリスン（1952）はこのような意識は普通誰にでもある意識だとして、「人間というものは分裂した意識の中で生きていて、分裂しているのが健康体だということだ」（499）という。確かに人種、性別を越えて我々の中に二重意識は存在すると考えてもよさそうだが、それが本当に「健康体」かどうかというと必ずしもそうではない。たとえば、リチャード・ライトを考えてみるといい。彼は脱出を繰り返した作家といわれることがある。南部を、家族を、アメリカを、黒人を、次々に捨てながら、脱出を繰り返した彼がたどり着いた先は、あまり幸せとはいえない。それは、脱出には必ず対象がその両側に存在するからだ。すなわち、出発点と到達点である。脱出への誘惑は、出発点への不満や否定意識なくして生じることは、まず考えられない。出発点への不満、否定意識から脱出した先の、一応の到達点は、また次の出発点になり、脱出は繰り返されることになる。そして、その脱出が繰り返されるが故に、所属を持たない苦しみを持たざるをえなくなる。アーヴェイにとっても、劣等感の裏にはこういった脱出を繰り返すことによって生じるのと同じ苦しみがあった。しかも、さらにやっかいなことは、脱出を繰り返していくとき必ず伴うことは、脱出が所属願望と裏腹の関係にあることからもわかるように、自己を否定する形で脱出を繰り返していくことになるということだ。たとえば、アーヴェイの中の隠れた北部願望は南部人としての自分自身を、結局は否定することでしか成立しえない。この意味で、二重意識は決して「健康体」とはいえない。アーヴェイの姿が何よりもそれを物語っている。

＊＊＊

セイント・クレヤー(48)によると、『スワニー河の天使』が出版された一九四〇年代は保守的な時代で、女性が反対したり、自己主張をすることが否定的に捉えられていたということだ。かといって、受け身的になり、従属的過ぎると、今度は重荷として受け止められるような時代で、女性にとっては難しい時代だった。ジムの態度は、女性に対してその時代の社会が要求することを象徴的に表している。

このような時代にあって、男性の側に立っていうと、男らしさを示す必要があったという言い方が可能である。ジムが結婚前にアーヴェイの気を惹こうとして話す自分が木こりの責任者だったということも、仕事中稲妻が当たったが平気だったということも、自分の男らしさを説明しようとしている典型的場面である。

女性はこのような強い男性を素晴らしいと思うと同時に、女である自分には対抗できないという意識を持つ。それを持たせることが、その時代と社会の狙いであったことが、様々な形で表現されている。そのひとつがジムに強姦を思わせる行為を二回行わせていることである。一度は結婚の申し込みのときと、もう一度はアーヴェイがジムに対して反抗的なときである。それに対して、共に彼女は従属的行動で応え、彼は自分の強さと彼女の弱さを確認するかのように「俺の首にしがみついていろ」と繰り返すのである。このことに加えて、アーヴェイに依存を要求する言葉が結婚後何度も繰り返されていることを見ると、強姦と結婚とが男の強さと象徴的に連関していることがわかる。蛇の事件も男らしさを示すための典型だといえる。蛇は既に「汗」でサイクスがデリアに対して男らしさを示すために使っていることから、「男根崇拝的象徴」(Hemenway: 1977, 311) と直結させることは容易である。ただ、『ヨナのとうごまの蔓』でジョンがルーシーに対して蛇を使うときのように、ジムの場合は蛇を愛の表現のために使おうとしているところがサイクスと異なる。強姦が愛の表現のひとつであったのと同じ意味で、蛇も使われているのである。ジムの証言を見てみよう。

「……ジム・ミサーヴはな、二〇数年にわたって一生懸命おまえのことを愛してきたんだ。それで、思ってたことはな、何か大きな、勇敢な、男らしいことをしようということなんだ。そうしたら、おまえが誉めてくれるかもしれない、お世辞をいって、強く抱きついてきてくれるかもしれないって考えていたんだ。そりゃ危ないってことはいつだってわかっていたんだ。命を落とすかもしれねぇってな。じゃが、愛情を示したかったんだ。だから、賭けてみたんだ。ジェフが周りにいてくれたんで、すんでのところで蛇にやられないですんだけどな。別の意味で、大きなものも失ったんだ。今日あったことはそういうことなんだ、アーヴェイ」(229)

自分の今日の行いは「男」と「愛」を示すための行為であったと彼は念を押している。

男らしさと経済力とは比例するとジムは考えている。まず、マイセンヘルダーの分析を見てみる。

彼［ジム］の話は説得力があるが、ハーストンが小説の中で示そうとしていることは、彼の行い——妻、仕事、自然に対する行い——は、白人文化に内在する圧倒的力を持つ物質的考え方に由来している。（82）

マイセンヘルダーの分析は一部正しいが、それが白人文化に内在するという方向に議論を持っていくところは間違っている。それは、『スワニー河の天使』までのハーストンの作品を見ると、黒人でも同じように物質的豊かさを、男らしさと繋げて捉えているからである。たとえば、『彼らの目は神を見ていた』のジョー・クラークや「スパンク」のスパンクや村人が考えることはその典型的な例である。それと同じようにジムも男らしさを強調するとき、金の力、物の力でそれを示すものだと考えている。次の引用はアンジーの夫になろうとしているハットンに対して、男のあるべき姿をジムが説明しているところである。

「……純粋な愛だけで結婚しようとする奴なんて、俺は賛成できない。結婚するとなると、自分の女や子供の面倒は、少なくともみることができなけりゃいかんし、その意志がなきゃいかん。教会で神様とみんなの前に立ってする誓いは、何よりも優先されなきゃいかん。どんな言い訳も認められないし、受け入れられない。給料日には、道路の方を微笑みながら見ているかわいい妻が前のベランダに座っていてな、『あら、主人とみなさんが帰ってきたわ』っていうくらいでなきゃな」（159）

愛と男らしさと物とがいかに彼の頭の中で強く結び付いていたかがわかるところだ。

以上のような出来事の描写に加えて、作品の構造的な面でも男とは強いものだという印象を読者に持たせようとする工夫がしてある。たとえば、全体的に作品は三人称の語り手によって展開されていくが、その視点はジムの側にいつもあり、絶えずアーヴェイに対しては、批判的展開になっている（注三）。その語り手が引っ込み、対話が展開されるときも、ジムの直接的言葉の方が重視され、アーヴェイの言葉は心の中にしまわれた形、すなわち自由間接話法で表される場合が多い。それはまた、アーヴェイの苦しみがジムの物質的有能ぶりを左右することはない。それは作品の中でジムのビジネスが着実に成功をおさめていくことを見てもわかるし、最後の場面までアーヴェイがジムの仕事に関わることはない。密造酒の件で、アーヴェイはジムに不平をいい、製造をやめさせるが、彼女のジムの仕事への関わり方はせいぜいその程度なのである。それに加え、ジムを始めとして、ジョーやコレッジョ、ハットンといった、作品に登場する男性の葛藤が、アーヴェイと比べると極端に少ないことも、女性の弱さ、男性の強さを暗示するのに役立っている。このように『スワニー河の天使』に接した読者は、男は強い存在で、女はその逆で弱い存在だということを強く印象づけられる。

白人が黒人を押さえ込むために効果的に利用した支配者としての戦略は、黒人のステレオタイプ化である。黒人の男性に対してはアンクル・トムという従順な黒人を演じることを一方では要求し、他方では凶暴なビガー・トーマスのような黒人であることも要求した。黒人の女性に対しても、同じようなステレオタイプで、一方ではアーント・ジェマイマを、他方ではサファイアを演じることを強制した。ステレオタイプ化によって、彼ら一人一人は独自性を失い、一人の人間としての声を失っていったという言い方ができる。

性差別の力のもとでも、男性から女性に対するステレオタイプの要求により、女性は一人の人間としての声を奪われる方向に置かれていた。『スワニー河の天使』の世界では、アーヴェイを通してステレオタイプ化が求められた女性を描いているという面が印象深い。

求められる最も基本的な女性像は、依存的存在であることだ。アーヴェイを含めて彼女の周囲の人を見ていくと、それが明らかになってくる。アーヴェイは結婚前、カールとの結婚に関しても、結局自分の気持ちをあかすことはなく、ただカールからの行動を期待しているだけであった。結婚後も、人生における決定には加わらず、ただジムにいつもついていくという行動を繰り返すだけだった。アーヴェイだけでなく、アンジーにも、ハットンに対し彼に好かれるための髪型をしたり、ポーズをとったりするところがある。社会のひとつの基準として女性は男性に依存的存在であるべきだという考え方が存在していたのである。それは女性は男性の付属品的存在だという意識が基本にあったため、教会で男女のカップルを作る儀式で、ジムが自分の相手になるとわかると、アーヴェイは「以前に感じたことのない浮き浮きした気持ち」

(21)を感じるのである。それは、「彼女は何かに所属していた」(21)という文に窺えるように、男に付属できたからである。だから、女の最大の幸せは結婚なのだ。それは良い女である条件として、すなわち女性性の証明として、良い男を手に入れることが必要という考え方で社会は動いていたからだ。だからアーヴェイの中には一方では男性を拒んでいるように見えながら、いつも、クワの木に象徴されているように、男性願望があった(注四)。また、ジムとアーヴェイの結婚がそういった男と女の関係の捉え方の中で進行したことが、二人の結婚までの描写からわかる。二人の結婚への心の高まりが描かれることはほとんどない反面、周りの女性のアーヴェイへの嫉妬や噂が中心的に描かれていることは、二人は愛情を育んで結婚にゴールインしたのではなく、社会の女性に対する見方、結婚観に支配された形で結婚していったことを物語っている。

男性に対する依存的志向には、女とは無能な存在だから依存するという前提が男性の中にも女性の中にも存在している。女は何もわからなく、「思考するように生まれてきていない」(93)ということなので、「意識して論理的に生きるのではなく、感情のみで生きる」(100)生き方しかできない。だから、守ってもらわなければならないのだという考え方がある。依存的傾向が形成され定着していく中で、女性は無意識的に劣等感を内在化させる。そのことは、女性を弱くしていくことであり、弱い女対強い男というバランスをさらに男性側に傾斜させていくことに通じる。だから、これによりますます男性性を重視する社会になっていくという結果になる。アーヴェイのヒステリックと思える精神状態が作品の進行と共に高まっていくのは、このためである(注五)。彼女の無能さが増せば増すほど、すなわち男性への依存度が高まれば高まるほど、ジムとの差が生じ、ジムの有能さが増すという仕組みになっている。

女性は依存的になることを求められていたが、無意識的にも意識的にも男性性を支える役を要求されていたといえる。女性が男らしさを支える方法は、意図的に自分は弱い存在なのだ、駄目な存在なのだということを、黒人男性が白人に接するときのことでいえば、アンクル・トムなのだということを示す必要がある。ターナーが「彼女は分別を持って人生を見ることはないだろう」(112)といっているように、未熟な女であり続けることが男性性を支えることになっていたのだ。

ここに人種差別と同じ構図があることがわかる。

さらに、もっと明確な形で女性が男性性の支えになっていることを示すには、立派な子供を産まねばならなかった。アーヴェイもその構図の中にいる。

ジムのために完璧な子供を産んだら、一人前の女になり、産むことで彼と彼女が永遠の絆で結ばれることになる、とアーヴェイは思ったのです。(68)

妻としての役割は立派な子供を産むということだという認識が彼女にある。そうすることで、夫の男性性を高めることができるからである。実際、ジムの態度を見てみると、障害児のアールが生まれた後と、二番目のアンジーや三番目のケニーが生まれた後では大きく異なっているし、アンジー誕生後は自分で男らしさを再確認するためであるかのように、外で喧嘩をよくするようになっている。同じ考え方が既に、「金メッキされた七五セント貨幣」で使われている(注六)ように、子供を産ませることができるということが男らしさに通じているため、子供が産めない女性は男らしさを失墜させるとして否定される。

蛇の事件を少し角度を変えて見てみると、その裏に隠された意味が明らかになり、なぜアーヴェイが動けなかったがわかってくる。ロイスターはこの蛇の事件を「『スワニー河の天使』では、『彼らの目は神を見ていた』と同じように、思考し行動することが人間としての自己達成の方法になっている」(144)といい、自己達成のチャンスだったのに行動に出なかったアーヴェイが悪いようにいう。この説明はジムの「よくわかった、アーヴェイ。最高の女になる最大のチャンスだったんだぞ。またとないすげーチャンスだったんだ。それなのに、おまえはへまをして、しくじってしまったってことだ」(228)という言葉の意味と同じである。確かにジムの側から見ると、ロイスターの主張は正しい。しかし、最初にも分析したように、それだけ読者にジムの視点を固定させることに成功しているといえるのだろうが、問題はアーヴェイが行動に出なかったことではなく、出られなかったというところにある。夫が苦しんでいるところを彼女（妻）が助けるということは、従属的に女の役割を果たしていることになるように見えるかもしれないので、彼女はその行動をとるべきだったと思えるかもしれない。しかし、今まで見てきたように、女性は男性に対して、男性性を高める形でしか対処することを許されていないのだ。この視点からすると、蛇に殺されかけている彼を助けるということは、必ずしも彼を支えることにならない。その理由は、彼は蛇を使うことで自分の男らしさを示そうとしたわけで、その蛇に殺されかけている彼を助けることは、彼の男らしさを高めるどころか、逆に彼が男らしさを損なうことに手を貸すことになるからだ。これは重要な点だが、蛇から彼を助けることで、彼女の方が蛇以上に、すなわち彼以上に強いということを示すことになりかねない。だから、彼を救った場合の結果は、救わなかったとき以上に厳しい反応が予想される。このため、助け出さなかったことで、彼女は無能で依存的女というステレオタイプであり続けた。しかし、助けたとしても、助けなかったとしても、彼女にとって女としての生き方を変えられる状況にはない。結局は男らしさを支えるための存在でしかなく、自分を駄目な存在として認識する方向性は強められる仕組みになっているのだ。

アーヴェイが自分を駄目な女として認識する出発点はカールとの関係にある。彼からジムに相手を変えたことで、彼女の中に自分を否定する場面が描かれる。それ以降は、強姦されたにもかかわらず、それを「お慈悲」と感じたり、ジムに対して罪悪感を感じたりすることも、自己否定をアーヴェイが行っている姿である。そして、その後も継続的に続く自己否定の繰り返しで、男性性を高めることになっている。結局、女性のステレオタイプに従って男性に従順に振る舞うことによって、アーヴェイの中には自己否定的生き方が強まり、読者にはそのアーヴェイの生き方が強く印象づけられる。その印象はジムの有能さを際だたせ、男性支配の構図は堅固になる。さらにステレオタイプ、それに自己否定が連動し強まる関係の中で、疎外感は高まり、実質的な現実との接触が少なくなり現実感を失っていく。そして、自分が社会から疎外されていることを認識し、現実との接触より、現実を避ける方向に向かわざるをえなくなる。ここで注意が必要なことは、結果として、現実に適合しなくなったアーヴェイの姿ではなく、現実に適合できないように仕組まれていた結果として、適合しない道を選ぶしかなかったということである。適合すれば、彼女の自己否定の繰り返しに歯止めがかけられるからだ。歯止めがかかれば、弱い女という強い男を際だたせる存在ではなくなる可能性が大きいのだ。こうして、ますます男性中心的基準の中で生きる度合いが強まり、彼女が置かれている状況は悪化するという悪循環になっている。

＊＊＊

『スワニー河の天使』に対する批判のひとつは、白人に同化的作品だということだ。これ以外の作品では黒人を主人公にしていたため、彼らがたどり着いたところは、黒人の中に歴史を越えて流れている黒人の根源的拠り所であるアフリカ性というようなものであった。ところが白人を主人公にしたために、どこにも到達できなくなっているという批判である。

すなわち、批判のポイントは白人を主人公にしたということと、白人を主人公にして葛藤させる中で、開眼させようとしたが、開眼を支えるものがないために、白人の主人公は自虐的結末になっているということだ。これは、ひとつにはハーストンの作家としての取り組み方に疑念が示されたということである。黒人作家であるのに白人を描くことは、白人に従属的に生きることと同じで、一個の人間として自己否定の道を選び、文学的意味で奴隷と化したのではないかという見方である。後者の方は、作家としての技量が問題にされているといえる。黒人の主人公にさせたことと同じことを白人の主人公にも行わせようとしたが、なしえなかったという見方である。この見方の裏には人種的支配が行われているという認識の上に立っていて、白人そのものへの批判的意識が根底にあったから出てきた見方であることは確かだ。それゆえ、結局、支えるものがないような白人を使ったことや、支えるものがないにもかかわらず開眼させるようとしたことに象徴される作家の技量に対して、疑念を示すものである。このような批判が正当かどうかを考えるとき、ソーリーをどのようにアーヴェイが捉え直しているかというところの読みが重要なポイントとなる。

アーヴェイの基本的問題は、劣等感にしても、女というステレオタイプを演じること、あるいは演じさせられることにしても、彼女の中で自分を駄目な存在として捉えることだった。彼女が自分に自信を抱くことは、ある一定のときまで（すなわち、ケニーの音楽の才能が自分の血を受け継いでいると考えるとき）ほとんどない。プアー・ホワイトとして、キリスト教徒として、南部人として劣等感を持ち、女としても、妻としても、母としても、すべて彼女を否定する要因だった。だから、駄目な人間としてしか自分を捉えることがなかった。それは彼女が「自分は悪い人間だと思っていたが、その自分と比べてみて、彼は自分ほど悪くはなかった」(262) といっている言葉が正確に物語っている。

駄目だと思っていた自分にも良い面があるということ、すなわち自己否定からの脱出がアーヴェイを変えていくのである。自己否定の出発点がカールとの関係にあったように、ラレインを含むカールとの関わりの中で、アーヴェイは自己否定から自己肯定の方向に向かう。母の死を前にしてソーリーに帰郷したアーヴェイは、カールの醜さ、弱さを知ることになる。彼は牧師としての信頼を失い、母マリアの葬式にも一銭も出そうとしない。その上、母の家で怪我をしたということで、一〇〇〇ドルを慰謝料として要求するほどである。ここで大切なことは、かつてアーヴェイが自己否定を感じる要因のひとつとしてあった「プアー・ホワイト」を、カールを通して再現する形で、アーヴェイに突きつけているということだ。かつての自分と同じプアー・ホワイトの状況にあるカールが、金銭的に成功しているアーヴェイやジムに対して、嫉妬心を持っていることに気付くのだ。以前は素晴らしい人だと思われていたし、実際牧師として尊敬を集めていたカールが、自分を惨めな存在と考え、かつての自分を忘れ、自己否定的になっているのである。そのときの状況をアーヴェイは次のように分析する。

ラレインのことについて、アーヴェイから夫を盗まなければならないほど自分勝手で、機会に恵まれていないといつも感じていました。それから、カールやラレインはアーヴェイより自分たちの方がつまらない存在だと思うようになったのです。おそらく、この世の中には気の弱い人がたくさんいるでしょう。アーヴェイは自分のことを気の弱い人間だと思っていましたが、人々が自分を頼っていることを知って、妙な気持ちがしました。彼女が彼らを優しく抱いてくれると思っているに違いありません。(260)

人間の本質を知ったということである。人間とは誰も弱いものだということである。こう考えることで、自分は弱い駄目な女だという自己否定の気持ちから彼女は解放される方向に向かう。みんな人間とは弱い存在だと考えることができたことと、自分にカールやラレインが頼ろうとしていたということは、自分は彼らより弱い存在ではないのだとわかったことから、彼女は今まで持てなかった自信を持つことができるようになってきている。

アーヴェイが自己否定から脱出する兆しがその後確認できるように描かれている。ソーリーから帰ってきた彼女は、ジムにそこであったことをすべて話すが、カールやラレインのことを悪くはいわない。かつての自己否定に陥っていた彼女と違って、他者と自分を比べることで自分を惨めな存在と考える志向をしていないということである。起こっていることを冷静に、客観的に見ようとする態度が彼女に出てきた証拠であり、貧しさと豊かさといった対立構造で物事を捉えなくなっていることを物語っている。

アーヴェイがジムとソーリーを出た後持つ苦しみは、所属感のなさからきているという言い方ができる。彼女の変化のきっかけは、シュミットが「この小説のターニング・ポイントはアーヴェイが帰郷し、死の床の母を訪れるときである」(218) といっているように、ソーリーに帰るときである。カーター・シグロウはソーリーに帰ることについて次のようにいう。

車輪が一回転してもとに戻ってきた。すなわち、おおむね独力で、ハーストンは黒人の田舎文化の正当性を確立した。それに対して、今度は田舎の白人が彼らの文化を否定されることになる。アーヴェイが夫に対して対抗できないときは、いつでも感情的にかたづけようとする育ち、すなわち貧しい家系の出であるという劣等意識が非常に明確なかたちで存在している。(139)

カーター・シグロウが行うアーヴェイのソーリーの捉え方の分析は、アーヴェイの再生を考えていくときは参考になる。

それは、今までのハーストンの作品を振り返ってみると、人種的な終着点に到達していても、『山師、モーセ』で典型的に示されているように、結局は個人の心の問題だという態度をいつもとっているからである。

アーヴェイはジムと生まれ故郷のソーリーを出て行くが、本当にソーリーを捨てたのだろうか。ソーリーを出る前、ソーリーをどのように捉えているかを表しているところがある。

逞しくて積極的なアーヴェイの姉のラレインに対して村人たち全体が好感を示したということが、長い年月の間には、アーヴェイの心に何らかの影響を与えたということを、彼らは考えてもみなかったのです。(8)

アーヴェイの中にソーリーの人々に対する不信感のようなものがあったことが窺える。人々は彼女の細やかな心の動きに気を配ってくれることはなかった。ソーリーという場所は、彼女にとって心を和らげてくれる場所ではなかったように思える。シトラベルに行っても彼女は「……今いる場所に所属していなかった。ジムも、アンジェリーンも、ケニーも、ミサーヴ家の一人だった。しかし、彼女だけは依然としてヘンソン家の人間だった」(174)とあるように、疎外感を感じていた。

母の死を前にしてソーリーに帰るアーヴェイは、ハーストンが久しぶりにフォークロアの収集のためにイートンヴィルに戻ったときに感じたのと同じように、安住の地ではないと感じているように見える。しかし、ここで注意しなければならないことは、右で引用した結婚前も、今回帰郷したときも、アーヴェイが心を通い合わせていないのはそこの人々であり、ソーリーという場所に対しては心を閉じようとしているのではないということだ。次の引用を見てみるとそれがよくわかる。

人々が村のことを貧民窟と呼ぶとき、それは間違いだとジムはいうのです。彼の考え方では、人々が住んでいる場所ではなく、彼ら自身が貧民窟だということなのです。場所は、不快で不潔で堕落させる人がいなけりゃ、そうはならないのです。貧民窟の中に豊かな人々を置けば、彼らはすぐに大邸宅のようなりっぱな外見になるでしょう。貧民窟を高級住宅街の中に置けば、貧民窟はすぐに周りを貧民窟と同じような酷い外見にするでしょう。そこにそれがあるからいけないのだと非難することは正しくないんです。場所はそのまま手を加えないでおけば、木をはやし花を咲かせるのです。場所はだらしない人間を育てたりはしないんです。(267-68)

今そこに住む人間を、人間の心を問題にしているのであって、ソーリーという地そのものを否定しようとしているわけではない。だからパスター(56)のいうように、ソーリーというアーヴェイの過去と決別しようとしているという読み方では曖昧になるのである。この問題を考えるとき、アーヴェイがなぜ家は燃やすがクワの木は燃やさないのかを分析することが、適切な解釈をするかどうかを左右する。家を燃やすことに関してハワード(143)は、主従の関係ではなく、夫と同じ視点に立てるようになったといっている。ハワードの「視点」という語は曖昧だが、今までの劣等感、自己否定を乗り越えて、夫と同じ立場に立ったとする視点なら適切な解釈といえるが、夫と同じ男中心主義的視点に同意したとするなら、その解釈には問題があるだろう。家について、作品では「そこに住んでいた人たちからジステンパーをもらっていたため、その後そこに住む人にうつしてしまった」(269)と表現されている。これから、家そのものはもともとは問題なかったが、人間が駄目にしてしまい、人間の病に冒された家は、今度はそこに住む人間を駄目にしていくということである。問題の焦点は家より、そこに住む人間に置かれていることに注意を払わなければならない。だから家を燃やすということは、象徴的な意味を持っているのである。その意味が次の引用に説明されている。

邪悪な悪魔で、醜く奇形した怪物のような時と滓が積み重なったものだったのです。何をするにも不要なもの、飢えた魂、獣的で空疎な目的、実体のない夢、些細なことに抱く嫉妬、つまらないことへの野心などにあまりにどっぷりと家は浸っていたのです。また、泣き声に息を詰まらせ、愛を踏みにじっていたがために、取るに足らない悪徳の聖域になっていたのです。壁は、煙る石油ランプのように死人から立ち上る蒸気ですっかり曇っていました。

……しかしそれでも、家の煙霧と蒸気は、ジムに傷を負わせ、彼女の子供に怪我をさせることができるくらい彼女にしっかりとまつわりついていました。それから逃れることは不可能だったのです。その家は何ひとつ偽りではなく、真実を表していました。(269)

家のことをプアー・ホワイトの心の歪みを象徴していると捉えていることがわかる。また、カールやラレインによって強く歪められたということもあるが、アーヴェイの中にも同じ歪みが存在していたという認識をしていることも見落としてはならない。だから家を燃やすということは、ノアの洪水のように、心の歪みを取り除くこと、具体的には自己否定を引き起こしていたものを取り除くことになる。そのため、家を燃やした後アーヴェイは、「死を迎え完全な安息の境地に到達したと感じた」(270) とあるように、心の解放感を抱いている。すなわち、今までの説明の仕方に則れば、「心が分裂していた」(270) と表現されているのと同じ意味の二重意識構造から解放されたのである。

繰り返すが、アーヴェイは「心の貧しさ」を捨てたのであって、ソーリーを捨てたのではない。これはクワの木を切り倒したり、燃やしたりしないことからも説明がつく。アーヴェイの眼にする木は二月末ということもあって、葉もすべて落ち、数週間後には青い芽が吹き始めるという象徴的な設定になっている。すなわち、厳しい状況を乗り越えて、新たな芽を出すクワの木を使うことで、アーヴェイの再生を、自己回復を暗示しようとしている（注七）。

……彼女は自分が堕落し、究極的には邪悪になるように思える背景と生活方法を否認している。……彼女が目覚める際に決定的な要因になるのは、自分がプアー・ホワイトで貧困に打ち砕かれた存在という彼女の見方なのだ。……アーヴェイは新しい光の中で、自らを注視する方向に導かれている。(Schmidt, 219)

クワの木は彼女が「女」として生きること、すなわち人間として生きることを始めた場所なのである。カールは彼女を女として認めていなかったが、ジムが、強姦に近い形であったことには問題が残るが、彼女を女として受け入れた、すなわち、人間として受け入れた場所なのだ（注八）。この意味でクワの木は、彼女にとって人間として生きていく出発点なのである。ジムとの初めての肉体関係の後、人生の苦難の中で、自らを否定する生き方をしてきたという認識がクワの木の下に立つことで彼女の中に生まれてきて、その生き方は自分の心の問題だったということに気付いてくる。「彼女は勲章のようにそれを扱い、心の上にブーケのようにとめることができた」(269)という表現からもわかるように、自分の心の持ち方が大切で、自分のことを自分がどのように捉えるかということが重要だと認識してきた。こうしてアーヴェイは、ハーストンにとってイートンヴィルが男中心の、母を苦しめた、脱出の対象として否定的場所であったことから、自分自身を作った場所として受容していったように、ソーリーという場所を、自分の人生の出発点として観念的な形で受容していく。

しかし、ソーリーには、ハーストンにとってイートンヴィルが持っていたような、黒人文化の原点のようなアイデンティティに繋がる明確なものがない。ソーリーの精神といっても、それがはっきりと示されていないことは事実だ。だからウォールが「彼女に自律を求めるような内的源泉である文化的関わり」に欠けているため、「意味深長な文化との深淵な関わりを通して個我を達成することができない」(1991, 185)という。文化的源がないため、結局は拠り所となることがないといっているのである。確かに、ルーツの具象的提示がなされていないし、ソーリーを通して見ることができるアーヴェイと彼女のアイデンティティとの関連性が弱く、本当の心の安らぎがえられるのだろうかという気持ちになる点では、読者に迷いを生じさせることは事実だ。

しかし、『スワニー河の天使』の狙いは、主人公個人の心の問題であって、人種的に問題を括って探求しようとする方向性はない。ハーストンはダグラス・ギルバートに送った手紙の結論部分では次のようにいっている。

わたしは、人種問題は社会学者に任せたいと思っています。前に申し上げましたように、わたしは人生を一人の人間の眼を通して見ているのです。決して、一人の黒人としてではありません。これからもその基本姿勢は、研究をするときも、ものを書くときも続けていくつもりです。(Hemenway: 1977, xxxi)

また、『路上の砂塵』の中でも「わたしたちはひとつの人種に所属するのではないのです。寝過ごしてしまって、神様の網に捕らえられた人間の集まりに過ぎないのです」（Hurston: 1942, 306）といって、人種的に問題を括ろうとする狙いが執筆するときなかったことを証言している。だから白人同化的作品とする、たとえばランボウの「[白人的]美学の受容」（64）という主張に見られるように、白人に焦点を当てて描こうとしているという見方や、自分への評価を高め収入を増やすために白人を描いたとするマイセンヘルダー（80）の見方は的外れの批評といわなければならない。

＊＊＊

全体的に性的ステレオタイプに苦しんでいるように見えながら、アーヴェイが最後にとるジムに対する従順と思える態度、すなわち女というステレオタイプを受け入れているかのように思える場面に接したところで、フェミニズムに基づいた作品としては読みにくくなる。たとえば、プラント（1995）が、「『スワニー河の天使』をフェミニストが読む難しさは『スワニー河の天使』がフェミニストの要素を持った作品ではないということだ。……『スワニー河の天使』にはフェミニストやウーマニストにふさわしい言説はほとんど描かれていないのである」（168-69）といっているほどである。もちろん、反語的意味でアーヴェイの最後の従順と思える態度を読んで、「白人女性を風刺的に描いたもの」と読むバーバラ・スミス（1982, 30）もいるが、彼女も最後のアーヴェイの態度は従順な女のステレオタイプを演じているところとみていることに変わりはない。

白人同化的作品と読む場合も同じだが、男性中心主義に屈服したという読み方をしている場合も、共にハーストンが作家として今までとってきた態度と異なっているという立場に立って読んでいるということに注目する必要がある。ハーストンが黒人的良さを捨てたのかという見方と同じように、女として男に結局は屈服する道を選んだのかという見方をしているのである。果たしてハーストンは今までの理念を捨てて、男性中心主義に屈服したのだろうか。ここからはこのことを中心に見ていく。

作品中、アーヴェイが結局男に隷属する道を選び、性差別に屈したのかということで、問題になる箇所は以下のようなところである。

ジムは彼女の夫であるので、彼に仕えるのは名誉だったのです。幸福と平安の中で彼に尽くし続け、そばにいて彼が必要なことをしながら、共に死んでいくのです。……そうです、主人がしろといったことをするのです。本当に心から仕えるのです。太陽が中に差し込むようにして、また夫の横に体を横たえるのです。(311)

これに対してウォール(1991)は、「ジムの妻という従属的な役割を受け入れることによってのみ、アイデンティティを確立することができる」(185)として、妻としての従属的役割を彼女が受け入れたといい、シュミットは「『スワニー河の天使』で示されているアーヴェイの失敗は、自尊心を発展させることができないということである。それは家族や、社会や、経済的な圧力によるもので、彼女が生きていく中で、洞察力や自己受容に影を落としている」(203)といっていて、最後の場面はアーヴェイの敗北とみて、プアー・ホワイト的状況から抜け出せなかったために従属的にならざるをえなかったという読み方をしている。

反対にセイント・クレヤーは最後にアーヴェイは自由をえると読んでいる。

言葉と行為の両方の力に頼ることを絶えず否認されているため、彼女の発展はなかなか進まない。しかし、最後には自由、真の意味、共同社会を大切にする気持ち、そして、活発で、包括的で、無限の愛を発見する中で継続的に成長を続ける可能性があることに気付くのである。彼女から人々が奪っていくのを受け身的に許すことを最後は拒否し、自由に付与することを決意する中で、彼女は自らの居場所を作る決意と能力を培い、自らの威厳を探しあて、自らの道を定める自信、力、自尊心を持つことに誇りを感じてくるのだ。

（St. Clair, 38-39）

特にジムに対しては、「滋養者として選ばれた役割の価値」（56）とあるように、「滋養者」（nurturer）という言葉を使い、アーヴェイが「母」（mothering）という役割を自覚したことを強調している。新生のアーヴェイを肯定的に見るか否定的に見るかは、この「母」の解釈の仕方にかかってくる。

ハワードは「小説の終わりでは、二人［ジムとアーヴェイ］の見方は同じである。なぜならば、アーヴェイが母としての自らの役割を受け入れるようになったからだ」（145-46）といい、「母」をジムが考えるような「子供を育てる母」に限定して捉えている。マクダウエル（1979）もほぼ同じで、「『再生』は隷属という以前の生活に戻ることである」（177）といい、「母」を再生前の「子供を育てるだけの母」として読んでいる。プラント（1995, 169）も女の役割の面でも伝統的な主従の関係を受け入れたと分析している。レイソン（1974, 9）は説明不足のところがあるが、「母」に別な捉え方を付加しようとして、ハーストンの世界では女性は男性との関連の中で生きているため、男性と比べる女性は不安定感が強くなる。そういった女性の不安定感を乗り越えるために性的特質が武器になりうるという考え方をハーストンはしている。そのため、性的に成熟することで、女性は男性と同等の立場に立って、それまでの不安定感を乗り越える可能性が出てくるのだという分析をしている。このレイソンの読み方は、「母」と同じ意味で作品の中で使われている「聖なるマリアさま」という表現を考える際の示唆を与えてくれる。

ジムという夫に対して、アーヴェイが果たすべき役割として新たに認識したのは、「聖なるマリアさま」的役割であって、単に「子供を育てる母」という限定的なものではない。その部分を作品から抜き出してみる。

彼女の仕事は母の役割（mothering）を果たすことでした。それ以上のことを女性が望んだり必要とすることができたでしょうか？どんなにお金や知識を持っていても、どんなに社会的に高い地位の家族でも、女性たちができたことはアーヴェイと同じように母の役割をしたり主人の周りでうろうろするくらいだったのです。イエスの母親として祝福された聖なるマリアさまも生活はアーヴェイとあまり変わらなかったのです。(310-11)

新たに定義し直された「母」は、単に子供を育て、料理を作って、家を守るという限定的な母ではなく、すべてのものを包含する、包容力のある、いわば「母なる自然」のような、人間を包み込むような力を持った存在だといえる。

アーヴェイのこのような新しい認識は、従来の限定的ではあるが、「子供の母」として十分自分が役割を果たしていたという自信から出発している。死が近い母マリアを見舞ったとき、母は子供たちを立派に育ててきたアーヴェイが、母親として誇りを持っていいという暗示を、「お前の子供たちは豊かな魂と優しい気持ちを心の中に持っているよ、アーヴェイ」(246) という言葉で示す。母親として十分自信の持てることをしてきたという気持ちをこのときアーヴェイは持てたはずだ。すなわち、伝統的な「母」という役割に対して、否定的にではなく、肯定的に捉える方向性が、新たな「母」の定義に向かう前提になっている。これに加えて、ジムとファースト・メアリーが怪しい関係になりかけたときに、ジムの妻であることに誇りを示す発言をするところがある。これは、一見彼女が男に付属する役割として妻を捉えているかのように見えるかもしれないが、妻という役割を否定的意味ではなく、肯定的かつ積極的な意味で捉えようとしている証である。彼女の進もうとしている方向は、かつて黒人が、にたにたしているとか、論理的でないという否定的ステレオタイプで括られたことを、情緒豊かで、感受性の強い、良い面として捉え直すことで力をえていったのと同じなのだ。

自分の果たしてきたことを否定的にではなく、女として今まで否定されていた立場をひとつの自分の良さとして、心の中に備え持つことができるようになる。これはホルト (1987) のいう「自己を評価する認識」(266) への目覚めなのである。アーヴェイの到達した新しい認識を示す場面がある。

ジムは……何とか泣き声をあげまいとして子供のように全身を振るわせていました。暗がりから逃げ出して、母の安らぎに飛び込んできた少年のようでした。しばらくして、ジムは深くため息をついて、頭を横にして、彼女の胸に抱かれたのです。今までの長い日々の経験から、アーヴェイの指は優しく彼の髪をもてあそぶようになで始めたのです。すると、すぐさまジムはため息をついて、深い穏やかな眠りに落ちていったのです。（308-9）

彼女にとってジムは、今までは神のような存在であった。だからこそ、彼女は自分を弱い存在と認めることで彼の強さに依存して生きる道を選んできた。ジムが弱いが故に強がっていたのだとわかっても、そういう彼をアーヴェイは受け入れようとしている。フェミニズム的視点でいうと、これは彼女は自分を捨てて、結局ジムに隷属する道を選んだことになり、敗北したのだということになるかもしれないが、ハーストンの狙いはそこにはない。アーヴェイはジムの奴隷になったように見えても、実は彼の弱さを優しく包み込む母のような包容力を示すことで、彼に対して従属的な立場ではなく、彼より一周りも二周りも大きな存在としての立場に立っている。その立場こそ、男にはなりえない、女のみがなりえる「母」なのである。だから彼女の新たな認識として、「良きにつけ悪しきにつけ、彼女に起こったことはすべて彼女自身の一部であり、彼女の中から出てきたものなのです」（309）と表現されているのだ（注九）。

自分の立場を捉え直すことで、アーヴェイの中に存在感が生まれてくるのは当然である。また、存在感が生まれてくると、生きているという現実感も生まれくるし、現実生活にコミットできるようになってくる。だから、アーヴェイは作品の中で初めて、ジムと仕事場で行動を共にできるようになる。これは彼女が自分の行動に自信が持てるようになった証しなのだ。

ヘメンウエイ（1977）は、自信は生まれていないと読んでいて、「『スワニー河の天使』の失敗の原因は、明らかにゾラがアーヴェイを、恐怖を抱く状態から自信を持つ状態に、変えることができないからだ」（313）といっている。ヘメンウエイがこの見方をする理由は、既述した「母」としての役割の捉え方に違いがあるからだ。ヘメンウエイは「母」という役を受け入れることは、ジムより劣っていると認めることになると考えている。しかし、それではなぜアーヴェイは「母」

としてジムを何度も「いい子」(little boy) と形容しているかということはヘメンウエイの念頭にないようである。マクダウエル (1979, 171) も同じようにアーヴェイは自信をえることができなかったために、自由にはなれなかったと読んでいる。彼女の見方は、作品中アーヴェイが自由を求めているということがテーマであることはわかるが、自由のためには自信の確保が必要だ。ところが、その自信の確保がうまくいっていないとして、「主人公はその自由を確保するために必要な自信を持つことに失敗する」といっている。

しかし、次の引用を見るとアーヴェイに自信が生まれていて、結果を恐れず行動する決意ができていることがわかる。

アーヴェイは厩の一番いい馬に乗って出て行く決意をしたのです。決して敵に背中を見せるためではありませんでした。道に迷っても、決して泣きださない決意をしていたのです。
決意と共に、大きな自由と穏やかさがアーヴェイに生まれてきました。彼女の先にあるのは闘いだけでしたが、開始する心の準備もできていましたし、熱意も十分でした。……すべてが彼女自身であり、勇気と心の強さがあれば死ぬまでそれを保持することはできるのでした。彼女もその心意気だったのです。(304)

このことに加えて、その行動の決意がいかに固いかということを示すために、ジムと一緒に漁に出かけさせた際、難局に遭遇させ、それに立ち向かわせてもいる。さらに、構造的にもアーヴェイの自信回復を暗示するために、J・B・ブラウン (1968) が「想定上の著者が完全に『姿を消す』のは、小説の最後の四〇ページで、アーヴェイの再教育が完成するときである」(157) と指摘するように、最後は完全にアーヴェイ中心の、アーヴェイの視点による展開になっているのである。

＊＊＊

アーヴェイは自分を弱い存在としてしか見ていなかったのと同じ構図で、ジムのことを強い存在としてしか見ていなかった。彼女が弱いが故に、彼は強く見え、彼を強い存在と見るから、自分のことを一層弱く見るという悪循環にあった。すなわち、弱者がさらに弱者を捜し出すことによって、自分を強い存在として自認したいと思う逆の意識構造で、自分の良さを認めていない黒人が白人を眼の前にして白人の強さを自覚し、自分の弱さを自認した歴史があるように、強い者を見ることで自分の弱さを自認し、自己否定を強めて、自虐的になっていたのだ。

ところが、その強いと思っていたジムの内面に弱さを見いだすことによって、人間はみな弱さを持っているという認識を持つようになる。まず、ジムの内面的弱さを認識する場面を見てみよう。

今晩までジムのことを十分に知りえていなかったということは考えてみると滑稽なことでした。ジムは思ったほど強さ溢れる将軍ではなかったのです。そうなんです、彼は他の人々と変わらなかったんだ。疑う余地のないことでした。テレピン油採取小屋から海の彼の漁船団まではかなりの距離でした。ジムの外側だったんです。中は手のかかる子供に過ぎないんです。だから、そばにいて欲しくてたまらないんです。今のジムを見てご覧なさい！　横になって寄り添い、おしめをつけていたときのケニーのように、しがみついているじゃない。アーヴェイの中にジムを守り慰めてあげなければならいという気持ちが膨れ上がってくると、涙が眼に溢れてきたのです。ジムは彼女の腕の中でどうすることもできずただ眠っているだけで、彼女を信頼するしかないのです。(310)

ジムは確かに外見では支配的で強かった。だから、アーヴェイは「本物の男の、心の底からの愛情で救われ」(Brickell, 19)、ジムは「エホバ」(Brickell, 19) の役をしているという見方をしたくなるところだ。しかし、彼の内面は子供のような弱さでいっぱいであった。このように考えると、ジムの今までの強者ぶる言動に納得がいく。内面的に弱さを持っているが故に強がってみせ、弱者を見つけだすことによって、自分を強者として認識するという意識構造があったのである。たとえば蛇の場面にしても、彼は自分の強さを、アーヴェイが示す蛇への恐怖心によって高めたかったのだといえる。またケニーがフットボールの試合に出た後のパーティーで、パーティーが嫌で家に連れて帰ってくれと強行に言い張るアーヴェイに大声で屈して車で連れて帰るとき、猛スピードで車を走らせ、アーヴェイの恐怖を誘うときや、家に帰ってアーヴェイに大声で怒鳴ったり、服を脱がせることを強制することも、彼女をコントロールできなかったが故に弱さを実感している彼の姿が見えてくる。その弱さ故に強さを示さなければならないという気持ちが、彼に強硬な態度をとらせているのだ。ジムのこのような強さを一種の虚勢として捉えることができるようになっているアーヴェイは、最後の場面にきて、相変わらず強さを示そうとするジムを見て、ジムの弱さを認識する。これはカールやラレインに対して認識した弱さと同じで、「おそらくこの世には心の弱い人がたくさんいるんでしょう」（260）と思っているように、アーヴェイは人間とは弱いものなのだという認識に至っているのだ。

ここで大切なことは、アーヴェイが自分は思ったより弱い存在ではないとか、ジムや周りの強いと思っていた人たちが思ったより弱さを持っていると認識しても、いたずらに自分の強さや他の人たちの弱さを強調していないところである。ここが彼女が大きく成長した部分でもあり、ハーストンが強調したいところでもある。

アーヴェイが弱さを自認する存在であったということは、彼女は弱者対強者という対極構造で物事を捉える傾向を以前は持っていたということだ。今のアーヴェイは、自分は特別に劣った存在ではないと思いながら、「ジムに仕えるのが特権だった。……今まで仕えてきたし、これからも仕えるつもりだ」（311）と、今までのジムに仕える自分の生活は続けようと考えている。また、同時に、セイント・クレヤーが「彼女はジムを変えることに全く関心がない」（55）といっているように、ジムを変えようとも考えていない。これは同じように軋轢があったカールやラレインとの関係についてもいえることである。

アーヴェイはぐっすり寝て、穏やかな気持ちで眼を覚まし、この世の中と和解した感じでした。彼女は覚悟に溢れていました。彼女はラレインとカールとの仲がうまくいかなかったことの責任を取り、物事の後始末を引き受けるつもりでした。（262）

アーヴェイの中に、いわゆる競争の論理で相手を捉えるのではなくて、共存の方向性を模索しようとするところが生まれてきていることがわかる。

アーヴェイが対極構造という枠組みでジムとの関係を捉えなくなっていることは、ジムとの一体感が抱けるようになっていることに表されている。このことは象徴的には二人が一緒に漁に出て、船を進ませているときに起きている。他の船に負けないためにも潮の満ち具合が足りないうちに、自分の船を進めようとするジムに対して、これ以上進ませると船が転覆するかもしれないと思って、他の船員がジムを止めようとする。それを見たアーヴェイは船室から飛び出してきて、その男がジムを止めることをやめさせ、ジムが船を進ませることに手を貸すところがある。この場面は、ジムが蛇に巻きつかれたときの場面を意識して描いた場面のように思える。蛇の事件のとき、彼女は今のような行動がとれなかった。弱者対強者の意識構造の中にあり、弱者でい続けようとしていたからである。その意識を脱している彼女はジムに手を貸すことができ、「ジムは物静かに行動したが、アーヴェイは彼の中に同じように心の高まりを感じることができた」(289) とあるように、それが一体感の実践にもなるのだ。

ここで大切なことは、プラント(1995) のいうような「両性具有的精神」(179) で一体感がえられるという読み方をしない方がいいということである。これは、いわゆる男女の違いをなくすることが男女の良好な関係を生むという考え方であり、不当な見方とは必ずしもいえない。しかし、ハーストンの考えている男女の共存は、男女の違いは違いとして認めた上で、男は男にしか出せない良さを、女は女にしかできない良さを求め、実践し、お互いにその良さを認め合うことによって共存がはかられるという考え方に立っている。確かに、『彼らの目は神を見ていた』ではジェイニーとティー・ケイクは両性具有的になっていったところもある。しかし、『スワニー河の天使』で漁に出る二人を待っている現実は、両性具有的になりえないことがあるということを示している。事実、荒波の中で男たちが悪戦苦闘しているとき、アーヴェイは船室にこもっているしかない。一体感とは対等な意識構造の上に成り立つわけで、必ずしも男女の違いが少なくなる必要はない。男は男としての自信、女は女としての自信を持つことで意識的に対等な関係を構築し、それにより共に支え合う、相互依存の形での共存が可能になってくる。

両性具有的考え方がなぜハーストンになく、なぜ危険性を孕んでいるかというと、この考え方を推し進めていくと、結局は、いわゆる個性を失い、画一的な、別の形でのステレオタイプを作り出すことになるからだ。このことから、また同じ苦しみを繰り返すことになる。『彼らの目は神を見ていた』の最後の場面でジェイニーが経験したことをフィービーに話し終えて、すぐに宿泊場所に行ってしまうところは議論の対象によくなるところだが、ハーストンの狙いは、成長したジェイニーの考え方を親友のフィービーに話しはするが、その後、その話をどのように解釈するかはフィービー次第だということである。ジェイニーは決して自分とフィービーの間に画一性を成立させようとはしていないのだ。

このような考え方を支えているのは、ハーストンの他の作品にも見られるように、物事や人々を「あるがまま」に受け止めようとする基本的態度である。セイント・クレヤーも同じ内容のことをいっている。

> アーヴェイはジムを変えることに全く関心がない。そうではなく、あるがままの彼を受け入れることに関心があるのだ。自分が成長し幸せを感じている今は、自分のすべき努力は自然な状態で他の人々を安寧に導くことだと信じて、ただ奮闘しているのである。(St. Clair, 55)

アーヴェイはジムの良さは良さとして認めようとしているのだ。そのことがはっきりと示されているところを見てみよう。

> ジムは船倉の出入り口のハッチの蓋の上に座って、ココナツの木のように男らしい顔をしていました。そのような男性をものにして喜ばない女性がいるだろうか？　眼尻や口の周りに小皺があっても、彼の魅力を損なうものにはならず、むしろ、アーヴェイの眼にはそれが一層の魅力になるのでした。当然、この世の女性たちはみんな彼の素晴らしさを必ず認めるでしょう。(299-300)

フェミニズム的視点からすると、いわゆるマッチョな男に惹かれることは否定的に捉えられるため、アーヴェイのここでの発言には賛成することができないだろう。しかし、ここで注意して読む必要があることは、どの女性もジムのことを気に入るだろうという言い方をしているところである。ハーストンも性差別や人種差別によるステレオタイプには反対の態度をとっていた。それは支配者側によって作られた、相手を否定するための一種の手段だったからだ。ここでのジムに対するアーヴェイの捉え方は、それとは異なっている。むしろ、良いものは認めようとする態度がある。物事をあるがままに見て、良いと思ったものは認めていこうとする考え方が見られる。こういった態度を持つことで、一括して拒否していた相手とも繋がりを持つ可能性が生まれてくるのだ。

「あるがまま」に受け止めるという考え方がアーヴェイに生まれてきたために、彼女の心の受容力が広がってきていることがいくつかのことによって示されている。たとえば、彼女は今まで黒人のジェフとジェイニー夫妻に対して好意的ではなかったが、今や二人の良さを見いだし、それを彼ら自身として認めていこうとしているし、エビ漁の船長が黒人であったり、乗組員に黒人が混じっていることに一度は驚きを示しながらも、「……それはごくありふれたことだということを知りました。白人の船長に比べると黒人の船長の方が多いわけではないにしても、黒人の船長がたくさんいました」(284)とあるように、それをすぐに理解し、拒否反応を示すことはない。

黒人やスペイン人やアメリカ人の船長がお互いに敬意を持って挨拶をするとき、男性の兄弟愛が認められる。アーヴェイは罪悪感的脅迫観念や精神的欲求不満や堕落的社会習慣や偏見から解放され清められ、物事を考え行動する人間として、この世の中に再び誕生してきたのだ。(Royster, 148)

相手を「あるがまま」に受け止めるということを、単にジムやアーヴェイに近い周辺にいた黒人だけに限定するのではなく、漁業場というさらに広い世界にアーヴェイを引き出すことで、その適応範囲を広げることを狙っている。また、このことは雨水が川になり、川の水が海になるというメタファーからもわかるように、人間すべてに通じることで、「あるがまま」に相手を受け入れることで、すべての人間の共存が可能になるという広がりを持たせようとしている。

このような人間全体の共存をハーストンが視野に入れていたことは、既に『路上の砂塵』の最後の部分で示されている。

わたしにはどのような偏見もありません。親戚と「同じ肌の色をした人たち」は心から愛しています。わたしの毎日の生活範囲はそこにあるからです。しかし、どこを見ても、彼らの良い点と悪い点が眼に見えるのです。だから、仲間になり愛情を注ぐ相手に、心を込めて握手を求めるのです。それと同時に、同じことを相手にもして欲しいのです。わたしの考えでは、わたしと相手の人が全く同じような外見でなくても、それが不利にはたらくようなことはありません。わたしは相手のことを良い思い出として思い出すでしょう。それと同時に、その人にもわたしのことを思い出してくれることを願っているのです。わたしのことだけではありません。ジグザグの稲妻の力を世界中に振り回して遊び、通り抜けた後にごろごろと雷を轟かせるような人でも、砂塵の中を歩く人でも、優しく考えてみて下さい。みすぼらしい場所を歩く人たちもまた、他人のことを優しく考えてみて下さい。……わたしたちみんなキスをし合えるような友だちになろう。……この世の中で幸運に恵まれる人も恵まれない人も、みんなバーベキュー・パーティで出会うだろう。(Hurston: 1942, 285-86)

この『路上の砂塵』の「バーベキュー・パーティ」に似たイメージの場面が『スワニー河の天使』でも使われている。それはアーヴェイがジェフとジェイニーと一緒にジムに会いに行く準備をしているときのことである。三人はバーベキュー・パーティならぬ、ピクニックにでも行くかのようにはしゃいだ気持ちになっている。そのような中での彼女とジェイニーやジェフとの関係には対等な関係が見られる。この三人の関係の先に人間全体を対象にした視野があることは容易に確認できる。

人間全体を考えるとき、個人個人の心が問題になってくる。一人一人は外見とは無関係に、様々な心の持ち方をする。だからこそ、人間の心の持ち様を考えることが大切になる。

『スワニー河の天使』では、アーヴェイが「あれこれ」と物事を行うが、その理由は彼女の肌の色とはほとんど関係なく、彼女の心の状態、自己に対する貧弱な認識、非常に愛情を持った夫だが、熱狂的な性差別主義者であることに関係があるのだ。(Howard, 134)

『山師、モーセ』の中でモーセは最後に次のようにいう。

自由は心の内側の問題なのです。……［わたしに］できることは自由のための機会を与えることだけで、人間自らが自分の解放を成し遂げないといけないのです。(Hurston: 1939a, 344-45)

『スワニー河の天使』でもハーストンは同じスタンスで作品を書いているといえる。人間の心の貧しさ、不自由さを作り出すのはその人自身であり、その人の心が豊かになり、自由になれるかどうかはその人自身にかかっているという考え方である。

そのためには、相手をあるがままに認め、自分の考えを押しつけることがあってはならないのだ。アーヴェイはハーストンの他の作品に登場する主人公と同じように、自らの束縛を自らが解き放ち、自由になった。自由になりえたからこそ、依然として男性中心主義的発言をするジムに対しても、離れて観察する形で、相手をしている。自分の夫でも、彼の心を変ええるのは彼自身だからだ。

＊＊＊

ハーストンの『スワニー河の天使』はある意味では議論の少ない作品であり、別の意味では議論の多い作品である。この作品が外見的にはハーストンの今までの作品と全く異なっているかのように見えるからだ。プアー・ホワイトの世界を中心にした作品は読者に戸惑いを与え、今までのハーストンはどうしたのか、黒人文化の代弁者とまでいわれた彼女は黒人文化を捨てて、白人文化に迎合したのか。このような意見は、彼女の実生活や作品が白人に対して好意的で、黒人に対して厳しいという従来からの見方に支えられている。白人に同化的とする見方は、この時代の黒人作家が描く作品の同化的傾向を受けてのことだった。白人寄りと見られたこの作品は議論の対象から徐々に外れていくことになった。第二に、ブラック・フェミニストの先達的捉え方をされていたにもかかわらず、アーヴェイが最後に男性へ従属することを決意しているかに見える方向性に対する反発があった。伝統的な母や女に戻っているように捉えられたアーヴェイは、男性中心主義に屈服したという見方をされたという意味では議論の対象になったが、結局、そのような作品は価値がないとして、議論の対象から徐々に外れていくことになった。

マイセンヘルダーが「実際、『スワニー河の天使』は瀕死状態にある白人文化の価値観に取って代わりうる黒人文化を描写した初期の作品の延長線上にある」(79)といっている。「初期の作品の延長線上」で考えるべき作品だという点では正しいが、悪い白人文化の代案といった人種的角度は初期の作品にもないし、『スワニー河の天使』にもない。読者は使われる題材とそれを描く作家との繋がりを通して、文学および社会の流れを基に作品を読み、作家を評価してしまいがちだ。確かにハーストンの再評価は時代の流れ故になしえたという面も持っている。その中で時代の流れを意識し過ぎる批評家によって恣意的に読まれ、本来作家が目指した意図と異なる角度に作品が向けられる(注一〇)ことも起きてしまう。これは当然のことで、決して不当なことではない。新しい読み方をしていこうとするとき、作家を越えて読者が作品を読むことは許されるべきことであるからだ。

しかし、不当な味付けは作家にとって有り難いことではない。ハーストンは今までの作品で繰り返し「人間」に自分は関心があるといってきた。その人間の心の中を深く覗き込み、掘り起こすことこそ彼女の最大の関心であった。そのため、黒人を対象にすることもあれば、白人を対象にすることもある。黒人文化を賛美することもあれば、それを形成する大衆を否定的に捉えることもある。白人や黒人に対しても、男性や女性に対しても、同じように否定的に描くこともあれば、肯定的に描くこともあった。人間には良い面も悪い面もある。だから人間なのだという考え方をしているのだ。そういう人間の「あるがままの姿」を描くことがハーストンの作品なのである。もちろん『スワニー河の天使』でもその基本的態度は保持されている。

注

第一章

(一) 彼女の出生に関しては謎が多いので、これもどのくらいの信憑性があるか疑問であるが、ハーストンが白人に悪感情を持っていなかったことを示す例のひとつとして捉えてよかろう。

(二) ラングストン・ヒューズはハーストンの作家としての能力は認めていたが、他方では彼女が白人たちから金銭的に簡単に援助を受けることをおもしろく思っていなかったようだ。その彼の気持ちが次の引用に見られる。

この「黒ん坊」の中でも、確かにハーストンは最も興味をそそられる存在だった。より広い聴衆をえるには、彼女の場合は本を書けばそれでよかった。彼女の頭の中に人を喜ばせるものがいっぱい詰まっていたからだ。若い頃、彼女はいつも金持ちの白人から奨学金や物品をもらったりしていた。その白人の中には、彼女をただ座らせて、黒人であることを確認するだけでお金を払った人もいた。そのようなときハーストンはどうしていたかというと、いかにも黒人っぽい振る舞いをしたのだった。(L. Hughes: 1940b, 526)

(三) ボーンはハーストンの心の中には潜在的に白人的であろうとするところがあったという。

極めて大切なことは、白人上流階級の人は気前のいい女性としてその子を支援しているが、結局はその子の想像力を搾取していたに過ぎないし、白人社会の葛藤を支えていたに過ぎないということだ。この白人の女性は、ゾラ・ハーストンの芸術を支えた一連の白人資金援助者を基に作り出された想像上の人物なのだ。深層部でその出来事が暗示していることは、ハーストンは、無意識的レベルでのことだが、様々な経験をしていく中で自分が白人と同等だと考えていたということだ。ハーストンは子供の頃耽っていた空想を大いに活用し、自伝に反映させている。「陽光を一杯にあびて」から明らかなことは、最もその影響力を受けている空想は――王女という姿で威厳たらしくローブを着て白い馬にまたがって地平線を進んで行く空想だが――自分が白人になっている姿なのだ。（Bone: 1975, 145-46）

（四）ヘレンは病気を患っているようで、精神的に病んでいる。その癒しをアイシスに求めようとしているところが窺える。この態度は、一方では白人が黒人の持つ文化的滋養力の豊かさを認めるという肯定的要素もあるが、他方では白人の精神的病を治療するために黒人を利用するという否定的見方もできる。

（五）「陽光を一杯にあびて」には民話的要素がまだ弱いが、アイシスの持つこの「魔術的力」は民話の味がする。彼女はヴードゥー教の呪術師のように、自分を含めて周りの人たちを陶酔させる能力を潜在的に持っているからである。

（六）ハーストンは白人と一緒に、「すきま風のはいる地下にあるキャバレー新世界」（Hurston: 1928, 154）に行ったときに経験するジャズとの一体感について、次のようにいう。

このオーケストラはすごく賑やかに演奏するようになり、すっと立ち上がり、昔から持っている怒りを使って、音のベールを攻撃します。さらに、突き破って彼方のジャングルまで届くように、演奏を続けます。わたしは彼ら異教徒の後から喜々としてついていきます。心の中で荒々しく踊り、口には出さないでワーと叫び声をあげ、頭上で投げ槍に振りをつけて、目印めがけてヒュゥーと投げるのです。わたしはジャングルの中にいて、ジャングルの中で生きる生き方をしているのです。顔は赤と黄色に塗ってあり、体は青に塗ってあります。鼓動は戦争のときのドラムのようにドンドンとなっているのです。（Hurston: 1928, 154）

（七）語りが登場人物の言葉で行われるということが起きてくる。単に第三者によって客観的に行われるのでなく、登場人物の口を通して語りが実施されるのである。ここの場合はまだそこまでいっていなくて、主人公と語り手の視点を近づけるという方法にとどまっている。

（八）スパンクは死ぬことで強者であることを失うが、それは彼の体が鋸で切られ、短くなっていることに示されている。

死体を載せた板は一六インチの長さの三枚の板でできていて、木挽き台の上に置いてありました。それに、薄汚いシーツが経帷子としてかけてあったのです。(8)

彼の体は、一二〇センチくらいになってしまって、とても「巨人」(1)とはいえない。

（九）男の弱者意識と人種差別との関係は、相関関係にあることに注意が必要だ。特に家を所有しているかどうかと、男の弱者意識は、奴隷制の時代にまで意識構造が遡るものと考えるべきである。歴史的に黒人男性は人生の営みの基本である家を奪われることによって、家庭とか家族といった、ごく普通のことだが、最も人間にとって大切なものを手にすることができなかった。

（一〇）ハワードはスパンクの死を自滅的といっている。

［スパンク・］バンクスはある意味では、いわゆる「男」なのだが、頑固者でプライドが高すぎたために悲劇的結末を迎えてしまう。他人の気持ちを正しく斟酌しないで自分の意志を押しつけるために、自らの破滅を引き起こしてしまう人物なのだ。(Howard, 64)

（一一）ハワードは次のようにいっている。

……ジョーは死後今までより強く、さらに、現実味を帯びているように見える。町の一人が認めているように、おそらくジョーは、結局のところ案外勇気のある男だったのだろう。(Howard, 64)

（一二）ヘメンウエイはサイクスの去勢感について、次のようにいう。

サイクスは、妻が白人の服を洗濯してお金をたくさん稼いでいるということで、去勢されたような気持ちになっている。仕事のない黒人男性が持つ危機感なのだ。サイクスの眼には、白人の服は自分の男性性をたえず脅かすものであり、自分の至らなさをいつも示すシンボルなのだ。（Hemenway: 1977, 71）

ハワードも同じような指摘をする。

サイクスには、妻が自分の見えるところにいることが耐えられないのだ。その理由は、たとえば彼女がしている仕事のために自分が一人の男でないように感じてしまうからだ。だから、彼は妻が白人のために汚れた服を洗う仕事をすることに激怒する。しかし、妻がその仕事をしなければならなくなった状況を、すなわち経済的必要性を解消するところまでは怒りを進めない。あるいは、妻の仕事のために、彼が男になる必要性が取り除かれているといえるだろう。（Howard, 67）

もちろん、彼女の仕事が悪的面を持っているという意味でなく、黒人男性の意識構造が問題にされているわけだ。

（一三）人種差別による男性性剥奪に関する説明は、必ずしも経済力だけでなく、別の角度からもできる。たとえば、性的に強いとされる黒人男性の性的能力と獣性とを結び付け、動物性を強調することで、黒人男性の男性性を否定していくというやり方である。また、ステレオタイプからの説明もできる。黒人男性のステレオタイプのひとつに「アンクル・トム」がある。おとなしく、従順なタイプの黒人男性のことで、こういうステレオタイプに黒人男性を押し込めることで、男性性を奪う方法である。

（一四）ハワードもサイクスが自ら不幸を作り出しているとして、次のようにいう。

スパンク・バンクスのように、サイクスの結末は当然のことであり、彼自身がその原因になっている。(Howard, 68)

(一五) 彼女は自分がいかにサイクスによって搾取されていたかを訴える。

「あんたがいちゃついているがたがたの歯をした黒ん坊のばばぁに、これ以上おいらに汗水流させるようなことはやらさねぇ。あんたはこの家を手に入れるのに、びた一文も払っていねぇんだからなぁ。だから、おいらは自分から出て行く気になるまでは、ここから離れるつもりはねぇ」(40-41)

しかも彼の肉体に対する嫌悪で、男性性を否定する。

「あんたの萎びた肌の黒い体なんて、おいらには何の意味もねぇんだ。皺くちゃになったゴムの固まりに過ぎねぇんだ。それに、耳ときたらコンドルの羽みたいにばたばたさせてな」(49)

こういった肉体的否定をロウは「不能の効果的な比喩」(296) と形容している。

(一六) 村人は、時としてデリアに好意的発言をするが、全体的にはサイクスの「男らしさ」を公認する存在である。そのため、デリアを助ける役に立っていない。それにデリア自身も気付いていき、「村人や人々が集まる場所を避け、周りに眼や耳を向けないようにしていました」(46) とあるように、村人から遠のいていく。シュミット (93) はハーレム・ルネッサンスとの繋がりで村人たちを見て、当時の社会が男性社会であることを強調している。いずれにしも、デリアは、サイクスも村人たちも頼るべき存在ではないという結論に達したのである。

(一七) このあたりはサイデェールの考え方が参考になるが、彼女はデリアの洗濯をひとつの「芸術《アート》」だと読んでいて、洗濯物はいわゆる「キャンヴァス」(117) だという言い方をしている。

（一八）センダンの木はハーストンのイートンヴィルの家に生えていたのと同じ木であることも暗示的である。シュミット（93）はセンダンの木を自己達成、自由を表現する暗喩であるという。

（一九）ウイットカヴァーはデリアに罪意識が生まれる根拠として、共同で物事にあたらなかったためといっている。

……しかし、サイクスは同じように復讐を果たす。すなわち、デリアは、死にかけた夫を助けたり慰めたりすることを拒むために、罪悪感を少し感じている。エデンの園のアダムとイヴのように、デリアとサイクスは同じ罪で繋がっているのだ。（Witcover, 61）

（二〇）シュミットも同じようにデリアがキリスト教的倫理観の世界から脱出するといっている。

このように心が麻痺し意欲が欠けた状態は、連続する事件によって形を変え、非常に破壊的な動きに変わってきて、デリアを強いキリスト教的倫理の原則が存在しない、社会的に是認されていない世界へと向かわせるのだ。このような世界における最大の物差しは、活気あふれる感情であり、抑圧に対する直観的で生き生きとした人間の反応なのだ。その抑圧とは、道徳的に適切な行動のための基本的姿として社会が規定する概念の認識にも、現在のところ強い力を発揮する。デリアは関わりを弱めることで、これまで属していた集団からの距離を広げていく。（Schmidt, 91）

（二一）猿谷に下の表のような黒人の人口移動の数が示されている（149）。

	黒人の人口			増加率	
年　代	1910	1920	1930	1910～20	1920～30
北　部	1,027,674	1,472,309	2,409,219	43.3	63.9
南　部	8,749,427	8,912,231	9,361,577	1.9	5.0
西　部	53,622	78,591	120,347	55.1	53.1
合　計	9,827,763	10,463,131	11,891,143	6.5	13.6

（一二）ハワードは次のようにいう。

「金メッキされた七五セント貨幣」で明確に示されていることは、都市の約束——二〇世紀初期の大移動の時代、特にハーレム・ルネッサンスの時代には、黒人たちは大挙して都市に向かって集まっていたのだが——は、しばしば金メッキされていたということだ。(Howard, 70)

北部の生活は「金メッキされている」という認識をハーストンが持ったということである。北部移動に関して、奴隷制時代から、奴隷たちにとって北部はいわば「カナンの地」で、北部に行くことで自由になれるという、いわゆる幻想があった。実際北部に逃亡することで自由になった奴隷もいたが、多くは途中で捕まり連れ戻された。

（一三）ボーンはミッシー・メイは都会と田舎の中間に位置しているという。

構造的にいって、この女性［ミッシー・メイ］の果たす役割は、社会のふたつの価値観の要となることだ。すなわち、都会的で「洗練された」という言い方のできる価値観と田園的で素朴さに重きを置く価値観の中間に位置している。彼女は最初間違った選択をするが、最終的には深淵で普遍不動の田舎的価値観の方が勝利する。(Bone: 1975, 149)

しかし、最後の「田舎的価値観の方が勝利する」という読み方には疑義がある。

（一四）これはジョーンズの指摘の通りである。

我々読者はミッシー・メイがジョーのために望むものをすべて知る。ここで価値観の混乱が生まれている。なぜかというと、彼女は「夫を愛しているが故に」夫のために蓄音機などが欲しいと思っているのだが、同時に自分でも欲しと思っているからだ。(Jones, 65)

夫のために欲しいという気持ちがあるが、彼女はこれより前のところで、夫は何もつけなくてもよいと励ましているところからして、彼女の中に変化が表れ、それが「欲しい」という方向を示すようになっていると思える。

（一五）彼女の体は作品中次のように描写してある。

ミッシー・メイは寝室に置いてある亜鉛メッキの風呂に体を浸けていました。焦げ茶色の肌は、洗い布から流れ落ちる石鹸の泡の下で、きらめいていました。若くて張った幅広の円錐形をした胸が勢いよく前に突き出ていて、黒くラッカーを塗ったかのように見える胸の先端をしていました。(54-55)

第二章

（一）『彼らの目は神を見ていた』の中でもジェイニーの祖母のナニーは、ローガン・キリックスという老年の土地持ちを孫娘の結婚相手として強く薦める。物事がよくわからなかったジェイニーは、祖母の助言通りローガンと結婚するが、二人の関係はやがて崩壊する。このときの祖母の気持ちはエメリーンと同じように、土地さえあればジェイニーが安定した生活ができるだろうということであった。

（二）ハワード（84-85）を参考に、蛇と考えられるものを整理してみると次のようになる。

a. 蛇自体：支流にいるヌママムシ。ジョンはルーシーのためにそれを殺す。エイミーはジョンにソンガハッチー川には蛇がいるので注意するようにという。

b. 鞭：ネッドがエイミーを殴るとき使う。

c. 汽車：ジョンは汽車に魅了させられる。ルーシーの兄がくれた歌集帳の裏カバーにも汽車の絵がある。ジョンがノタサルガを出るとき初めて汽車に乗る。彼は説教の中で汽車を隠喩として使う。最後は、汽車が彼を殺す。作品では蛇のイメージが徐々に鮮明になっていくように描かれてある。

（三）ハワードも『ヨナのとうごまの蔓』をハーストンが父と和解しようとする意図を持って描いた面もある作品として読んで、「父と娘との軋轢が最終的に解決したということが『ヨナのとうごまの蔓』の中に表れている」（91）といっている。

（四）多くの批評家がジョンは自己認識を達成していないという読み方をしている。マクダウエル（1979）は「……ジョンは普遍的真実である人間であることの条件を全く学んでいない……」（153-54）といい、世の中が二律背反で成り立っている現実を認識しえずにジョンは死んだといっている。ハラウエイ（1987, 66）はジョンは死によって救済されるが、自己認識はしていないという（「……ジョンは自らの事柄に関して認識するまでには至らない。だから、死が彼の唯一の魂の救済なのだ」）。A・ブラウン（1991）は自然と人間との関係で自然と協調して生きるか征服して生きるかというテーマとの関係でジョンを見ていて、永遠のテーマであるからこそ試行錯誤が描かれているという。すなわち、「葛藤を解決することができないジョン・ピアソン……」（85）と捉えているのである。ハワードはジョンの死という悲劇性でアフリカ的文化とキリスト教的文化の調和の困難性を示しているが、ジョン自身はその「文化的軋轢」（76）に気付かずに死んでいくという。フェミニズム的視点でハーストンを読むシュミットもジョンの最後の死は黒人女の抑圧者として自己認識の欠如の結果だ（111）として否定的見解を述べている。ボーン（1965）もジョンがアフリカ的文化のもとで潰されてしまうというイメージが強いとして、「……その緊張は、適切な解決に至らぬまま終わってしまう」（127）といっている。その他、ウイットカヴァーも自分自身の本質に理解の眼が向かないためにジョンの死があった（87）としているし、ヘメンウエイ（1977）も文化的違いの中でジョンは自滅していく（200）と否定的である。

第三章

（一）ただし、ハーストンの場合は従来のアメリカ文学の傾向に彼女独自の黒人女性作家的な要素を加えることに成功している。オークワード（1988）の指摘を紹介する。

> わたしが考えていることは、黒人女性の作品と作品の姻戚関係は共通の性的・人種的抑圧の結果として生まれてきたということだけではなく、むしろ黒人女性作家たちが初期の古典といえるような重要作品を意識的にどんどん作り替え、書き直すという行為を行った結果だということなのだ。（Awkward: 1988, 4）

（二）この表現はジョーンズ（125）で使われている。オークワード（1988）でも西洋的発想に関する記述がある。ジョーンズは「方言」か「標準」かというときの「標準」は西洋的発想で、その中で方言が失われ、アイデンティティが喪失していったという。

> 『彼らの目は神を見ていた』の語りは非常に長い間誤解されてきた。その理由は批評家、アフリカ系アメリカ人の文化やハーストンの美の実践に関わりのある人たちですら、アフリカ系アメリカ人的視点からでなく、西欧的表現上の基準で、ジェイニーの喋る能力をはかっていたからだ。（Awkward: 1988, 55-56）

（三）この表現はオークワード（1988, 4-5）で使われている。彼はこの発想をジェイムズ・スニードの「黒人文化で繰り返される人物像」（『黒人文学と文学理論』（66））よりえている。

（四）第二次世界大戦後のニヒリストやミニマリストの書き言葉への不信を考えてみると、このあたりに繋がってくる。ニヒリストたちは作品の中で自分が使う言葉に基本的に信頼を置いていないような書き方をする。またミニマリストたちは極端に言葉を省略して、文章になって表面に表れる意味に期待を抱いていないように見える。彼らの期待は、彼らの書いた文章には直接的には負わされていなくて、極端に省略した文章の行間や登場人物に意図的に虚偽の証言や語りを行わせることで出てくる読者と作品の距離、すなわち読者の読み方にあるのである。

（五）悲劇的と捉えている批評家はクリスチャン（1985, 10）だ。それでも彼女の主張はジェイニーのティー・ケイク殺害を指しているだけである。C・M・ヒューズ（1953）ではハーストンの作品の特徴として悲劇性のなさを挙げている。

ハーストンには人物設定をするとき、人生を悲劇的に見るところがない。それどころか、彼女が人生を考えるときは、喜劇的見方で満ち溢れている。（C.M. Hughes: 1953, 176）

（六）孤独的でない点は既述した黒人的面の説明と同じである。口承性も相手との協調がないと成立しないことであり、循環構造も心の通じ合いが前提となる。

（七）二者択一の考え方はウエインライト（1989, 241）が参考になる。ハーストン（1942, 61）は二者択一では人間の理解はできないことを強調している。

（八）ゲイツ（1988, 209）は「自由間接話法」という言葉を使っている。以下、ゲイツ（1988, 209-10）が例として掲げている『彼らの目は神を見ていた』の中に出てくる話法で、直接、間接、自由間接話法と続く。しかし、彼が間接話法といっている例文も、自由間接話法と考えるべきだろう。それは、作品全体がジェイニーによって、フィービーに向けて語られているからだ。英語でこの三つの話法の違いを明確にするために、英文も併せて示す。

「ジョディ」と彼女は彼に笑いかけたのです。「でも、考えてみぃな……」

「そげんなこといわんで、何でも俺に任せときぃな」（50）

ローガン・キリックスのことを思うと梨の木の神聖さがけがされたのです。しかし、ジェイニーはナニーにそれをどのように説明していいのかわかりませんでした。（28）

ジョー・スタークスが彼の名前でした。そうなんです、ジョージア出身のジョー・スタークスです。これまでずっと白人のもとで働いていました。少しお金を、だいたい三〇〇ドルくらい貯めていました。ええ、そうなんです。ポケットに入れていました。まだできたばっかりくらいのフロリダで、一旗揚げた連中の話をよく聞いていたので、自分もちょっと行ってみたくなったんです。ジョージアでけっこう金は儲けていたんですが、フロリダでは黒人だけが町を作っているって話を聞いて、どうしても行きたくなったんですよ。彼がいつも考えていたことは有名になることだったんですが、生まれ故郷とかどこでも白人が全部握っていて、黒人が作る町でしかその可能性はなかったんです。そういうことだったんです。何かを作った人が中心人物になるのは自然の成り行きです。もし黒人が自慢したいのなら、何かを作らせたらいいのです。ジョーは儲けたお金を全部貯めていてよかったと実感したのです。まだ町ができたばかりの頃、そこに行こうと考えていました。彼は金で名声をえようとしていたのです。(47-48)

"Jody," she smiled up at him, "but s'posin—"
"Leave de s'posin' and everything else to me." (50)

The vision of Logan Killicks was desecrating the pear tree, but Janie didn't know how to tell Nanny that. (28)

Joe Starks was the name, yeah Joe Starks from in and through Georgy. Been workin' for white folks all his life. Saved up some money—round three hundred dollars, yes indeed, right here in his pocket. Kept hearin' 'bout them buildin' a new state down heah in Floridy and sort of wanted to come. But he was makin' money where he was. But when he heard all about 'em makin' a town all outa colored folks, he knowed dat was de place he wanted to be. He had always wanted to be a big voice, but de white folks had all de sayso where he come from and everywhere else, exceptin' dis place dat colored folks was buildin' theirselves. Dat was right too. De man dat built things oughta boss it. Let colored folks build things too if dey wants to crow over somethin'. He was glad he had his money all saved up. He meant to git dere whilst de town wuz yet a baby. He meant to buy in big. (47-48)

(九) この視点の移動に関しては評価の分かれるところで、その火付け役はステプトーである。彼は三人称になることでジェイニーの自己性が弱まり、彼女の自立が達成されたと示そうとするハーストンの意図を、結局損なうことになっていると指摘している。

『彼らの目は神を見ていた』における大きな欠点は、従来的な対話ではなく、ジェイニーが話す話そのものに関係がある。作品という枠組みの中でハーストンが創造することは、ジェイニーが彼女自身の声を（その他のすべてのことと一緒に）獲得したという紛れもない幻想なのだ。それにジェイニーが物語の話し手という黒人独特の役割を男性から何とかえることができたという幻想なのだ。しかし、作品の出来具合は遙かにこれより質の悪いものになっている。その理由は、作品の内容として――実際、ジェイニーが公衆の面前でジョディに悪態をついてみせることは、ハーストンが考えたことに役立つような出来事なのだが――そのような出来事が描かれているからではなく、作品の中で語られている部分に問題があるからなのだ。ハーストンが好奇心を持って、一人称の語り手ではなく、全能の三人称の語り手により説明させるジェイニーの話――文学形式に則っているジェイニーという個人の歴史に関する話――を書き続けることに固執するのは、実際には結局ジェイニーが自分の声を達成することができなかったということ――しかも彼女を創造した作家（その人が全能の語り手である可能性が極めて高いのだが）は、ジェイニーに声を発する道を明確に示すことができなかったということ――を暗示している。……一方、ジェイニーの話を説明する三人称の語りは、作者と登場人物の間の空間（あるいは、少なくとも空間という幻影）を作ることに役立っている。それは、作者と聴衆が似た状況に置かれているからだ。それに対して、今のように考えてくると、話の制御は、どんなに意図的な狙いが少ないとしても作者側にだけ置かれることになる。（Stepto, 7）

（一〇）ゲイツは『シグニファイング・モンキー』の中で今のことをさらに明確に断定している。

ハーストンは、登場人物一人一人の話や考え方を表現するためだけでなく、黒人コミュニティの全体の話や考え方を表すために、自由間接話法を使うのである。（Gates: 1988, 214）

（一一）ジェイニーは内側（inside）と外側（outside）という言い方をしている。

ジェイニーが気付いたことは、今までジョディに向けて表現したことのない考えを自分がたくさん持っていることでした。今までジョディに知られることのない感情をたくさん持っていることでした。彼には決して見つけられない心の中に、いろんなことが詰め込まれていたのです。彼女はまだ会ったことのない男のために、自分の気持ちをとっておいたのです。今の彼女には、内側と外側が存在していました。すなわち、本当の気持ちと外顔があったのですが、それを使い間違うことはないということがわかったのです。（112-13）

第四章

（一）それでも「モーセ」だという暗示だけで、ヨケベデとアムラムの子供の名前がモーセだという具体的な記述はしていない。ヨケベデは子供を産んでエジプト軍に子供が殺される前にナイル川に流すが、そのときまでにもその子にモーセと命名したということも描かれていない。だから、にわかにヨケベデの産んだ子供がモーセだと繋げられない設定にしてあるが、暗示的にその子がモーセと読者に感じさせる設定になっている。

（二）ミリアムのいっていることが嘘であることは読者には薄々わかるように書かれている。それは、ミリアムの話す内容が周りの人たちとの会話でしか示されず、語りの文では説明されない。また、テキストの後半に入って、成長したミリアムが地位欲しさからモーセをエジプト人として扱うことで（282）ミリアムの嘘がさらに確認できるようになっている。

（三）シュミットはミリアムに関して、全く反対の読み方をしている。彼女はミリアムのことを外見重視の志向や伝統的女性の役割から脱却している女性として読んでいて、自立した女性で、作品でもヘブライ人の宗教的伝統の面で重要な役割をしているといっている。確かにこういった可能性を持った女性だったし、ミリアムに「期待する読み方」も可能である。しかし、最後まで続くミリアムとモーセとの策略的確執や大衆や神との繋がりを、モーセと比較した場合のミリアムの弱さを、どう説明するのかということなど、ミリアムを自立した女性として捉えることには、作品全体からいうと無理がある。また、ゴットリーブ（35）もミリアムと人々と彼女との絆の強さを強調しているが、説得力に欠ける。

（四）バイヤーズ（137）もヘメンウエイ（1977, 257）もモーセをエジプト人として認めた上で、ハーストンの狙いは聖書的モーセがアフリカ系アメリカ人の伝統の中にも生きているということを示すところにあったと強調している。ターナー（110-11）は、モーセはミリアムの弟ではないのにヘブライだとする話は、ミリアムが「でっち上げた」ものだという。ヴィーデマンもモーセのことを「エジプト生まれ」（311）といい、ハワードも「明らかにエジプト人だ」（120）といい、スロモヴィッツ（1504）もシェフィー（206）も同じくエジプト人だといっている。

モーセという名前はフロイトも説明しているように（16）、エジプト語で「子供」という意味を持っている。また、ヘブライ語では、モーセは「引っ張る」という意味があり（Kimura, 228）、「川から拾った子」という含意あることは確かである。しかし、こういう設定はバビロンを造った人の伝説にも出てくるもので、特別な設定ではないとヘメンウエイ（1977, 257）はいっている。

（五）ハーストンの狙いはモーセはヘブライだという従来の説を、新たな視点で見直してみることにある。それは、そうすることで、彼女が他の作品でも行っているような、従来否定されているものを新たな視点で見直すことによって、新たな価値を見いだしていくということが可能になるからである。この場合、モーセがエジプト人だとすると、アフリカ人だということになり、アフリカ人だからこそヴードゥー教の呪術を使えるという見方ができる。ヴードゥーはアフリカ的なものであるが故に原始的であるとして否定されてきたが、モーセが演じるアフリカ性によって、アフリカ的なものに再評価の機会を与えることができ、新たに価値を認めることが可能になるのだ。そのため、モーセの魔術と司祭たちの偽の魔術が対比され、本物の魔術であるヴードゥーの持つ力が示せるのである。こうすることで、文化的にも歴史的にも否定されてきたアフリカ性を肯定的視点で捉え直すことができるようになってくる。

（六）ボイはこれをゲイツの言葉である「物真似猿的比喩的言葉遊び表現」（signifying monkey）という表現で次のように説明している。

ファラオとモーセの言葉は明らかに言葉遊びである。すなわち、彼らが交わす言葉は「物真似猿的比喩的言葉遊び表現」の形式に則ったものなのだ。二人とも最高の術策を演じることを公言し、次の自分の順番が回ってくると、しっかりやると約束し続けるのである。本当に見ていて面白いところは、ファラオが、自分の司祭たちの行う術策とモーセの力の行使とでは、大きな違いがあることを見極める能力がないのに、その自分の無能さにとりつかれているところである。（Boi, 120-21）

（七）M・E・スミスは「彼女［ハーストン］は黒人のやり方で繰り返し、応答、リズムを書き記している。このため、話にフォークロア的性格が付与され、文体の持つ黒人的調子でさらにそれを高めている」（1939, 2）といって、繰り返しは黒人のフォークロア的性格だと指摘している。また、シュルマンも「リズミカルな効果をあげるための繰り返し、同じような表現の並行的使用、語彙項目の使用、含みのある言葉遊び」によって「ジャズのようなリズミカルな効果」（60）が生まれてきていて、アフリカ的面を表している。これは黒人教会の「呼びかけ対応答（call amd response）のリズム」の繰り返しと同じだと述べている。

（八）トトとはエジプト神話に出てくるトトのことである。体は人間だが、ヒヒの頭をしたエジプトの神のことで、知識や学芸などの支配者である。メントゥーによると、この本はトトが書いたもので、これを読むことで神に繋がることができ、天地を動かしたり、自然のことがわかるようになり、力をえることができるということだ。（ギリシャ神話ではヘルメスにあたる。）

第五章

（一）同じ指摘をハワードもしている。彼女は次のようにいう。

『驟馬とひと』と『わが馬に告げよ』が人々の洞察と彼らの過去を示しているが故に価値があるのと同じように、『路上の砂塵』はゾラ・ニール・ハーストンの洞察と彼女の過去を示しているが故に価値がある。フレデリック・ダグラスの『奴隷体験記』やブカー・T・ワシントンの『奴隷より身をおこして』の流れの中で、『路上の砂塵』はアメリカの成功物語なのだ。極貧状態から、はかないながら豊かさへとか、無名な状態から人々に知られた存在になるという点で、一人の人間の進取の気性と独創力の物語なのだ。（Howard, 160）

（二）ロビーはこのことを次のようにいう。

議論の対象は、西欧の白人男性を模範とする基準でカテゴリーや定義を作ってきていて、女性やマイナリティが書いた自伝

や、体験記や、日記というものは隅に追いやられるということである。(Robey, 667)

(三) 多くの批評家がこのふたつの点を中心に『路上の砂塵』におけるハーストンの人種差別への態度を批判している。ヘメンウエイ(1984)は「人種隔離に関する分析はなく、人種差別と対峙したり説明したりしようとする試みはほとんどない」(ix)といっている。他にはハッサル(159)やターナー(94)も同じ主旨のことを述べている。また、一貫性がないという批判では、同じくヘメンウエイ(1984)が指摘しているし、ウイットカヴァーは「完全に盲目といえる」(104)と厳しい見方をとる。またターナーも同じように厳しく「近視眼的見方」(94)と人種問題はハーストンにとって弱点になっているという主旨のことをいっている。さらに、レイノード(1988)は、奴隷制度に関しても「ある種の混乱」(129)があると批判的である。

(四) 人種差別に関する記述が少ないということについては、リピンコット社の編集によるところがあったということを差し引いて考える必要がある。それはレイノード(1992)に詳しいが、このことを考慮に入れても、ハーストンの中に人種差別への関心が弱かったことは否定できることではない。

(五) ヘメンウエイ(1984)はハーストンのこのような態度は建前だという。自伝という本来的に私的な性格と、一人の黒人女性の眼で人種関係を見るという私的な面が必要であるのに、また、その他のことでは、この私的な視点を使って描写しているのに、人種問題を扱うときには私的な面が失われている。そのため、『路上の砂塵』の価値を下げることになっているという主張をしている。

(六) 欧米的二者択一の考え方からすると、相反するものを共有しているという見方をすることは困難なようである。次の引用は、右の方が父や母、祖母とハーストンの関係で、相反するものが共存していて、そのため曖昧になっているという主張であり、左の引用ではハーストンがイートンヴィルと北部とのアイデンティティで分裂しているといっている。一方のみに集約できていないというところが批判の根拠なのだ。すなわち、二者択一的発想が批評の判断基準になっている典型的例である。

ゾラがアイデンティティを確立しようとするとき、両親という力強い存在に挟まれた状態にあるため、困難を伴う。しかも、人々が作り出した両親に関する様々な見方も、彼女のアイデンティティ確立には影響を与える可能性がある。だから、一個の人間として自分を捉えようとするとき、明らかに曖昧さが生じる。すなわち、彼女は太陽に向かって飛翔することができるが、一方では、生意気な口のききかたをすることで吹き飛ばされるかもしれないと思っている。自伝作家ハーストンにとって、苦悩が解決されることはないのだ。（Raynaud: 1988, 121）

言語と設定の違い、民衆の話の構造と語りの形式にあてはまらない材料との違いを見れば、ハーストンのアイデンティティには分裂があることがわかる。ハーストンのアイデンティティはひとつの確固としたものの上ではなく、分裂の上に成り立っているのだ。すなわち、南部の女性ということ、バーナード大学の卒業生だということ、イートンヴィルで育った少女だということ、そしてフランツ・ボアーズの学生だということ、こういったことが、アイデンティティを確立するときにお互い影響し合い、分裂を引き起こしているのである。（Raynaud: 1988, 126）

（七）このことに気付いている批評家は少ない。ハラウエイ（7）とリオネット（388）はこの意味で、広い視野と柔軟な洞察力を持った批評家だといえる。ここではリオネットの説明を示しておく。ハーストンが二者択一の態度をとっていないことを彼女は指摘している。

……人間がする経験から作り出される「普遍性」にハーストンが興味を持っているからではない。それとは全く反対に、ヘメンウエイが説明しているように、彼女は「生活の様々な現象を乏しい創造力で扱うことの不十分さ」を世に示したいのだ。……それに、この意味で、「人種」は本質的に流動的で、多様で、多岐に渡る現実を扱うための、単に合理的で似非科学的な分類に過ぎないのだ。（Lionnet, 388）

（八）ハーストンは同じ主旨のことを『騾馬とひと』でもいっている。意見をはっきりと表さないことがひとつの作戦なのである。既に第三章で引用した一部だが、再度、ハーストンの作戦を確認してみよう。

わたしたちの戦略の裏には論理が隠されているんです。「白人はいつも他人の心の中まで知ろうとします。よろしい。わたしの心の戸口の外側に何かを置きましょう。すると、白人はそれを使って遊べることになるでしょう。白人はわたしが書いたものは読めても、わたしの心までは絶対に読めんでしょう。白人の玩具を手に置いてやったら、それをひっつかんでいなくなるでしょう。それでわたしは自分が話したいことを話せるし、自分の歌を歌うこともできるんです」(Hurston: 1935, 3)

これと同じ指摘はレイノード(1988)もしていて「ゾラ・ニール・ハーストンは、自分が決めた通りに、緻密に読者をかわして続けている」(115)といっている。また、メアリー・ヘレン・ワシントン(1979)も「ゾラは、自伝の中で、巧みに注意をそらせるあらゆる種類の戦術を使い、本物の自己開示を避けようとしている」(20)と同じ指摘をしている。

(九)リオネットも内容ではなく文化的形式が大切だと指摘している。

ハーストンが文化的形式の方を、特別な出来事より、より重要だと考えていることは明白だ。そのため、言語を通して作り出す人物は固定した人物ではなく、昔から変わらず存在している人種的姿でもない。むしろ、彼女が創出しようとする行為は人種的特徴なのである。民衆の語りという手段を使うことで、自己究明を行いながら活発に自己発見を行おうとする過程なのだ。(Lionnet, 411)

(一〇)「物真似猿的比喩的言葉遊び」(signifying monkey)の定義はゲイツの『シグニファイング・モンキー』(287)やエイブラハムズの『ジャングル潜入』が参考になる。ここではエイブラハムズの説明を掲げておく。

物真似猿的(signifying)という言葉は、黒人の中に起源があるというのではないが、黒人が昔から使っている表現のように思える。この表現の意味はたくさんある。たとえば物真似猿のことで乾杯を行うというとき、強い暗示を使って話したり、けちをつけたり、脅かしたり、そそのかしたり、嘘をついたりするトリックスターの力のことの言及となる。他に使われた場合は、あることで話し始めたがなかなか焦点に至らないという意味で使われる。(Abrahams, 51-52)

(一一)プラント(1988)も同じ指摘をしていて、次のようにいっている。

『路上の砂塵』は大衆の言葉で書かれている。ハーストンは聴衆に土地独特の言葉を使って話しかける。それに、隠喩、直喩、金言、民衆表現を詩的に変える格言、それに大衆説教の力は、語りには不可欠で重要な一部なのだ。(Plant: 1988, 10)

(一二)「グループ・アイデンティティ」の「グループ」という意味は批評家によって表現が異なっている。たとえば「集合的」(collective) という言い方をレイノード (1988) やロビーは使い、ヘメンウエイ (1977) は「共同社会の」(communal) といい、ディクソンは同じ意味のことを「根付いた」(rootedness) という表現を使って示している。また、リオネットは「人種」的 (-ethno-) という表現で表し、マッケイ (1988) は「共同社会」(community) といっている。

第六章

(一) サルオガセモドキ (spanish moss) はジョージアやサウス・キャロライナの南部やルイジアナあたりから見られる植物で、空中の水分を吸収して他の木の枝にぶら下がって成長する。

(二) ここまで説明してきた三つの意識をハワードは次のようにまとめている。

ソーリーという町、そこの伝統、それにアーヴェイの伝統の受け止め方が、アーヴェイと彼女の結婚に問題を投げかけている。アーヴェイは自分のことをいつも「クラッカー (貧乏白人)」として捉えているが、自分が受け継いだ遺産を密かに誇りに思っている。他人、主に黒人や外国人、北部人を見下げるときに、その遺産を自分の利点と見なして使っている。彼女は執拗に昔に執着しているがために、人生が混乱に陥ることを阻止できない。(140)

アーヴェイの中に古い伝統に囚われる傾向があり、それは劣等感と歪んだ優越感に支えられていたということなのだ。

(三) J・B・ブラウン (1968) の分析は目的が異なっていて、アーヴェイの心の変化、成長という視点で書かれた論文だが、アーヴェイ中心の場面が初めは少なく、後半にいくほど彼女の出番が多くなることを指摘している点では参考になる。

一方では想定上の著者はアーヴェイが保持すべき明確な標準的基準——精神的に健全な基準——を規定する。他方、アーヴェイは、生きていく中で認識する、自らに関する捉え方を確認する。……それは、想定上の著者が設定した心理的に健全な価値を学ばなければならないからだ。すなわち、アーヴェイが心身共に健康になるためには、自立して生きることを学ばなければならないのだ。技術的に優れた心療治療師である全知の語り手に頼っていては駄目なのだ。そのような治療師は彼女の世界から消えていかなければならない。(J. B. Brown, 54-55)

(四)クワの木とその周辺はアーヴェイが子供の頃よく行った場所だが、男性を象徴する世界を暗示している。「……二人は草で覆われた起伏のある土塊の上を進んだ。そして、ほうき用の麦藁畑を抜けて、悠然と揺れながら立っている大きなクワの木の下に降りていった」(43-44)とある。男根を木で、陰毛を草で象徴する描写である。彼女はこういった世界の中に閉じこもっていたということからしても、男性願望を彼女が持っていたということがわかる。

(五)ロイスターのジムに関する読み方は理解に苦しむ。彼女はジムのことを「熱狂的性差別主義者(ショーヴィニスト)」ではない(140)といったり、女性の方が知的に劣っているとジムは必ずしも考えていなかったともいう。

……女性は知的に劣っているとジムは実際には考えていない。そして、精神的にも肉体的にも活発でない傾向は女性の共通する傾向ではない。(Royster, 145)

ジムがアーヴェイを劣っていると見ているところはいくらでもある。

(六)「金メッキされた七五セント貨幣」はジョーとミッシー・メイの若い黒人夫婦の話だが、二人にはまだ子供がいない。ミッシー・メイとの結婚にジョーの母は反対していたが、彼女に子供ができたとなると、その態度も変わる。また、ミッシー・メイとジョーの関係も、オティスという男とミッシー・メイとの関係で危ない状況だったが、子供を身籠もったということで、二人の関係も改善の方向に向かう。オティスによってジョーの男性性が窮地に立たされていたわけだが、自分とうりふたつの子供が生まれたということで、ジョーは男性性を確保できたのだ。

（七）モリスは「おしまいの頃は、その木は彼女の力の象徴になった」(10) としてクワの木が再生の力になったことを認めているし、シュミットも「……再生を始める」(221) として、再生を示すものとして読んでいる。

（八）「女」として受け入れられることがなぜ「人間」として受け入れられることになるのかについては付加的な説明が必要である。「人間」は男と女しかいないので、「男」として、あるいは「女」として認められることは、「人間」として認められることだという考え方が論理的に可能である。たとえば、奴隷は男としても女としても認められていなかったので、人間としても認められていなかった。アーヴェイが「女」として認められる方法には問題は残るが、人間への第一歩を踏み出したと考えられる。

（九）ハミルトンはこういう終わり方が不満なようで、状況が変わっていないのに人物に変化を求めているといっている。

しかし、作品の終わり方は、始まりほどうまくいっていない。ほとんど和らぐことのない不安と悲惨の中で、アーヴェイに人生を生き抜かせる代わりに――実際の人生でよくハーストン自身がしたように――ハーストンはアーヴェイに情緒的均衡と満足を発見させるのだ。(Hamilton, 355)

しかし、周囲の変化がないことがむしろ大切なのだ。周囲の変化をさせていないのは、ハーストンが個人の心を問題にしているからだ。周囲は同じでも個人の心の変化で生き方も変わってくるということを示そうとしている。その同じ状況の中でアーヴェイがどのように気持ちを変えて生きるかということが、ハーストンが考えようとしたことだといえる。人間の生き方を決定するのはその人の心の持ち方次第であることは、今までの作品でも繰り返し示されている。

（一〇）『スワニー河の天使』は批評家の恣意の洗礼を受けた作品といっていい。既に書いてきたように、白人同化的作品とか、反フェミニズム的作品とか、フロイト分析で読める作品といったことがこれをよく物語っている。しかし、『スワニー河の天使』を従来のハーストンの作品に流れている一貫したテーマで捉えることに成功している批評家もいる。たとえば、ハワードは「ハーストンの他のほとんどの作品と同じように……」（134）と共通したテーマを強調しているし、セイント・クレヤー（40）もキャノン（203）もハーストンの基本的態度は変わっていないと指摘している。ターナー（113-14）も黒人の話ではないと断ってのことだが、初期の作品と同じだと分析している。

おわりに

校正中に友人の薦めで『一個人』という月刊誌を買ってみた。自分でもたまたま新聞の広告に出ているのに気付いていて、面白そうなタイトルだなと思っていたところだった。内容は、いわゆる「らしさ」を焦点にした記事が盛りだくさんであった。特集の「小さな家で、いいの」や「ゆったり湯治場の宿」や「緑の庭で憩う」等々、個人性をいかに追求するかということをポイントにまとまっている。考えてみると、現代はそれだけ、個人性が掴みにくい時代だということなのだろう。

別な言い方をすると、個人性とは何なのかという問題が、現代人に突きつけられているという言い方もできる。ある地域の若い子たちが、自分らしさといいながら、ガングロメイクをしたかと思うと、それが短い期間で他の地域の多くの若い子たちに広がってしまう。自分だけのつもりでしていたことが、いつの間にかユニークでも何でもなくなってしまう。若い子に限らず、同じような経験を多くの人がしていることだろう。都会の喧噪を離れて、ゆっくり山歩きでもしようと思って行った山が、人で一杯であることに出くわしてしまう。わたし自身、学校で教えるようになってもう二五年以上たった。教師になり始めの頃は、教師らしくない教師になりたいと思っていたが、他人から見ればどうも教師そのものらしい。旅行に行ったりしたとき、知らない人からでも、先生ですかといわれてしまう。先生という外装が知らないうちに身についてしまっていて、自分にしかないものへの把握力が弱まり、外に出すいわゆる演出力が弱まっている自分に気付くのである。

昔と比べれば、現代っ子たちは自己アピールも上手にできていると羨ましく思うことがよくある。テレビの画面に登場する若者たちの物怖じしない態度や奇抜な服装や一風変わった喋り方などに接するとき、特にその思いを強くする。それにもかかわらず、現代社会は個人性喪失の時代といってもいいような気がする。マスメディアの発展と共に、多くの人々が短い期間に一つのことに集結することが容易になっているからだ。たとえば、社会では「面白さ」を求める傾向が強まっている。真面目すぎるとよくいわれる日本人にとっては、いいことなのかもしれない。しかし、どこか納得がいかない。何か、釈然としないところがある。アメリカでの話だが、スピード違反で警官に車を止められたとき、彼はにこにこして何マイルオーバーだったと説明し、最後には、さらに笑顔で「いい旅を」といった。今のおまえにはそんなことといわれたくないよといいたい感じだった。日本では警察の不祥事が問題になったが、ある用事で警察に行ったときの彼らの笑顔には驚かされた。一昔前なら、とても考えられないことなのだ。笑顔や笑いが今の社会には大切なのだろう。教師も医者も牧師も、すべてサービス精神を笑顔や笑いという形で表現することが、今の社会では求められているのだろう。頑固一徹で口下手な、いわゆる不細工な寿司屋の親父など、今の時代には流行らないのかもしれない。しかし、どうも釈然としない。工事現場でよく見かける「ご迷惑をおかけしてすいません」とお辞儀をする看板までが、にこにこ顔である。しかし、その看板をよく見ると、お辞儀をしながら舌を出していた。なかなかシニカルだなと思ってよく見ると、誰かが悪戯をしていた。やるな、とつい思ってしまった。

学校の現場でも同じ葛藤が見られる。教師にも、今流の面白さが求められている。専門的知識があるとか、教育経験があるとかということではなく、面白くなくてはいけない。いくら勉強しても、あの先生を生涯越えることは不可能だろうという、尊敬の念を先生に対して持っていて、それを励みとするのは昔のこととなってしまったのかもしれない。先生の深い知識に基づく話から発せられる熱を、面白さとして捉えることは流行遅れなのだろう。病院に行くとよく耳にする話は、あの先生は面白いとか、優しいという評判である。面白さとか優しさは必ずしも力のある医者だという保証には繋がらないが、このような医者の方が患者には評判がいい。だから、「この病気はわたしの力ではどうすることもできませんから、何々病院の誰々先生のところに行って診てもらって下さい」とは大抵の医者はなかなかいいにくいのである。面白くて、優しくて、なおかつ、実力のある医者なら問題はないということだが、なかなかそうもいかないのが現状だろう。社会ではなぜ笑いを求めるのか。笑うかどには福来たるだからだろうか。よく考えてみると、日常化する面白さや笑いを求める方角は、それを作り出す人に向けられていることに気付く。面白さや笑いによって自分は楽しむが、自分の中に面白さや笑いを作り出そうとする傾向はあまり強くないような気がする。すなわち、一人一人では面白さを作り出す力が弱まっているのではないか。だからこそ、他人の面白さにすがらざるをえなくなり、他人の作り出す面白さを、自分自身の中に存在する面白さとしてごまかしているように思える。他人の作り出すことへの、あるいは、もっというと、商業的な面白さへの依存は、笑いを画一化し、面白さを作り出せない人間を作り出しているといえる。だから、面白さとは何かと考えるとき、マスメディアに登場するお笑いの人たちが演じる面白さに画一化されていき、発展性のない硬直化した面白さを唯一の面白さとする傾向が生まれる。さらに悪いことには、マスメディア的面白さでないものは、短絡的に面白さを求めてきた人たちによって、徹底的に排除され、抹殺される。面白さとか笑いというものは、悲しみや寂しさに個人差があるように、それぞれ異なっているはずなのだが、なぜか笑い方まで見えない力で強制されているのではないかと思いたくなるときがある。

落合恵美子の『二一世紀家族へ［新版］』（ゆうひかく選書）を読む機会があった。なかなか面白い内容で、「家族の戦後体制」という語がキーワードとなって、読者に語るように話が展開される。単にフェミニズム的見方に固執することなく、淡々と女性が抑圧される形でいかに家に関わらされてきたかということと、このことは必ずしも男性だけによる時代性ではなく、女性を含めた人たちが、それを見えない力により強要され、受け入れる形で一つの時代傾向として構築したということを位置づけていて、興味深い。さらに考えさせられることは、今正しいと思っていることも、時代の推移と共に正しくないという見方にもなりうるということである。だからこそわたしたちは硬直した一つの考え方だけに囚われ、排他的になるのではなく、広い寛大な視点を絶えず持つ必要があるといえる。

二〇世紀は戦争の時代だったといえそうだ。第一次世界大戦、第二次世界大戦、朝鮮戦争、ヴェトナム戦争、中東戦争、湾岸戦争、民族紛争と、戦争のない年は一年たりともなかったといえる。戦争で人々の命は奪われ、人間としての威厳は取り戻しがつかないほど踏みにじられた。ところが、戦争は一部の政治家のエゴの表れだとしてすませるわけにはいかないような気がする。戦争という具象的な面だけに眼をやるのでなく、それが内包する意味やそれに伴い起こったことを思うと、なお一層その感を強くする。また、戦争の結果をみると、必ずしも、戦争は一部の人間の責任だとして看過することはできない。戦争に反対しながら、戦争物のゲームを量産し、戦争物の玩具を製造する。戦争に反対していながら、勝ったもののみを讃える社会の風潮は強くなるばかりである。有名大学病院で出産することから、有名ブランドの幼児服を着せ、有名幼稚園入試のための塾通いに異常なまでに熱心になる。めでたく入園できると、今度は有名小学校の入学が待っている。昔はもっとのんびりしていたという自慰的な言葉をはきながら、加熱、加速していく競争主義を支えてきたのは、一部の戦争狂信者だけではなく、社会そのものなのである。幼稚園、小学校と入っていくと、学校内でも、先生はせっせと生徒の尻を叩き、さぁダッシュだとばかり、仮想の敵を明示し、それに勝つようにと叱咤激励する。やはり、教育が間違っていると巷ではいわれる中、模擬試験はやめますとか、偏差値利用はよくないと考えますとか、業者テストは自粛しますという、表層的なその場しのぎの応えしかかえってこない。最近、中高生の激昂的事件が相次ぎ、社会は混沌の度合いを強めているように思える。長年かけて、見えない心の傷として蝕んでいると思える勝者を追求する競争の意識構造は、彼らの中で加速的に形成され、簡単に覆すことができないところまで来ているといえる。癒されるには根本的な意識構造の転換が必要なのだろう。

ハーストンが生きた時代は、二重の意味で競争原理が社会を支配していたといえる。その第一が物質的豊かさを求める傾向である。北部では工業生産が活発化する中で、人々は年々所得を倍増し、豊かさを謳歌できる時代に入っていた。シカゴやデトロイトといった中西部は好景気に沸き、豊かさを求める競争が繰り広げられた。第二は、いわゆる、「黒人」が社会の表面に出てきたことに関連する。ハーレム・ルネッサンスや抗議文学に象徴されるように、黒人文化が、不十分だとはいえ、認められるようになった。それにより、今まで差別によって奪われたものを取り戻そうとするかのように、人種的競争意識が繰り広げられる。すなわち、差別をしていた白人の文化や白人の存在を否定することで、黒人の文化や黒人の存在をより優れたものとして主張するという方法をとってしまう。アフリカ西海岸からアメリカに奴隷として連れてこられた彼らは、三〇〇年以上に及ぶ競争原理の中で、皮肉にも、白人による黒人支配と全く同じ手法で、存在をアピールしようとする。歴史は正に繰り返されるのだ。

このような人間の愚かさを、ハーストンは見抜いていたのかもしれない。もちろん、彼女の考え方が容易に形成されたとはいえない。本論中でも述べたように、北部に向かう若い頃は、他の南部の黒人と比べて、決して彼女も例外ではなかった。南部的な貧しさを否定し、北部的な豊かさを求めてイートンヴィルを後にした経緯があるからだ。北部における数年の醸造期間を経てからの彼女の歩む道は、他者を否定して自己を際だたせようとする競争の論理で塗られてはいなかった。異なったものの存在があるからこそ、異なった存在の自分があるという考え方は、自己も他者も認めながら共存することを可能にする考え方である。競争の論理が社会の基準として幅を利かせている中で、共存を模索する姿勢を守り通したといえる。この姿勢を作品の登場人物たちに託して、縛られた彼らを解き放ち、わたしたち読者の中に送り込むことで、閉じられたわたしたちの心を解き放とうとしたといえる。

しかし、心を解き放つということは、口でいうほど簡単ではないといつも思い知らされる。大見栄を張って、自分は自由な考え方をしているといっても、立ち止まって考えると、恣意的で偏見と既成の価値基準に呪縛されていることに気付く。いや、気付くところまでいきたいものだといつも思うといった方がいいかもしれない。むしろ、自分のことはわかりにくいので、自分の周辺に起こったことを考えるとき、そのようなことを考えさせられるといった方が正確かもしれない。

日本人は自己主張が下手だといわれるが、だからといって、自分の考えを主張しすぎると、自分勝手な人だといわれる可能性が高い。自己主張をすることと自分の考えをしっかりと持つこととは、微妙な違いがありそうだ。やみくもに自己主張をし、相手の意見を認めようとしない人は、必ずしも、自己確立ができているとはいえないような気がする。それは、相手があってはじめて自分の存在が可能になり、相手とはその人から見れば自分でもあるからだ。だから相手を認めないということは、相手にとって相手である自分も認めないということと同じ意味を持つことになる。自分の考え方だけが正しいと思っている段階では、まだ、解き放たれるための道のりは遠いといわなければならない。自らの力を唯一無二で、最高のものと考える独善的な考え方を持つ者の行く末は、歴史が明確に示してくれている。

＊＊＊

ハーストンを読み始めて十年近くが経過した。今こうして、一冊の本として公表できることは大きな喜びである。それは、この間はいろいろと困難な状況に置かれていたからだ。特に、私生活の面でいくつかの困難な問題を抱えていた時期もあって、とても研究を継続できそうな状況ではなかった。そのころの状況からすると、未熟な内容の本ではあるが、一冊にまとめるところまでたどり着けたことは何より嬉しいことである。むしろ、そのような状況だからこそ、ここまでこられたのかもしれない。しかし、本としてまとめるまでには、直接間接に、いろいろな人たちに励ましてもらったことは、忘れることができない。お一人お一人名前を挙げて感謝の気持ちを表すべきところだが、それができないくらいたくさんの人たちのお世話になった。わたしの中には、いくら研究書といっても、広くたくさんの人が読みうるものでないと、単なる自慰的行為になりかねないという気持ちがある。その意味で、曲がりなりにも研究書を目指したということもあったが、アメリカ文学を専門としない人にも原稿に眼を通してもらい意見を聞かせてもらえたことは、特に有り難いことであった。

ここにまとめた論文は、所属する広島女学院大学の大学や学科の紀要に書いたものや、中四国アメリカ文学会の会誌に載せてもらったものや、新たにまとめたものなどから構成されている。一冊の本にするために再度見直し、相当手を加えて書き直したが、何度手直しをしても、完全に満足できるところまで至っているとはいいがたい。また、思い違いをしているところもたくさんあるのではないかと危惧している。そのような点に関するご指摘はもとより、内容に関するご意見、ご叱正など、お教えいただきたい。引証文献もできるだけ広範囲に及ぶように心掛けて使ったつもりだが、思わぬ使い間違いなどもあるかもしれない。この点についても、ご教示いただければ有り難い。

出版に際しては、大学教育出版の佐藤守さんには大変お世話になった。また、いろいろと無理難題をお願いしたにもかかわらず、お付き合い下さった。それに、丁寧に原稿を読んで下さり、貴重なご助言をいただいたことは有り難かった。

最後に、広島女学院大学からは出版助成をしていただいたことを記し、感謝の意を表したい。ありがとうございました。

前川　裕治

二〇〇〇年一二月

索 引

引証文献

(引証文献リストそれぞれにつけている最初の年数が初版出版年で、本論中ではこの年数を使用している。また、引用する際、リプリント版のあるものはそれを、その他は初版を使用し、初版出版年数の次に、頁数として示している。)

Abrahams, Roger D. *Deep Down in the Jungle: Negro Narrative Folklore from the Streets of Philadelphia*. Aldine, 1970.

Angelou, Maya. *I Know Why the Caged Bird Sings*. Random House, 1969. (矢島翠訳『歌え、翔べない鳥たちよ　マヤ・アンジェロウ自伝1』人文書院、1979)

________. "Foreword." *Dust Tracks on a Road*, Zora Neale Hurston. Harper Perennial, 1991.

Awkward, Michael. *Inspiriting Influences Tradition, Revision, and Afro-American Women's Novels*. Columbia UP, 1988. (木内徹訳『アメリカ黒人女性小説　呼応する魂』彩流社、1993)

Baldwin, James. *Notes of a Native Son,* 1955. A Bantam Book, 1968.

________. *Tell Me How Long the Train's Been Gone*. Dell Publishing Co., 1968.

Baldwin, James and Nikkie Giovanni. *A Dialogue*, 1973. (連東孝子訳『われらの家系』晶文社、1977)

Barton, Rebecca Chalmers. "*Dust Tracks on a Road:* Zora Neale Hurston." *Witnesses for Freedom: Negro Americans in Autobiography*. Harper & Brothers Publishers, 1948 (Dowling College P, 1977).

Baum, Roasalie Murphy. "The Shape of Hurston's Fiction." *Zora in Florida*, eds. Steve Glassman and Kathryn Lee Seidel. U of Central Florida P, 1991.

Bethel, Lorraine. " 'This Infinity of Conscious Pain' : Zora Neale Hurston and the Black Female Literary Tradition." *All the Women Are White, All the Blacks Are Men, But Some of Us Are Brave: Black Women's Studies*, eds. Gloria T. Hull et al. The Feminist P, 1982.

Bobb, June D. "Refashioning Self and World—The Spirit of Autobiography in *Dust Tracks on a Road.*" *Zora Neale Hurston Forum* Vol.3 No.1 (Fall, 1988).

Boi, Paola. "Moses, Man of Power, Man of Knowledge: A 'Signifying' Reading of Zora

Neale Hurston (Between a Laugh and a Song)." *Women and War: The Changing Status of American Women from the 1930's to the 1950's*, eds. Maria Diedrich and Dorothea Fischer-Hornung. Berg, 1990.

Bone, Robert A. *The Negro Novel in America* (Revised Edition). Yale UP, 1965 (1970). (斉藤数衛訳『アメリカの黒人小説』北沢図書出版、1972)

________. *Down Home: Origins of the Afro-American Short Story*. Columbia UP, 1975 (1988).

Bontemps, Arna. "From Eatonville, Fla. to Harlem." *New York Tribune* (November 23, 1942).

Boudreaux, Joan S. "Identification of African Ritual in *Jonah's Gourd Vine*." *All about Zora: Views and Reviews by Colleagues and Scholars*, ed. Alice Morgan Grant. FOUR-G Publishers, 1991.

Brickell, Herschel. "A Woman Saved: Review of *Seraph on the Suwanee* by Zora Neale Hurston." *Saturday Review of Literature* Vol.6 (November 6, 1948).

Brown, Alan. " 'De Beast' Within: The Role of Nature in *Jonah's Gourd Vine*." *Zora in Florida*, eds. Steve Glassman and Kathryn Lee Seidel. U of Central Florida P, 1991.

Brown, Judith Benninger. "Point of View in Zora Neale Hurston's Florida Novels." MA Thesis submitted to the U of Florida, 1968.

Burgher, Mary. "Images of Self and Race in the Autobiographies of Black Women." *Sturdy Black Bridges*, eds. Roseann P. Bell, et al. Doubleday, 1978 (Anchor Books, 1979).

Byers, Marianne Hollins. "Zora Neale Hurston: A Perspective of Black Men in the Fiction and Non-Fiction." Ph.D. Thesis submitted to Bowling Green State U, 1985 (UMI, 1994).

Callahan, John F. *In the African-American Grain: The Pursuit of Voice in the Twentieth-Century Black Fiction*. U of Illinois P, 1988.

Cannon, Katie Geneva. "Resources for Constructive Ethic for Black Women with Special Attention to the Life and Work of Zora Neale Hurston." Ph.D. Thesis submitted to Union Theological Seminary, 1983 (UMI, 1994).

Carby, Hazel V. "The Politics of Fiction, Anthropology, and the Folk: Zora Neale Hurston." *New Essays on Their Eyes Were Watching God*, ed. Michael Awkward. Cambridge UP, 1990.

Carter-Sigglow, Jannet. *Making Her Way with Thunder: A Reappraisal of Zora Neale Hurston's Narrative Art*. Peter Lang Publishing, 1994.

Christian, Barbara. *Black Women Novelists: The Development of a Tradition, 1892-*

1976. Greenwood P, 1980.

________. *Black Feminist Criticism: Perspectives on Black Women Writers*. Pergamon P, 1985.

Clarke, John Hendrik. "The Boy Who Painted Christ Black." *American Negro Short Stories*, ed. John Hendrik Clarke. Hill and Wang, 1966.

Cohen, Henning. "Folklore and American Literature." *American Folklore*, ed. Tristram P. Coffin, 1968. (大島良行訳「アメリカ文学とアメリカの民間伝承」『アメリカの大衆化』トリストラム・P・コフィン編. 研究社、1973)

Coles, Robert A. and Diane Isaacs. "Primitivism as a Therapeutic Pursuit: Notes Toward a Reassessment of Harlem Renaissance Literature." *The Harlem Renaissance: Revaluations*, eds. Amritjit Singh et al. Garland Publishing, 1989.

Connelly, Marc. *The Green Pastures*, 1930. Ed. Thomas Cripps. U of Wisconsin P, 1979.

Dixon, Melvin. *Ride Out the Wilderness: Geography and Identity in Afro-American Literature*. U of Illinois P, 1987.

Dove, Rita. "Foreword." *Jonah's Gourd Vine*, Zora Neale Hurston. 1934 (Harper Perennial, 1991).

DuBois, William E.B. *The Souls of Black Folk*, 1903. *Three Negro Classics*, ed. John Hope Franklin. Avon Book Division, 1965 (1969). (木島始、鮫島重俊、黄寅秀訳『黒人のたましい』未来社、1965)

Eley, Holly. "Afterword." *Jonah's Gourd Vine*, Zora Neale Hurston, 1934 (Virago Modern Classics, 1987).

Ellison, Ralph. "Recent Negro Fiction." *New Masses* Vol.40 No.6 (August 5, 1941).

________. *Invisible Man*, 1952. Penguin Classics, 1993.

Farrison, W. Edward. "Review of *Dust Tracks on a Road*." *Journal of Negro History* Vol.28 No.3 (July, 1943).

Ford, Nick Aaron. "A Study in Race Relations—A Meeting with Zora Neale Hurston." *Zora Neale Hurston (Modern Critical Views)*, ed. Harold Bloom. Chelsea House Publishers, 1986.

Fox-Genovese, Elizabeth. "To Write My Self: The Autobiographies of Afro-American Women." *Feminist Issues in Literary Scholarship*, ed. Shari Benstock. Indiana UP, 1987.

Freud, Sigmund. *Moses and Monotheism*. Translated by Katherine Jones. Vintage Books, 1939.

Gates, Jr., Henry Louis. *The Signifying Monkey: A Theory of African-American Literary Criticism*. Oxford UP, 1988.

________. "Afterword: Zora Neale Hurston: 'A Negro Way of Saying'." *Dust Tracks on a Road*, Zora Neale Hurston. Harper Perennial, 1991.

Gottlieb, Lynn. "It's Called a Calling." [Interview with Lynn Gottlieb] *Moment* (May, 1979).

Hamilton, Edward. "Review of *Seraph on the Suwanee*." *America* Vol. 80 No.13 (January 1, 1948).

Hassall, Kathleen. "Text and Personality in Disguise and in the Open: Zora Neale Hurston's *Dust Tracks on a Road*." *Zora in Florida*, eds. Steve Glassman and Kathryn Lee Seidel. U of Central Florida P, 1991.

Hassan, Ihab. *Radical Innocence: Studies in the Contemporary American Novels*. Princeton UP, 1973. (岩元巌訳『根源的な無垢』新潮社、1972)

Hemenway, Robert E. *Zora Neale Hurston: A Literary Biography*. U of Illinois P, 1977 (1980). (中村輝子訳『ゾラ・ニール・ハーストン伝』平凡社、1997)

________. "Introduction." *Dust Tracks on a Road*, Zora Neale Hurston. U of Illinois P, 1984.

Hickok, Kathy. "*Dust Tracks on a Road*: Phantom and Reality." *All about Zora: Views and Reviews by Colleagues and Scholars*, ed. Alice Morgan Grant. FOUR-G Publishers, 1991.

Holloway, Karla F.C. *The Character of the Word: The Texts of Zora Neale Hurston*. Greenwood P, 1987.

Holt, Elvin. "Zora Neale Hurston and the Politics of Race: A Study of Selected Nonfictional Works." Ph.D. Thesis submitted to U of Kentucky, 1983 (UMI, 1994).

________. "Zora Neale Hurston." *Fifty Writers after 1900*, eds. Joseph M. Flaura et al. Greenwood P, 1987.

Howard, Lillie P. *Zora Neale Hurston*. Twayne Publishers, 1980.

Hughes, Carl Milton. *The Negro Novelist 1940-1950*. The Citadel P, 1953 (1970).

Hughes, Langston. "Harlem Literati in the Twenties." *Saturday Review of Literature* Vol.22 (June 22, 1940a).

________. *The Big Sea*. 1940b. *Black Whiters in America: A Comprehensive Anthology*, eds. Richard Barsdale and Keneth Kinnamon. Macmillian Publishing Co., 1972.

Hurston, Zora Neale. "Drenched in Light," 1924. Reprinted as "Isis" in *Spunk: The Selected Stories of Zora Neale Hurston*. Turtle Island Foundation, 1985.

________. "Spunk," 1925. *Spunk: The Selected Stories of Zora Neale Hurston*. Turtle Island Foundation, 1985.

________. "Sweat," 1926. *Spunk: The Selected Stories of Zora Neale Hurston*. Turtle

Island Foundation, 1985.

________. "How It Feels to Be Colored Me," 1928. *I Love Myself When I Am Laughing ..., and Then Again When I Am Looking Mean And Impressive: A Zora Neale Hurston Reader*, ed. Alice Walker. The Feminist P, 1979.

________. "The Gilded Six-Bits," 1933. *Spunk: The Selected Stories of Zora Neale Hurston*. Turtle Island Foundation, 1985.

________. "Uncle Monday," 1934a. *The Sanctified Church: The Folklore Writings of Zora Neale Hurston*, Turtle Island Foundation, 1981

________. *Jonah's Gourd Vine*, 1934b. Virago Modern Classics, 1987.（徳末愛子訳『ヨナのとうごまの木』リーベル出版、1996）

________. "Letter to James Weldon Johnson." May 8, 1934c. James Weldon Johnson Collection at Yale U Library.

________. *Mules and Men*, 1935. Harper Collins Publishers, 1990.（中村輝子他訳『語りつぐ』女たちの同時代北米黒人女性作家選⑦ 朝日新聞社、1982. 中村輝子訳『騾馬とひと』平凡社、1997）

________. *Their Eyes Were Watching God*, 1937. U of Illinois P, 1978 (Harper Collins Publishers, 1991).（松本昇訳『彼らの目は神を見ていた』新宿書房、1996）

________. *Tell My Horse*, 1938. Harper Collins Publishers, 1990.（常田景子訳『ヴードゥーの神々　ジャマイカ、ハイチ紀行』新宿書房、1999）

________. *Moses, Man of the Mountain*, 1939a. U of Illinois P, 1984.

________. "Now Take Noses." *Cordially Yours*, 1939b.

________. "Cock Robin, Beale Street," 1941. *Spunk: The Selected Stories of Zora Neale Hurston*. Turtle Island Foundation, 1985.

________. *Dust Tracks on a Road*, 1942. U of Illinois P, 1984 (Harper Collins Publishers, 1991).（常田景子訳『ハーストン自伝　路上の砂塵』新宿書房, 1996）

________. *Seraph on the Suwanee*. Charles Scribner's Sons, 1948 (AMS Edition, 1974).

________. *The Sanctified Church: The Folklore Writings of Zora Neale Hurston*. Turtle Island Foundation, 1981.

________. "Art and Such." *Reading Black, Reading Feminist, A Critical Anthology*, ed. Henry Louis Gates, Jr. Meridian Book, 1990.

________. *Langston Hughes and Zora Neale Hurston: Mules Bone: A Comedy of Negro Life*, eds. George Houston Bass and Henry Louis Gates, Jr. Harper Perennial, 1991.

Hutchison, Percy. "Led His People Free." *The New York Times Book Review* (November 19, 1939).

Iwamoto, Iwao（岩元巌）.『現代のアメリカ小説 ── 対立と模索』英潮社、1974.

Jackson, Blyden. "Introduction." *Moses, Man of the Mountain*, Zora Neale Hurston. U

of Illinois P, 1984.

Jackson, Tommie. "Authorial Ambivalence in Zora Neale Hurston's *Dust Tracks on a Road* and *Their Eyes Were Watching God*." *Zora Neale Hurston Forum* Vol.7 No.1 (Fall, 1992).

Johnson, Barbara. "Metaphor, Metonymy and Voice in *Their Eyes Were Watching God*." *Black Literature and Literary Theory*, ed. Henry Louis Gates, Jr. Methuen, 1984.

Johnson, Barbara and Henry Louis Gates, Jr. "A Black and Idiomatic Free Indirect Discourse." *Zora Neale Hurston's Their Eyes Were Watching God (Modern Critical Interpretations)*, ed. Harold Bloom. Chelsea House Publishers, 1987.

Jones, Gayl. *Liberating Voices: Oral Tradition in African American Literature*. Harvard UP, 1991.

Kamei, Shunsuke（亀井俊介）. 『荒野のアメリカ』南雲堂、1989.

Kimura, Yasuo（木村康男）. 『アメリカ人名事典　ファーストネームの由来と歴史』北星堂書店、1983. Translated from *American Given Names: Their Origin and History in the Context of the English Language*, George R. Stewart. Oxford UP, 1979.

Lionnet, Francoise. "Autoethnography: The An-Archic Style of *Dust Tracks on a Road*." *Reading Blacks, Reading Feminist: A Critical Anthology*, ed. Henry Louis Gates, Jr. Meridian Book, 1990. Originally included in *Autobiographical Voices: Race, Gender, Self-Portraiture*. Cornell UP, 1989.

Locke, Alain. "Dry Fields and Green Pastures." *Opportunity* Vol.18 (January, 1940).

Lowe, John. "Hurston, Humor, and the Harlem Renaissance." *The Harlem Renaissance Re-examined*, ed. Victor A. Kramer. AMS P, 1987.

McDowell, Deborah Edith. "Women on Women: The Black Woman Writer of the Harlem Renaissance." Ph.D. Thesis submitted to Prude U, 1979 (UMI, 1988).

__________. "Foreword: Lines of Descent/Dissenting Lines." *Moses, Man of the Mountain*, Zora Neale Hurston. Harper Collins Publishers, 1991.

McKay, Nellie Y. "Race, Gender, and Cultural Context in Zora Neale Hurston's *Dust Tracks on a Road*." *Theorizing Women's Autobiography*, eds. Bella Brodzki and Celeste Schenck. Cornell UP, 1988.

__________. "The Autobiographies of Zora Neale Hurston and Gwendolyn Brooks: Alternate Versions of the Black Female Self." *Wild Women in the Whirlwind: Afro-American Culture and the Contemporary Literary Renaissance*, eds. Joanne M. Braxton et al. Rutgers UP, 1990.

Meisenhelder, Susan. "Hurston's Critique of White Culture in *Seraph on the Suwanee*."

All about Zora, ed. Alice Morgan Grant. FOUR-G Publishers, 1991.

Messe, Elizabeth. "Orality and Textuality in *Their Eyes Were Watching God.*" *Zora Neale Hurston's Their Eyes Were Watching God (Modern Critical Interpretations)*, ed. Harold Bloom. Chelsea House Publishers, 1987.

Miyata, Mitsuo（宮田光雄）.『キリスト教と笑い』岩波書店、1992.

Morris, Ann R. and Margaret M. Dunn. "Flora and Fauna in Hurston's Florida Novels." *Zora in Florida*, eds. Steve Glassman and Kathryn Lee Seidel. U of Central Florida P, 1991.

Neal, Larry. "The Spirituality of *Jonah's Gourd Vine*." *Zora Neale Hurston (Modern Critical Views)*, ed. Harold Bloom. Chelsea House Publishers, 1986.

Pastor, Maria Dolores. "Social Overtones in the Works of Zora Neale Hurston." MA Thesis submitted to the U of Florida, 1958.

Plant, Deborah G. "The Folk Preacher and Folk Sermon Form in Zora Neale Hurston's *Dust Tracks on a Road*." *Folklore Forum* Vol. 21 (1988).

________. *Everyday Tub Must Sit on Its Own Bottom: The Philosophy and Politics of Zora Neale Hurston*. U of Illinois P, 1995.

Rambeau, James. "The Fiction of Zora Neale Hurston." *Markham Review* Vol.5 No.4 (Summer, 1976).

Raynaud, Claudine. "Autobiography as a 'Lying' Session: Zora Neale Hurston's *Dust Tracks on a Road*." *Black Feminist Criticism and Critical Theory*, eds. Joe Weixlman and Houston A. Baker, Jr. Greenwood, 1988.

________. " 'Rubbing a Paragraph with a Soft Cloth'?: Muted Voices and Editorial Constraints in *Dust Tracks on a Road*." *De/Colonizing the Subject: The Politics of Gender in Women's Autobiography*, eds. Sidonie Smith and Julia Watson. U of Minnesota P, 1992.

Rayson, Ann. "*Dust Tracks on a Road*: Zora Neale Hurston and the Form of Black Autobiography." *Negro American Literature Forum* Vol.7 (Summer, 1973).

________. "The Novels of Zora Neale Hurston." *Studies in Black Literature* Vol.5 No.2 (Winter, 1974).

Robey, Judith. "Generic Strategies in Zora Neale Hurston's *Dust Tracks on a Road*." *Black American Literature Forum* Vol.24 No.4 (Winter, 1990).

Royster, Beatrice Horn. "The Ironic Vision of Four Black Women Novelists: A Study of the Novels of Jessie Fauset, Nella Larsen, Zora Neale Hurston, and Ann Petry." Ph.D. Thesis submitted to Emory U, 1975 (UMI, 1994).

Saruya, Kaname（猿谷要）.『アメリカ黒人解放史』サイマル出版会、1968 (1971).

Schmidt, Rita Tereninha. " 'With My Sword in My Hands': The Politics of Race and Sex

in the Fiction of Zora Neale Hurston." Ph.D. Thesis submitted to U of Pittsburgh, 1982 (UMI, 1986).

Seidel, Kathryn Lee. "The Artist in the Kitchen: The Economics of Creativity in Hurston's 'Sweat'." *Zora in Florida*, eds. Steve Glassman and Kathryn Lee Seidel. U of Central Florida P, 1991.

Sheffey, Ruthe T. "Zora Neale Hurston's *Moses, Man of the Mountain*: A Fictionalized Manifesto on the Imperatives of Black Leadership." *CLA Journal* Vol.30 No.2 (December, 1985).

Shulman, Claire Zaner. "The Power of Speech in Zora Neale Hurston's *Moses, Man of the Mountain*." MA Thesis submitted to U of Florida, 1979.

Slomovitz, Philip. "The Negro Moses." *Christian Century* Vol.56 No.49 (December 6, 1939).

Smith, Barbara. "Sexual Politics and the Fiction of Zora Neale Hurston." *Radical Teacher* Vol.8 (May, 1978).

________. "Racism and Women's Studies." *All the Women Are White, All the Blacks Are Men, But Some of Us Are Brave: Black Women's Studies*, eds. Gloria Hull et al. The Feminist P, 1982.

Smith, Margaret E. "Liberator Comes." [Review of *Moses, Man of the Mountain*] *Boston Evening Transcript* Vol.18 (November, 1939).

St. Clair, Janet. "The Courageous Undertow of Zora Neale Hurston's *Seraph on the Suwanee*." *Modern Language Quarterly* Vol.50 No.1 (March, 1989).

Stepto, Robert. "Ascent, Immersion, Narration." *Zora Neale Hurston's Their Eyes Were Watching God (Modern Critical Interpretations)*, ed. Harold Bloom. Chelsea House Publishers, 1987.

Strong, Phil. "Zora Hurston Sums Up." *Saturday Review of Literature* Vol.25 No.48 (November 28, 1942).

Turner, Darwin. *In a Minor Chord: Three Afro-American Writers and Their Search for Identity*. Southern Illinois UP, 1971.

Wainwright, Mary Katherine. "The Aesthetics of Community: The Insular Black Community as Theme and Focus in Hurston's *Their Eyes Were Watching God*." *The Harlem Renaissance: Revaluations*, eds. Amritjit Singh et al. Garland Publishing, 1989.

Walker, Alice. *I Love Myself When I Am Laughing ... and Then Again When I Am Looking Mean And Impressive: A Zora Neale Hurston Reader*. The Feminist P, 1979.

________. *The Color Purple*, 1983. The Women's P, 1986.

Wall, Cheryl A. "Introduction: Taking Positions and Changing Words." *Changing Our Own Words*, ed. Cheryl A. Wall. Rutgers UP, 1989.

________. "Zora Neale Hurston." *African American Writers: Profiles of Their Lives and Works—from the 1700s to the Present*, eds. Valerie Smith et al. Macmillan Publishing Co., 1991 (1993).

Washington, Booker T. *Up from Slavery*, 1900. *Three Negro Classics*, ed. John Hope Franklin. Avon Book Division, 1965 (1969).

Washington, Mary Helen. "Introduction, Zora Neale Hurston: A Woman Half in Shadow." *I Love Myself When I Am Laughing ... and Then Again When I Am Looking Mean and Impressive: A Zora Neale Hurston Reader*, ed. Alice Walker. The Feminist P, 1979.

________. "Teaching *Black Eyes Susans*: An Approach to the Study of Black Women Writers." *All the Women Are White, All the Blacks Are Men, But Some of Us Are Brave: Black Women's Studies*, eds. Gloria Hull et al. The Feminist P, 1982.

Watson, Carole McAlpine. *Prologue: The Novels of Black American Women, 1891-1965*. Greenwood P, 1985.

Weidman, Bette S. "Told in Idioms Black and Wise." *Commonweal* (October 4, 1985).

Wiedemann, Barbara. "*Moses, Man of the Mountain*." *Masterpieces of African-American Literature*, ed. Frank N. Magill. Harper Collins Publishers, 1992.

Witcover, Paul. *Zora Neale Hurston*. Chelsea House Publishers, 1991.

Wright, Richard. *Native Son*, 1940. Penguin Modern Classics, 1972.（橋本福夫訳『アメリカの息子』早川文庫、1972）

________. *Black Boy*, 1945. Harper and Row Publishers, 1966.（野崎孝訳『ブラック・ボーイ』岩波文庫、1962）

Yarborough, Richard. "The First-Person in Afro-American Fiction." *Afro-American Literary Study in the 1990s*, eds. Houston A. Baker, Jr. and Patricia Redmond. U of Chicago P, 1989.

■著者略歴
前川　裕治（まえかわ　ゆうじ）
1950年　広島県生まれ
広島女学院大学文学部教授
青山学院大学大学院修士課程（英米文学専攻）修了
長崎総合科学大学付属高校、長崎ウエスレヤン短大などを経て、1986年より広島女学院大学文学部助教授、1992年より現職
1981-82年　フルブライト奨学生（カリフォルニア大学、イリノイ大学で学ぶ）
1993-94年　広島女学院大学在外研究員（フロリダ大学、ジョージア大学で研修）
著書・主論文
『ゾラ・ニール・ハーストンの世界』（国書刊行会、1999年）
『言語の空間 — 牛田からのアプローチ — 』（編著、英宝社、2000年）
「ボールドウインの女性」（広島女学院大学『論集』36、1986年）
「アリス・ウォーカー研究」（広島女学院大学『論集』39、1989年）
「あめりか・コクジン・ジョセイである事」（『中・四国アメリカ文学研究』28、1992年）
「Zora Neale Hurstonの知られざる遺産」（『中・四国アメリカ文学研究』32、1996年）他

ゾラ・ニール・ハーストンの研究
—解き放たれる彼ら—

2001年3月30日　初版第1刷発行

■著　者——前川　裕治
■発行者——佐藤　正男
■発行所——株式会社 **大学教育出版**
〒700-0951　岡山市田中124-101
電話（086）244-1268　FAX（086）246-0294
■印刷所——互恵印刷㈱
■製本所——日宝綜合製本㈱
■装　丁——ティーボーンデザイン事務所

ISBN4–88730–422–6